생명관리 사회의
테크놀로지와 권력

이미지
테크놀로지
생명정치

생명관리 사회의
테크놀로지와 권력

이미지
테크놀로지
생명정치

조선대학교 인문학연구원 이미지연구소 편

앨피

머리말

조선대학교 인문학 연구원 및 산하 이미지 연구소는 매년 해당 시기 가장 첨예한 인문학적 주제를 선별해 정기적인 학술대회를 개최해 오고 있다. 이 책에 실린 글들은 모두 2014년과 2015년에 개최된 두 차례의 학술대회에서 발표되었던(그리고 이후 수정되거나 보완되기도 한) 원고들이다. 두 차례 학술대회의 주제는 각각 '이미지와 생명정치', '이미지와 테크놀로지'에 관한 것이었다.

벤야민과 슈미트, 그리고 아렌트, 아감벤, 푸코 등으로 이어지는 '생명정치' 논의는 그 이론적 치열함에서뿐만 아니라 1970년대 이후부터 현재까지의 한국 사회를 설명하는 데 있어 그것이 가지는 엄밀한 타당성으로 인해 더욱 중요하다는 것이 우리의 입장이다. 특히 푸코가 70년대 후반에 이미 정치하게 분석한 바 있는 '신자유주의적 통치성'이 2010년대 한국 사회의 최말단 영역까지 장악해 가고 있는 이즈음의 시점에서는 더욱 그렇다. 이 책 2부에는 직 · 간접적으로 모두 이와 관련된 글들을 모았다.

아울러 IT 산업에 관한 한 세계 최강임을 자부하는 한국 사회의 경우 테크놀로지의 변화와 발전이 미치는 영향력은 크게는 국가권력의 실행 방식에서 작게는 개별 주체의 신체 및 심리 활동에 이르기까지 실로 어마어마하다. IT 산업의 급속한 발전은 벤담 유의 '파놉티콘'을 이제 옛말로 치부하게 만들면서 '시놉티콘' '정보 파놉티콘' 같은 새로운 조어들을 유행어로 만들 만큼 중대한 사회 변화를 촉발하고 있다. 게다가 이와 같은 새로운 테크놀로지들은 한국 사회의 '통치성'의 변화와도 무관하지 않아 보인다. 가령 국정원 댓글 사건이나 해킹 프로그램 도입 사건, 세월호 참사를 둘러싼 각종 정보 갈등 같은 사례들은 정보가 단순히 산업이나 기술 차원에서만 사고될 것이 아니라, 통치성과 정치 및 권력 차원에서 사고될 필요가 있음을 여실히 보여주었다. 이 책 1부에 모은 글들은 모두 이같은 현상에 대한 인문학적 성찰의 결과물들이다.

이 자리를 빌려 두 차례의 학술대회에서 발표해 준 모든 발표자들, 그리고 옥고를 재수록할 수 있도록 흔쾌히 허락해 주신 모든 필자들께 감사의 말을 전한다. 독자들에게는 부디 이 책이 현재 한국 사회의 가장 첨예한 문제 지점에 대한 인문학적 보고이자 문제 제기로 읽히기를 바란다.

조선대학교 인문학연구원장

나희덕

| 차례 |

II 이미지 · 생명 · 정치

I
이미지 · 테크놀로지 · 권력

1

공간-기계의 권력과 창조적 공간-기계

사공일

– 이 글은 조선대학교 인문학연구원 《인문학연구》 제47집(2014.2)에 게재된 원고를 수정 및 보완하여 재수록한 것이다.

들어가기

우리가 살아가는 하나의 공간은 다른 공간과 분리하는 벽과 다른 공간으로 출입을 가능하게 하는 문으로 구성되어 있는데, 그 하나의 공간에서 벽과 문은 다른 공간과의 분리와 개방 역할을 한다. 하지만 모든 사람들이 하나의 공간의 문을 통과할 수는 없다. 가령, 연구실 공간은 그 공간에 속한 구성원만이 출입이 가능하도록 사람들을 구별하고 분리한다. 또한, 하나의 공간은 벽과 문을 통해 일련의 행동을 포획하는 역할을 한다. 학교에서 할 수 있는 행동과 직장에서 할 수 있는 행동이 다른 만큼, 하나의 공간은 우리의 행동 양상을 만들어 낸다.

하나의 공간은 접속하는 다양한 항에 따라 다른 공간이 되기도 한다. 가령, 소극장은 연극 공연을 위한 공간이지만, 파티를 위한 파티 공간이 되기도 하고, 행사를 위한 공간이 되기도 한다. 질 들뢰즈Gilles Deleuze의 "기계"[1] 개념, 즉 하나의 "기계"가 접속하는 항에 따라 다양한 의미를 가질 수 있다는 정의를 적용한다면, 하나의 공간도 공간–기계로서 명명할 수 있을 것이다. 소극장이라는 공간–기계가 무대 공간–기계, 파티 공간–기계, 행사 공간–기계의 의미를 가질 수 있는 것처럼.

그런데 접속하는 항에 따라 다른 용례가 되는 공간–기계는 특정한 상황과 배치에 따라 권력을 작동하는 "기계"가 되기도 한다. 미셸 푸코Michel Foucault에 따르면, 규율이 그 장소에 중요한 역할을 하는 공간 혹은 장치는 권력을 작동하는 기계로서 역할을 한다. 그는 그러한 장치의 예로, 공장, 학교, 감옥, 병원 등을 제시한다. 특히 공장은 일반 기계장치와 노동이 결합되어 기계 중심의 규율을 통해 노동자를 관리

1 일반 '기계' 개념과 들뢰즈 '기계' 개념의 혼용을 피하기 위해, 들뢰즈의 기계 개념은 "기계"로 표시하였다.

하고 통제하는 권력의 공간으로서 규정된다. 푸코는 규율 중심적 공간-기계가 순응적이고 훈육적 주체를 생산한다고 지적한다. 규율이 권력이 되어 공간-기계의 구성원을 훈육하는 것이다. 이러한 규율권력은 다양한 공간-기계에서 지식과 연계되어 지식-권력으로 작동하기로 하고, 신체에 영향을 미치는 생체-권력bio-power[2]으로 작동하기도 한다. 더불어 자본주의 시대를 살아가는 우리의 신체에 지대한 영향을 주는 것이 자본권력이다. 신자유주의 시대에서 우리는 자본권력에 신체를 포획당한 채, 부지불식간에 자본권력의 노예가 되어 자본권력에 순응하는 주체로서 살아갈 가능성이 높아졌다.

그럼 지속적으로 무한 경쟁하는 자본주의 시대에 자본의 욕망에 익숙해져 버린 우리가 규율권력, 지식-권력, 생체-권력, 자본권력 등이 지배하는 공간-기계를 탈주하는 것은 가능한 일일까? 가능하다면, 다양한 권력이 작동하는 공간-기계를 탈주하여 생성될 수 있는 자율적인 창조적 공간-기계는 어떤 양태를 보이는가? 또한 그러한 창조적 공간-기계는 다양한 권력이 작동하는 자본주의의 공간-기계와 어떤 다른 양태를 나타내는가? 이번 글은 자본주의의 다양한 공간-기계에서 작동하는 권력, 즉 규율권력, 지식-권력, 생체-권력 등을 논의하고, 자본주의에서 그러한 공간-기계를 탈영토화하는 창조적 공간-기계는 어떠한 특징이 있는지를 분석하려고 한다. 이를 위해, 들뢰즈와 푸코의 권력 담론과 카를 마르크스Karl Marx의 노동과 자본 담론, 이진경의 근대적 공간 담론과 안토리오 네그리Antonio Negri와 마이클 하트Michael Hardt의 공통체 담론이 유용했음을 밝힌다.

---

2 'bio-power'는 생체-권력과 생명관리-권력으로 번역되고 있다. 더욱 빈번하게 통용되는 개념을 사용하기 위해서 생체-권력으로 통일하였다.

기계와 "기계," 그리고 공간-기계의 권력

산업혁명 이후 자본주의적 대공업은 기계를 통해 발전한다. 이전의 수공업에서는 노동력이 생산양식이었지만, 대공업에서는 노동수단이 생산양식이 되는데, 그 대공업의 노동수단이 바로 기계이다. 기계는 대공업 공장의 기본적인 구성요소이기에 공장에서 행해지는 노동은 기계와 동떨어져 갈 수 없으며, 그것은 기계를 통해 수행된다. 이런 점에서 기계는 "노동 체제를 구성하는 하나의 축이라고 할 수 있다"(맑스주의와 근대성, 197). 마르크스는 이러한 기계를 "동력기, 전동장치, 그리고 공작기계(또는 작업기계)"(자본 I-1, 508)라는 요소들이 계열화된 집합체라고 정의한다.

이와는 다르게, 들뢰즈가 정의하는 "기계"는 자체로 움직이지 못하고, 전력을 활용해 물리학적인 법칙에 따라 움직이는 그러한 일반적인 기계와는 다른 것이다. 그는 다른 것과 접속하여 어떤 흐름을 절단하고 채취하는 방식으로 작동하는 모든 것을 "기계"라 지칭한다.(노마디즘 1, 131) 그는 "모든 "기계"는 자신이 접속하는 기계에 대해서는 흐름의 절단이지만, 연속적인 흐름을 생산하는 다른 "기계"에 연결되어 있는 한에서만 흐름의 절단을 생산한다"(Anti-Oedipus, 44)라고 설명한다. 그의 정의에서 "기계"는 일반적인 기계만이 아니라, 사람이나 동물의 신체나 신체의 일부도 "기계"가 되고, 경계를 갖는 기관과 조직 등도 "기계"가 된다. 가령 일반적인 손은 망치와 같은 도구와 접속하면 노동-기계가 되고, 붓과 같은 도구와 접속하면 그림-기계가 된다.

이와 같이 하나의 "기계"는 상호 연관된 다른 요소와 접속함으로써 다른 "기계"로 작동한다. 즉, 들뢰즈의 "기계"는 이항적으로 접속하여 작동하는 것으로 정의된다. 손이 노동-기계나 그림-기계가 되는 경우처럼 접속하는 항이 달라지면 다른 "기계"가 된다. 여기서 들뢰즈는 기계론적인 기계 개념과 기계적인 "기계" 개념을 대비한다. 전자는 생명 개념과 대비되는 부동의 동자라는 초월적이고 외재적인 동력에 의해 운동하기 시작하며, 운동 방식이나 본질에서 불변성과 고정성을 갖는다면, 후자는 접속하는 항이 달라짐에 따라 전혀 다른 "기계"로 변환될 뿐만 아니라, 그 변환의 양상 또한 관계의 내재적 변화로 소급된다는 점에서 완전히 다른 개념이다.(근대적 시 · 공간의 탄생, 137) 요컨대 "기계"는 다른 것과의 접속과 관계 속에서 결정된다는 점에서 접속과 관계의 개념이다.

들뢰즈는 이러한 "기계" 개념을 영토화와 탈영토화와 재영토화 개념으로 표현한다. 가령, 손은 망치와 접속하여 노동-기계가 되지만, 이는 손이 망치라는 도구에 영토화되는 것을 의미한다. 또한 손이 그림 그리는 "기계"가 되려면 붓이라는 도구와 접속되어야 하는데, 이는 그 도구에 적절히 영토화되어야만 가능한 일이다. 이는 물론 망치라는 도구에서 탈영토화되어야만 가능한 일이다. 이처럼 어떤 "기계"가 이웃 관계를 달리하면서 다른 "기계"가 된다는 것은 손의 노동-기계에서 탈영토화하여 그림-기계로 재영토화하듯이, 이전의 접속과 관계에서 탈영토화하여 다른 접속과 관계로 재영토화하는 과정을 필요로 한다.

그런데 다른 항들과 접속하여 작동하는 "기계"는 다른 "기계"들과 계열화되어 하나의 배치를 형성한다. 복수의 "기계"들이 계열화를 통해 정의되는 사물의 상태를 배치라고 부를 수 있다. 이러한 배치는 어떤 항을 사로잡고 그것을 특정한 "기계"로 작동하게 하는 사회적 관계를 표시하기도 하지만, 동시에 탈영토화와 재영토화를 통해 다른 종류의 배치로 이행할 수 있다.(노마디즘 1, 61) 가령, 일반 기계는 공장에서처럼 작업 시간, 작업 공간, 노동자와 감독자와 계열화되어 하나의 자본주의적 배치를 형성하기도 하고, 연구실에서처럼 시간과 공간,

연구자와 교수 등과 계열화가 되어 하나의 순수 학문적 배치를 형성하기도 한다. 이처럼 하나의 배치도 "기계"와 유사하게 영토성을 가지며 탈영토화하는 문턱을 포함한다.[3] 이런 의미에서 공간적 배치라는 개념도 "기계" 개념처럼 다른 항들과의 접속을 통해 다양한 양태를 형성할 수 있다는 점에서 확장된 의미로 공간-기계가 될 수 있다.

> 공간적 배치라는 개념을 다양한 공간들과 그 공간을 이용하는 사람들의 행동, 혹은 동선과 시선들의 반복적 계열화로 정의할 수 있다. 그러한 계열화의 양상이 어떻게 다른가에 의해 그것은 집이 되기도 하고, 학교가 되기도 하고, 공장이 되기도 하고, 사무실이 되기도 한다. 그리고 이러한 배치를 갖는 공간은 그러한 배치가 상대적 안정성을 가질 때 하나의 기계로서 작동한다. 이로써 확장된 의미에서 공간-기계가 가능하게 된다.(근대적 시 · 공간의 탄생, 141-142)

여기서 중요한 사실은 공간-기계가 다양한 항들과 계열적으로 이어지는 단순한 병치만을 의미하지는 않는다는 점이다. 즉 공간-기계는 단순히 다른 항을 절단하고 채취하는 것에 머물지만은 않는다. 그것은 "그 안에서 이루어지는 활동을 특정한 양상으로 만들어 낸다."(맑스주의와 근대성, 189) 즉, 각각의 공간은 허용되는 활동과 금지되고 배제되는 활동을 고유하게 갖고 있으며, 언행은 그 허용의 경계에 의해 제약되기도 한다. 또한 공간-기계는 다양한 항들의 접속을 통해 활동이 다르게 작용하기도 한다. 가령, 학생의 언행은 학교 공간-기계와 집 공간-기계에서, 직장인의 언행은 회사 공간-기계와 집 공간-기계에

---

3 가령 학생, 교수, 강의실, 연구실 등을 포함하는 대학의 배치는 원래 순수 학문을 연구하는 상아탑 개념이 강했다면, 21세기 이후 신자유주의 무한 경쟁으로 인한 취업난 때문에 취업과 연관된 실용적 과목을 중시하는 취업 학원적인 개념이 강해지고 있다.

서 다르게 나타난다.

공간-기계가 행동의 특정한 양상을 만들어 낸다는 점에서 공간-기계는 권력과 잇닿는 지점이 발생하는데, 그 단적인 실례가 공장 공간-기계이다. 왜냐하면 권력, 특히 자본권력은 산업혁명 이후 형성된 대공업을 통해 고유한 공간-기계, 즉 공장을 발전시켜 왔기 때문이다.[4] 마르크스의 "자본주의적 생산과정을 추진하는 동기이자 그것을 규정하는 목적은 가능한 한 최대로 자본을 자기증식시키는 것, 다시 말하면 가능한 한 잉여가치의 생산을 최대화하는 것이다"(자본 I -1, 460)라는 주장을 빌리자면, 자본권력은 자본주의적 생산 공장이라는 공간-기계에 다수의 노동자와 기계 등을 하나의 공간에 배치하여, 생산성의 최대화를 목표로 노동자의 신체를 포획하고 관리할 수 있는 노동 체제를 만든다.

특히 공장 공간-기계는 기계의 사용과 더불어 노동자의 신체를 포획하여 관리할 수 있는 노동 체제를 더욱 공고히 한다. 공장 공간-기계에서 기계는 노동자의 신체를 포섭하면서 다음과 같은 결과를 초래한다. 첫째, 공장의 모든 운동은 노동자로부터가 아니라 기계로부터 출발한다.(자본 I -1, 568) 기계가 작업의 중심 자리를 차지하고, 기계의 특성에 노동의 신체가 맞추어진다. 기계와 결합된 모든 노동에서 노동자의 신체는 기계의 연속적인 운동에 맞추어지기 때문에, 기계에 종속된 노동자의 신체는 노동과정을 멈출 수 없는 채 끊임없이 활용된다. 둘째, 노동자가 기계를 사용하는 것이 아니라 반대로 기계가 노동자를 사용한다. 마르크스는 이에 대해 다음과 같이 말한다. 매뉴팩처나 수공업에서는 노동자에 의해 노동수단이 움직이기에 노동자가

---

4 마르크스가 지적하듯이, 산업혁명은 대규모의 공장 공간-기계의 발전을 필수적인 요건으로 하고 있다. 이 대규모 공장 공간-기계는 자본주의 발전과 궤를 같이한다. "자본주의적 생산은 사실상 동일한 개별 자본이 아주 많은 수의 노동자를 동시에 고용하고, 따라서 그 노동과정이 규모를 확장하여 아주 큰 양적 규모로 생산물을 공급할 때 비로소 시작된다."(자본 I -1, 449)

도구를 자신의 수단으로 사용하지만, 공장에서는 노동수단인 기계의 운동을 노동자가 따라가야만 하기 때문에 노동자의 신체가 기계의 수단으로 사용된다. 달리 말하면, 매뉴팩처에서 노동자들은 하나의 살아 있는 역학적 장치의 손발이 되지만 공장에서는 하나의 죽은 역학적 장치가 노동자들에게서 독립하여 존재하고, 그들은 살아 있는 부속물로 죽은 역학적 장치인 기계에 결합된다. 이렇게 모든 자본주의적 생산은 노동자가 노동조건을 사용하는 것이 아니라 반대로 노동조건이 노동자를 사용한다는 점에서 공통점을 갖는다.(자본 I -1, 570-71) 셋째, 노동자를 통제하고 관리하는 기계 중심의 규율이 만들어진다. 노동수단인 기계의 획일적인 운동에 노동자가 기술적으로 종속되어 있고 남녀를 불문하고 매우 다양한 연령층의 개인들로 이루어져 있는 노동 단위의 독특한 구성은 군대와 같은 규율을 만들어 내고, 이 규율은 공장 체제를 완전한 형태로 발전시켜 감독노동을 발전시키며, 그리하여 노동자들을 육체노동자와 노동 감독자로 완전히 분할한다.(자본 I -1, 572) 마르크스와 푸코의 관점에서, 공장 공간-기계는 규율 중심적 장치로서 노동자의 신체를 기계에 종속되게 포획함으로써 그 결과를 도출하는 영역이다. 물론 그 결과는 자본권력의 자본 증식을 위한 생산성과 잉여가치의 최대화일 것이다.

공장 공간-기계처럼, 교정을 목표로 훈육하는 감옥 공간-기계도 신체의 포획과 관리를 위해 규율 중심적 장치로서 역할을 한다. 고전주의 시대에서와 근대의 행형제도가 어떻게 다른 가를 밝히는 푸코의 《감시와 처벌》은 처음에 처벌 방식에서 지배적이던 것은 공개적인 끔찍한 처형이었음을 지적한다. 이는 군주 권력에 기반을 둔 것으로, 사람들에게 강렬한 공포를 불러일으킴으로써 범죄나 모반을 막으려는 일종의 보복이었다. 그러나 18세기 말을 거쳐 보복은 훈육으로 바뀐다. 여기서 인간은 행형과 훈육의 새로운 대상으로 떠오르게 된다. 나아가 이들의 신체 운용에 대한 면밀한 통제를 가능하게 하고, 신체를 항상적으로 속박할 수 있으며, 효율적인 순종을 강제할 수 있는 방법으로서 감시가 발전한다. 더불어 시간표, 신체와 동작의 상관화, 시간의 철저한 활용, 시험, 제재의 규격화 등 다양한 훈육의 기술들이 발전한다. 이로써 감옥 공간-기계는 단순한 처벌권력에서 규율에 의해 법적 주체로 훈육시키는 권력으로 전환한다. 그리고 이러한 통제와 훈육의 기술은 이후 학교와 군대, 공장에서 개인들을 훈육하고 통제하는 하나의 모델이 된다.

공장 공간-기계와 감옥 공간-기계와 마찬가지로, 학교 공간-기계와 병원 공간-기계 등은 규율을 통해 신체의 면밀한 통제를 가능하게 한다.[5] 규율은 신체 활동에 면밀한 통제뿐 만 아니라, 체력의 지속적인 복종을 확보하며, 체력에 순종-효용의 관계를 강제하는 방법이다. 규율은 타자에 대한 복종을 전제할 경우, 개인으로 하여금 자신의 신체에 대한 통제를 강화하도록 하는 것을 주목적으로 삼는다. 다시 말해, 규율은 신체의 능력 신장이나 신체에 대한 구속을 강화하도록 하고, 유용한 신체와 복종적인 신체를 지향하도록 하는데, 이때 인간의 신체는 "그 신체를 파헤치고 분해하며 재구성하는 권력 장치 속으로 들어가게 된다."(감시와 처벌, 217) 즉, 규율도 하나의 권력으로

5 푸코는 규율을 확립하기 위해 다음과 같이 네 가지 조건을 제시한다. 첫째, 개개인들이 규율에 복종할 수 있도록 그들이 처해 있는 공간은 여러 가지 단위로 분리되어 있어야 하며, 각 단위의 책임자는 자기의 감독 대상을 철저히 파악하고 근무 태도나 발전 단계 등을 언제나 기록해 두어야 한다. 둘째, 규율은 일과 시간표에 따라 개인이 활동할 수 있도록 하여 군인들의 동작 하나하나가 로봇처럼 움직일 수 있도록 해야 한다. 셋째, 규율은 개인의 신체에 시간의 의미를 주입하여, 개인의 능력이 최대한도로 효과적으로 발휘되도록 신체의 발전 단계를 구분지어 신체를 훈련시켜야 한다. 훈련이야말로 개인의 신체를 대상으로 하는 권력이다. 넷째, 규율은 개개인의 힘과 능력을 규합시킬 수 있는 전략에 초점을 맞추어야 한다. 권력의 전체적 전략 속에서 부과된 역할을 얼마나 충실히 수행할 수 있는지가 중요한 문제이기 때문에, 엄격한 지휘와 감독 체제 아래 개개인의 힘과 능력을 권력의 목표에 부합할 수 있도록 일사불란하게 만들 수 있어야 한다. 요약하면, 네 가지 조건들은 여러 공간으로 분리된 채 업무 분담에 따른 일람표 작성, 일과 시간표에 따른 작전 짜기, 시간과 신체의 상관화를 위한 훈련시키기, 힘과 능력을 효율적으로 증진시키기 위한 전술 꾸미기이다.(천 개의 권력과 일상, 157-158)

작동하는 것이다. 그 결과 규율권력은 "각 개인의 품행에 직접적으로 행사"(생명관리정치의 탄생, 453)하게 된다.

이처럼 공장, 학교, 감옥, 병원 등의 다양한 공간-기계는 규율권력을 통해 신체를 훈육시키는 일을 주기능으로 삼는다. 특히 규율 중심적인 공간-장치는 위계질서적인 감시, 규범화된 제제, 시험이라는 세 가지 수단으로 보이지 않는 권력을 작동한다. 이러한 수단들을 통해 권력은 다양한 공간-기계에 침투해 들어간다. 푸코의 권력 전략이 "권력 개념에 있는 것이 아니라 권력이 침투해 들어가는 경로"(천 개의 권력과 일상, 156)를 추적한다는 점에서, 그러한 규율 중심적인 공간-기계는 교묘하게 권력이 침투하여 신체를 훈육하고 전략적으로 활용한다는 푸코의 권력 작동 방식에 부합되는 공간적 장치라고 할 수 있다.

권력이 다양한 공간-기계에 침투해 가는 작동방식을 논의하면서, 푸코는 "현대사회는 거창한 구경거리의 사회가 아니라 감시의 사회"(감시와 처벌, 333)라고 하며 사회 전체가 하나의 감옥이라고 한다. 이러한 감시기술은 법률학, 의학, 정신분석학, 교육학, 심리학 등 주로 인간을 연구 대상으로 하는 새로운 학문에 의해 정당화되고, 이 학문적 지식은 구체적인 제도와 공간적 장치 혹은 공간-기계를 통해 정당성을 획득하기 때문에 항상 권력과 은밀하게 유착하는데, 여기서 지식과 권력이 유착하는 지식-권력이 생겨난다.[6] 이 지식-권력은 새로운 형태의 구속을 전제하는데, 이는 사람들의 행동을 가시적으로 만들 뿐만 아니라 그들의 담화를 억제하기도 한다. 더불어 직접적으로 지식-권력은 신체에 작용하는 권력임을 분명히 하게 된다. 물론 이는 신체에 영향을 미치는 생체-권력으로 작동할 것이다. 이러한 지식-

6 지식 혹은 담론만으로는 이러한 권력을 유지할 수 없다. 지식과 담론의 이름으로 취할 수 있는 제도와 장치(혹은 공간-기계)들이 없다면, 지식과 담론이 제공하는 권력은 무력하게 될 것이다. 가령 의사의 정신병리학 담론은 병원이라는 제도적 장치 혹은 공간-기계가 있을 때 유효하다. 푸코는 제도적 장치의 예로서 감옥, 병원, 공장, 학교 등을 제시한다.(천 개의 권력과 일상, 169-170)

권력과 생체-권력의 작동을 통해 사회적으로 요구되는 책임 있는 주체, 법적인 주체를 만들어 내고, 학교, 공장, 감옥 등의 공간-기계에서 각 개인은 사회적으로 받아들여질 수 있는 순응적이고 유순한 주체로 생산된다.

공간-기계의 화용론과 생체-권력

규율권력, 지식-권력, 그리고 생체-권력이 작동하는 공간-기계는 언어의 화용론적인 접근이 가능하다. 일반적으로 화용론은 문장 속에 있는 언어 그 자체만을 대상으로 하는 것이 아니라 언어가 사용되는 맥락과 사회 심리적 요인을 설명하는 데 주안점을 둔다. 언어의 화용론처럼, 공간-기계도 사회적 혹은 심리적 맥락에 따라 의미가 달라질 수 있는 가능성이 생긴다. 가령, 생산성의 증진을 목표로 하는 공장 공간-기계는 노동자의 파업과 농성으로 인해 투쟁 공간-기계로 변환하기도 한다. 이는 비트겐슈타인의 "언어의 의미는 그 용법"이라는 언어의 정의와 궤를 같이한다. 즉, 언어가 그 용법에 따라 다양한 의미를 내포할 수 있는 것처럼, 공간-기계도 공간을 구성하는 다양한 요소들 혹은 항들과의 접속을 통해, 그리고 사회적 혹은 심리적 맥락에 따라 다른 의미를 가질 수 있다는 것이다. 이런 점에서 언어의 화용론처럼 "어떤 공간의 의미는 그 용법"(근대적 시 · 공간의 탄생, 142)이라고 할 수 있을 것이다.

공간-기계의 화용론에서 드러나는 권력적 속성은 들뢰즈의 화용론에 대한 정의를 통해 분명해진다. 들뢰즈는 언어의 화용론적인 특성을 강조하면서 "언어는 명령어이다"(A Thousand Plateaus[7], 74)와 이러한 언어의 명령적인 속성을 부각하면서 화용론은 "언어의 정치학이다"(TP, 82)라고 주장한다. 들뢰즈의 주장에 근거하여 화용론적인 특성을 갖는 "공간-기계도 명령어이다"와 "공간-기계의 화용론도 권력적이고 정치적인 공간이다"는 공리를 제언할 수 있을 것이다.

기본적으로 언어는 의사소통의 기능과 정보의 전달과 습득의 기능을 가진다. 들뢰즈는 언어에 대한 이러한 기본적인 접근과는 다르게 언어의 본질은 명령을 강요하는 것, 명령어의 전달임을 강조한다. 그는 언어에 대한 연구에서 다양한 방식으로 정보를 알려 주거나 의사소통을 하는 방법을 분석하지 않고, "명령어를 방출하고 받아들이고 변환시키는 이 끔찍스런 능력을 정의"(TP, 74)하고 분석한다. 여기서 들뢰즈는 언어활동 속에 숨겨진 명령어적인 속성을 환기시킨다. 들뢰즈가 주장하듯이, 삶에서 언어가 명령을 통해 질서를 만든다면, 명령을 포함하는 언표 속에서 문법의 규칙은 "통사적인 표지이기 이전에 권력의 표지"(TP, 76)가 될 것이다.

들뢰즈가 강조하는 언어학은 이처럼 삶을 구성하는 모든 실천, 그리고 그와 결부된 언어를 포괄하는 모든 활동을 대상으로 하는데, 그것은 화용론적인 특성을 갖는다. 그에 의하면, 언어의 권력적이고 화용론적 특성 속에서 언어 연구의 과학적 시도는 "언제나 말하려는 사람에게 부과하고 명령어를 전달하려는 정치적 시도와 겹쳐져 있다."(TP, 101) 이러한 방식으로 언어를 다루는 화용론이 권력의 문제를 다룬다는 점에서, 화용론은 언어의 정치학이라고 할 수 있다. 물론 화용론적인 특성 속에서 언어의 권력적인 측면은 권력이 작동하는 어떤 사회적이고 정치적인 상황에서 드러난다. 공간-기계의 권력적 속

7 《A Thousand Plateaus》는 'TP'로 약칭한다.

성도 그러할 것이다. 그럼 공간-기계의 권력은 어떤 조건 하에서 작동하는 것일까? 공간-기계들은 그 안에서 활동하고 실천하는 사람들의 신체를 어떻게 포섭하고, 그 신체에 대해 영향을 미칠 수 있을까?

먼저 공간과 신체의 관련성은 르페브르H. Lefebvre의 연구를 통해 두드러진다. 그에 따르면, 공간의 문제가 공간적 실천의 문제인 한, 공간의 문제는 실천을 담지하는 신체와 긴밀하게 결부되어 있을 수밖에 없다. 그가 보기에 공간의 연구에서 신체는 출발점이자 종착점이다. 르페브르의 지적처럼, 분명히 신체가 없다면 공간의 문제는 공허하게 될 것이다. 따라서 공간의 문제, 혹은 공간-기계의 문제를 다룰 때 신체의 문제는 중요해진다. 그는 공간에 종속된 신체를 설명하기 위해 "공간적 신체"[8](근대적 시 · 공간의 탄생, 147) 개념을 사용한다.

이진경은 르페브르의 "공간적 신체" 개념을 변주시켜 "공간 내 신체"와 "공간적 신체"로 구분하여 공간-기계의 신체를 정의한다.(근대적 시 · 공간의 탄생, 148) 가령 학교 공간-기계에서 교사는 학교를 구성하는 공간적 신체에 속하는 반면, 학생은 학교라는 공간-기계가 작동하면서 가공하고 변형시키는 재료라는 점에서 공간 내 신체를 구성한다. 공장 공간-기계의 경우, 노동자의 신체는 공간적 신체이고, 생산되는 상품은 공간 내 신체를 구성한다. 병원 공간-기계의 경우, 의사와 간호사는 공간적 신체를 이루고, 치료를 목적으로 신체가 변형되는 환자는 공간 내 신체를 구성한다. 그런데 화용론적인 공간-기계는 공간적 신체와 공간 내 신체를 각기 다른 방법으로 신체를 관리하고 통제한다.

첫째, 공간-기계에서 공간 내 신체의 대표적인 예가 학교 공간-기

---

8 그것은 공간의 생산물이자 그것을 생산하는 것으로서 그 공간의 결정 요인에 직접적으로 종속된다. 가령, 17~18세기 프랑스 궁정에서 매너화된 신체는 궁정적 공간의 생산물이자 어떤 공간을 궁정적 공간으로 생산한다고 말할 수 있다.

계에서 학생의 신체인데, 학교 공간-기계는 규율이 효율적으로 작동할 수 있도록 신체적 행동을 양식화하면서 공간 내 신체인 학생들의 신체를 감시하고 관리하며 통제한다. 이에 대응하여 공간 내 신체인 학생은 성적과 진학 등을 위해 공간-기계가 바라는 양식화된 신체적 행동을 행하는데, 이는 그 신체의 욕망을 통해 이루어진다. 그러한 욕망으로 공간 내 신체는 "그런 통제의 시선을 의식해 스스로 알아서 행동하게 하는 것이 가능하게 된다."(근대적 시 · 공간의 탄생, 160)

이처럼 양식화되고 프로그램화된 행동을 반복하면서 수동적인 행동을 재생산하는 공간 내 신체는 푸코가 권력의 문제에서 지적하는 것, 즉 권력이 자신의 본질을 교묘하게 숨기려고 시도한다는 것에 부합한다. 푸코는 권력이 이러한 시도를 성공하기 위한 수단을 제시하는데, 지적했듯이 그 수단이란 위계질서적인 감시, 규범화된 제재, 그리고 시험을 결합하는 방식이다. 푸코의 말을 빌리자면, 권력은 공간-기계에서 이 세 가지 수단을 통해 공간 내 신체를 통제하고 관리하는 것이다.[9]

먼저 푸코가 위계질서적인 감시를 통해 강조하는 바는, 규율이 행사되는 공간-기계의 경제성과 목적에 부합하도록 규율 중심적 권력을 통합적으로 조직하는 것이고, 또한 그 권력을 다양하고 자동적이며, 익명인 권력으로서 조직하는 것이다.(감시와 처벌, 279) 두 번째 시도로서 비가시적인 권력이 행하는 규범화한 제재의 목적은 구성원들, 즉 공간 내 신체들을 규격화하는 것이다. 푸코가 강조하듯이, 규격화를 추진하는 권력은 동질성을 강제한다. 즉, 그것은 모든 규율 중심적인 공간-기계의 공간 내 신체들을 비슷하고 유사한 모습으로 만드는 방

9 물론 이 세 가지 수단은 공간적 신체를 관리하고 통제하는 데 활용될 수 있다. 가령 회사 공간-기계는 공간적 신체인 회사원들을 승진과 해고라는 명목 하에 통제하고 관리하는 방법으로 이 세 가지 수단을 활용할 수 있다.

법이다. 이렇게 규율 중심적인 권력은 규범이 된 동질성의 세계 안에서 구성원들의 개별적인 차이를 완화시켜 그들을 어떤 척도에 맞도록 만든다.(감시와 처벌, 289) 마지막으로, 위계질서적인 감시와 규범화한 제재를 통합시키는 것이 시험이다. 푸코에 의하면, 시험은 규격화하는 시선이고, 자격을 부여하고 분류하고 처벌할 수 있는 감시이다. 또한 그것은 공간 내 신체를 분류할 수 있고 제재를 가할 수 있는 가시성의 대상으로 만들어 버린다. 즉, 시험은 공간 내 신체를 권력의 결과와 대상으로, 지식의 결과와 대상으로 만드는 여러 방식의 중심에 자리 잡고 있는 것이다. 특히 시험은 위계질서적인 감시와 규격화에 따른 처벌을 결합시키면서 주요한 규율 중심적인 기능을 확보하는 데 필수적인 역할을 한다. 이러한 시험을 통해 공간-기계는 효과적으로 규율권력과 생체-권력이 공간 내 신체에 침투하고 스며들도록 할 수 있다.

둘째, 공간-기계의 공간적 신체의 대표적인 경우는 노동자이다. 그런데 노동자, 즉 공장 공간-기계의 공간적 신체는 능동성의 성분을 포함하고 있다. 이 능동적 기계가 바로 새로운 결과를 생산하는 원천이다. 하지만 자본은 이러한 능동적 요소를 이용해야 하지만, 그것을 방치했을 경우 노동자의 신체를 자본의 의지 아래 종속시킬 수 없다는 이유로, 그것을 극소화한다. 다시 말해 자본권력의 실질적 포섭이라고 부르는 관계를 형성하기 위해, 그들의 신체와 행동을 관리하고 통제하려 한다. 이와 같이 공간적 신체인 노동자는 능동성을 빼앗기고 생산적 변이 능력을 통제받음에 따라, 공간 내 신체인 학생들처럼 양식화된 행동을 수행하는 수동적 기계가 되고 만다. 주지하듯이, 산업혁명 이후 노동자의 활동을 자본권력이 독점함에 따라 자본가와 일부 관리들만이 실질적인 능동성을 장악하게 되었다. 그럼 능동성을 빼앗긴 노동자의 신체를 공장 공간-기계의 수동적인 공간적 신체로 포섭하고, 그 공간적 신체를 지속적으로 관리하고 통제할 수 있도록 하는 것은 무엇일까? 여기서 결정적인 역할을 하는 것이 "실업화 압력과 경쟁"(근대적 시 · 공간의 탄생, 161)이다.

실업화와 경쟁을 통한 신체의 포섭과 관리는 마르크스의 과잉인구를 통해 명확해진다. 과잉인구에 관한 마르크스 주장의 핵심은 자본축적의 일반적 법칙이란 생산력의 발전에 따라 기계가 노동인구를 대체함으로써 항상적으로 과잉인구가 발생한다는 것이다. 여기서 마르크스는 자본은 축적을 수행하면서, 역설적으로 끊임없이 실업자를 양산해 낸다는 사실을 강조한다. 즉, 과잉인구화는 자본의 축적 과정이 노동력을 지속적으로 과잉화시키고 유휴화遊休化시키는 과정임을 내포한다. 그것은 자본의 정상적인 축적에 필수적인 조건이 되는 것이고, 자본 축적을 위해 다음과 같이 운용된다. 첫째, 과잉인구는 노동의 수요와 공급의 법칙이 작용하는 토대인데, 이 토대 위에서 이루어지는 "노동의 수요와 공급 법칙의 운동은 자본의 전제專制를 완성한다."(자본 I -2, 870) 둘째, 그것은 노동의 수요와 공급에 의거하여 취업 상태인 노동자들에 대해 실업화하려는 압력을 일상적으로 행사한다.

이러한 공장 공간-기계의 상황에서 자본권력에 순응하지 않는 공간적 신체와 자본의 요구에 부적절하게 반응하는 공간적 신체를 일차적인 실업화의 대상으로 삼음으로써 자본에 대한 복종과 충성을 노동자에게 강요한다. 이런 식으로 자본은 공간적 신체인 취업자와 미래에 공간적 신체가 될 산업예비군(혹은 실업자)의 노동력을 포획하여 이용할 수 있는 조건을 확보한다. 여기서 궁핍한 상태에 있는 산업예비군을 절대적으로 이용할 수 있는 가능성으로 대체하는 것, 즉 사회의 세부적 기능의 담당자인 부분적 개인을, 어떤 노동이라도 절대적으로 수행할 수 있는 개인으로 대체하는 것이 중요한 문제가 된다. 항상적인 실업화 압력 속에 노동하는 취업자들 역시 경우는 크게 다르지 않다. 실업자의 일상적 고용을 통해서 혹은 취업자의 실업화 압력을 통해서, 자본은 노동자의 임금을 낮출 뿐만 아니라, 실업자들 혹은 노동자들(또는 실업자과 노동자 간)의 경쟁을 만들어 낸다. 이 경쟁은 실업자들 사이에 혹은 노동자들 사이에 단절과 분리의 개별화 선을 재단한다. 그 경쟁에서 생존을 위해서 취업자와 실업자는 어떠한 종류의 일이나, 어떤 고통스런 규율도 감수하려는 의지를 갖게 된다. 즉 취업자는 공간적 신체로서 회사 공간-기계에 배제되지 않기 위해서, 실업자는 아직은 공간 외 신체이지만 그 공간-기계에 소속되기 위해서 자본권력의 요구와 명령에 순응적으로 따르는 신체가 된다.

상대적 과잉인구(산업예비군)[10]가 자본의 축적에 필수적이라는 점에서, 그리고 실업화 압력과 경쟁이 공간적 신체를 구성하는 노동자들(혹은 공간 외 신체를 구성하는 실업자들)에게 가해지는 배제의 위협이라는 점에서, 양쪽 모두는 노동이 수동화되거나 혹은 타자화되는 장을 구성한다. 공간적 신체가 수동화 혹은 타자화되는 공간-기계는 노동의 규율적인 도덕과 규범을 노동자의 신체에 새겨 넣고, 자본의 요구를 노동자 자신의 욕망으로 전환시킨다. 이는 규율을 활용한 신체 통제와 인구 통제 전략을 통해 생체-권력의 시대[11]가 열린다는 푸코의 주장과 맥을 같이한다.

푸코에 따르면, 생체-권력은 자본주의 발전에 필수적인 요소였다. 자본주의 발전은 신체가 통제되어 생산 체제로 편입되는 것과, 인구

---

10 상대적 과잉인구는 자본주의가 발전함에 따라 생기는 실업자와 반실업자 등의 과잉노동인구를 지칭하는데, 자본의 평균적 증식 욕구를 기준으로 할 때 필요 이상의 노동자를 의미한다. 따라서 마르크스는 상대적 과잉인구를 산업예비군이라 지칭한다.

11 생체-권력은 두 가지 측면에서 작동하는데, 규율의 측면에서 그것은 군대나 학교 같은 제도이고, 전술에 관한, 수련에 관한, 교육에 관한, 사회 질서에 관한 성찰이며, 정치적 꿈으로 나아간다. 인구 조절의 측면에서 그것은 인구통계학이고, 자원과 주민 사이의 관계에 대한 추정, 부와 부의 유통, 생명과 예견할 수 있는 수명의 도표화이다. 이 두 가지 권력 기법의 긴밀한 연결은 19세기에 커다란 권력 기술 체계를 구성하게 되는 구체적 배치의 형태 속에서 이루어지게 된다.(성의 역사 1, 156–157)

현상이 경제 과정에 맞추어지는 것을 조건으로 해서만 보장될 수 있었다. 더불어 자본주의의 발전은 더 많은 것을 요구했고, 신체와 인구의 증가, 신체와 인구의 활용 가능성 및 순응성과 동시에 신체와 인구의 증강, 또한 체력과 적성과 생명 일반을 최대로 이용할 수 있으면서도 그것들을 더욱 용이하게 예속시키기 위한 권력의 방법을 필요로 했다.(성의 역사 1, 157-158) 물론 첫째 신체가 통제되어 생산 체제로 편입되는 것은 공장 공간-기계에서 규율의 작동으로 공간적 신체인 노동자의 신체를 자본의 요구에 순응하는 신체로 만드는 것에 다름 아니고, 둘째 인구가 통제되어 인구 현상이 경제 과정에 맞추어지는 것은 자본에 의한 인구의 통제, 즉 언제든 이용 가능한 상대적 과잉인구를 통제하여 공간적 신체에게 실업화 압력을 가하고 경쟁을 부추기는 것에 다름 아니다. 이렇게 생체-권력은 공장 공간-기계에서 규율권력을 통한 노동 생산방식을 통해, 그리고 실업화 압력과 경쟁을 가하는 과잉인구를 통해 공간적 신체를 관리하고 통제할 수 있게 되고, 나아가 공간적 신체가 자본권력의 요구에 순응하여 스스로 그러한 관리와 통제를 따르도록 한다. 지적했듯이 학생과 환자 등의 공간 내 신체도 규율권력을 통해 관리되고 통제되고 스스로 그러한 관리와 통제를 따르는 신체가 된다는 점에서, 공간-기계의 권력은 공간적 신체와 공간 내 신체 양쪽 모두에게 작동하게 된다.

자본권력과 자율적인 창조적 공간-기계

화용론적인 공간-기계는 신체를 포섭하는 생체-권력의 작동으로 행동의 흐름만을 포획하지는 않고, 그 안에서 이루어지는 행동을 특정한 양상으로 만들어 낸다. 언행은 공간-기계의 경계에 의해 제약된다. 각기 상황이 다양한 공간-기계에서 스타일이 다른 언표가 발화된다. 즉, 사람의 언표는 공간-기계의 배치가 달라짐으로써 다른 스타일의 언표가 발화된다. 가령 한 사람은 직장 상사로서 회사에서의 말투와 아들 혹은 가장으로서 가정에서의 말투가 다르게 발화된다. 행동도 마찬가지일 것이다. 이렇게 하나의 공간-기계에서 다른 공간-기계로 탈영토화하면 사람들은 자신들의 언행을 바꾼다. 요컨대, 공간-기계는 행동과 언어가 물리적인 경계마다 다르게 작동하는 장치라고 하겠다.

언어와 행동을 분할함으로써 공간-기계는 사람들의 삶을 조직한다. 다른 말로, 공간-기계는 언어와 행동을 통해 공간적 신체와 공간 내 신체의 삶을 구조화한다. 이런 의미로 현재 자본주의적 삶에 직접적으로 연결된 공간-기계에서 삶의 방식을 바꾸고 새로운 종류의 생활방식을 생산하는 것은 자본주의적인 공간-기계를 변주하지 않고서는 힘든 일일 것이다. 삶의 권력 지도를 변혁시키는 공간-기계의 변주는 자본주의의 다양한 공간-기계에서 작동하는 자본권력, 지식과 연대하여 자본권력과 나란히 작동하는 지식-권력, 그리고 자본권력이 우리의 신체를 포섭하는 규율권력과 생체-권력을 벗어나지 못한다면 요원한 일일 것이다. 왜냐하면 자본은 "지구화 과정을 통하여 지구전체를 그 명령 아래 둘 뿐만 아니라 사회적 삶 전체를 창조하고, 그것에 스며들어가서 착취"(공통체, 19)하고, 그 과정에서 삶에 경제적 가치의 위계에 따른 질서를 부여하기 때문이다.

자본주의의 다양한 공간-기계에서 자본이 자신의 권력을 유지하는 주된 전략은 금융을 통한 통제이다.(공통체, 406) 금융을 통한 권력의 유지는 화폐를 통해서 이루어지는데, 이는 두 가지 화폐의 재현적 의미에서 분석 가능하다. 첫째, 화폐는 교환가치를 재현하는 것으로서, 자본주의 사회에서 상품의 가치를 재현하는 보편적 등가물이고 교환의 매개체이다. 이런 의미에서 자본주의에서 노동은 "화폐와의 교환을 통해 가치화된 활동이고, 사물들을 가치화하는 데 이용되는 활동이다. 그것은 자본에 의해 구매된 활동이고 자본을 위해 잉여가치를 생산하는 활동"(미-래의 맑스주의, 132)이라고 할 수 있다. 자본주의는 이처럼 인간의 활동을 노동력으로 상품화하기에, 자본주의의 다양한 공간-기계에서 우리의 활동은 화폐에 의해 만들어진 상품 세계 속으로 포획된다고 할 수 있다. 둘째, 화폐는 노동에게 명령을 내리는 권력을 행사한다. 화폐는 "사회적으로 생산되어 사적으로 축적되는 부의 재현인데, 이것이 다시 사회적 생산을 지배하는 권력을 갖는"(공통체, 406)다. 이는 3장에서 지적한 대로, 신체의 규율과 인구 통제를 통해, 실업화 압력과 경쟁을 부추기는 공장 공간-기계에서 자본권력이 노동자의 신체를 관리하고 통제하는 방식에서 구체화된다.

네그리와 하트는 이러한 자본권력에 맞서는 세 가지 전략을 제시한다. 첫째, 과거에 존재했던 사용가치의 세계로 돌아가는 것을 꿈꾸면서 물물교환 혹은 가치의 국지적 재현[12] 등에 기반을 둔 교환 체제를 구축함으로써 화폐의 두 가지 재현 기능(교환가치의 재현과 부와 명령의 재현)을 파괴하는 것이다. 즉, 화폐에 들어 있는 자본주의적 명령뿐만 아니라 화폐의 일반적 등가물로서의 역할을 제거하는 것이다. 두 번째 전략은 공정무역과 등가교환을 이상으로 여기면서, 가치의 재현으로서의 화폐는 보존하고, 일반적인 사회적 생산의 장을 재현하는 화폐의 힘, 즉 자본권력으로서 명령의 역할을 하는 화폐의 힘을 파괴하는 것이다. 세 번째 전략은 화폐의 두 가지 재현 기능들을 보존하면서 그에 대한 통제권만 자본으로 떼어 내는 것이다.(공통체, 407) 그들은 특히 세 번째 전략이 가능한가에 대한 만족스러운 해답을 제시할

12 특정 지역 혹은 맥락에서만 유통되는 비공식 화폐를 만들어서 사용하는 것이 가치의 국지적 재현의 한 사례이다.

수는 없다고 피력한다. 하지만 자본에 대한 이러한 전략들은 자본주의의 자본권력에 균열을 만드는 활동 방식을 제기할 수 있을 것이다.

자본권력에 대한 이러한 대항 전략은 자본의 사망을 선고하는 것이 아니라 노동력을 자신의 내부로 통합하지 못하는 자본의 무능을 짚어내고 있는 것이고,(공통체, 405) 자본권력과 연계된 다양한 권력의 자기장에서 벗어나 자율적인 창조적 공간-기계를 사유하고, 나아가 그러한 공간-기계를 창안하는 토대를 제공하는 것이고, 자본의 시선으로 자신을 보고 자본의 욕망을 자신의 욕망으로 삼는 무의식적 습속을 벗어나는 주체적인 입장을 가지는 것이며, 더불어 자본주의적 생산양식의 사유와 자본주의적 근대성의 사유를 벗어나는 것이다. 자본주의의 자본권력의 한계를 넘어서 새로운 자본주의의 외부성을 만드는, 나아가 창조적 공간-기계를 만드는 그 대항 전략은 들뢰즈의 차이의 철학에 근거를 둔 공간-기계와 관련이 있다.

들뢰즈는 차이를 재현적인 동일성(혹은 동일자)에 포섭하거나 대립에 가두지 않고, 차이를 차이로서 포착하려고 한다. 들뢰즈에 따르면, 차이의 철학에서 차이를 본다는 것은 어느 것이 갖는 남다른 특이성을, 다른 통상적인 것과 구별해 주는 특이성을 포착하는 것이다. 이러한 들뢰즈의 차이의 철학은 차이를 긍정하는 태도를 제안하고 촉발하고자 한다. 여기서 차이를 긍정한다는 것은 일차적으로 자기 자신에 대해 차이를 만드는 것이고, 자기 자신이 다른 것으로 변이하는 것이며, 자기 자신과 다른 것이 만나서 다른 무엇인가가 되는 것이다. 즉 들뢰즈가 강조하는 차이는 있는 그대로를 인정해야 하는 것이 아니라 새롭게 만들어 내야 할 것이며, 있는 그대로를 보존해야 하는 것이 아니라 현재와 다른 모습으로 변이함으로써 생성되는 것이다.(들뢰즈와 창조성의 정치학, 21-22) 이러한 차이의 철학은 존재들을 위계화하는 것이 아니라 개별적 차이들 각각에 동등한 존재를 부여하는 것이다. 이를 통해 들뢰즈는 “하나의 동일한 세계의 긍정, 그리고 이 세계 내에서의 무한한 차이 또는 다양성의 긍정”(피어슨, 42)을 강조한다.

물론 들뢰즈의 차이의 정치학은 자본주의적 척도로 단지 다양한 이견이나 성향을, 다양한 차이를 인정하고 존중하라고 요구하는 정치학이 아니다.(미-래의 맑스주의, 285) 왜냐하면 그러한 차이의 인정과 존중은 자본주의적 척도로 인해 결국 다양한 차이들이 자본권력에 수렴하여 귀속되어, 자본권력 아래 수직적인 위계로 동일화된 차이들을 양산할 뿐이기 때문이다. 이와는 반대로, 차이의 정치학은 화폐와 자본이 모든 종류의 특이성, 모든 종류의 삶의 방식을 동일화하고 동질화하는 거대한 권력의 장을 형성하는 자본주의의 현재적 조건에서, 그러한 동일성 혹은 동일자의 정치에 저항하는 것이다. 즉, 그것은 “생활의 모든 영역으로 침투하고 있는 자본과 화폐의 권력에 맞서, 모든 것을 자본으로 화폐로 동일화하는 권력에 맞서, 그것의 외부, 화폐화되지 않고 자본에 포섭되지 않은 삶의 가능성을, 차이가 숨 쉴 수 있는”(미-래의 맑스주의, 289) 그러한 공간-기계를 창안하는 것이다.

자본권력에 포섭되지 않고 차이가 숨 쉬는 공간-기계는 자신의 움직임과 변형을 결정할 자율적인 새로운 노동 담론을 제시한다. 그러한 공간-기계에서 노동의 즐거움을 즐기는 새로운 노동담론은 생산성과 잉여가치라는 목적을 지향하기 위해 국가가 날조하는 단순한 이데올로기나 표상이 아니다. 그것은 실업화 압력과 경쟁을 통해 생산성 증진이 야기한 다양한 병폐와 부작용에 대처하는 과정에서 구상될 수 있고, 공간-기계 구성원과 노동 체제의 관계를 전면적으로 변주시킬 수 있도록 창안된 결과물이다. 이 새로운 담론의 목표는 공간-기계의 구성원들이 노동을 구속이 아니라 그 자체로 좋은 것, 즉 자기실현을 위한 수단으로 인식하도록 만드는 것이다. 이는 네그리와 하

트가 강조하는 삶정치적biopolitical 노동 담론과 궤를 같이한다.[13]

네그리와 하트는 삶정치적 노동을 논의하면서, 부를 생산하기 위해 노동을 전유하고 포획하는 자본권력에 맞선 세 가지 저항 혹은 투쟁을 제시한다. 첫 번째 저항은 삶정치적 노동의 자유를 방어하는 것으로 정의된다. 여기서 삶정치적 노동의 생산성은 자신의 움직임과 변형을 결정할 자율성을 필요로 한다. 즉, 생산적 마주침을 구축하고 협력의 네트워크를 형성하며 해로운 관계에서 빠져나갈 자유를 필요로 하는 것이다. 이 첫 번째 투쟁은 자본이 신체에 새기는 노동의 명령을 거부하는 투쟁, 즉 창조적인 자유로운 힘을 방어하는 투쟁이다. 두 번째 저항은 사회적 삶의 방어로 정의된다. 그것은 임금에 맞선 공통적인 것의 투쟁으로 파악될 수 있다. 이는 사회적 삶을 재생산할 소득을 방어하고 점점 더 폭력적이고 신뢰할 수 없게 되는 임금 관계에의 의존에 대항하는 투쟁이다. 세 번째 저항은 민주주의 방어로 정의될 수 있다. 이 투쟁은 아직 초기에 있지만, 앞으로 이 투쟁이 사회적 생산력의 민주적 조직화를 이루고 삶정치적 생산의 자율에 안정된 토대를 제공하도록 사회제도들을 창안해야 한다. 따라서 이 세 번째 투쟁은 자본에 맞선 공통적인 것의 투쟁이 될 것이다.(공통체, 400-401) 요약하면, 이 세 가지 투쟁은 자본이 신체에 새기는 노동의 명령에 대한 투쟁, 폭력적이고 신뢰할 수 없는 임금 관계에 의존하는 것에 대한 투쟁, 마지막으로 자본에 맞선 투쟁이다. 이 투쟁의 결과, 삶정치적 노동은 자본의 관리와 명령으로부터 점차적으로 자율적으로 되는 동시에 저항적으로 되면서 자본권력은 노동을 자신의 목적에 부합하는 공간-기계 속에 통합하고 포섭하는 데 어려움을 경험할 것이다.

---

13 여기서 "biopolitical"은 "삶정치적"으로 번역자가 번역한 대로 인용했다. 푸코의 bio-power가 생체-권력 혹은 생명관리-권력으로 번역되고 있듯이, 생체정치적 혹은 생명관리정치적으로 통일할 수 있지만, 문맥적으로 "삶정치적"으로 사용하는 것이 더욱 적합하기 때문에 번역 원문 그대로 사용한 점을 밝힌다.

이처럼 자본이 노동을 자신의 권력 구조 안에 통합하는 데 점점 더 어렵게 됨에 따라, 삶정치적 생산의 사회적 지형에서는 기업기반 자본에서 기능했던 통합 메커니즘이 더 이상 작동하지 않을 것이다. 네그리와 하트는 여기서 점점 더 자율적으로 되는 노동력과 그 결과 점점 더 순수 명령이 되는 자본으로 나뉘게 될 것이라고 지적한다. 그 결과 노동력은 "더 이상 자본의 신체 안에 통합된 가변자본이 아니라 분리되어 있고 점점 더 대립하는 힘이 되"(공통체, 404)고, 노동력 재생산의 사회적 메커니즘을 통제하는 역할을 점차적으로 상실하는 자본권력이, 스스로를 자율적으로 유지하고 새로운 창조적 공간-기계를 창안하는 데 필요한 역량을 획득하는 생산적 주체성들과 공존하게 된다. 이러한 삶정치적 노동은 즐거운 유희로서, 자본권력의 외부에 존재하는 자율적인 창조적 공간-기계에서 상존常存할 수 있을 것이다.

이런 맥락에서 자율적인 창조적 공간-기계는 지적인 측면에서 "삶과 분리된 지식이 아니라 삶과 긴밀하게 결합된 지식을 생산하는 것 혹은 삶의 일부로서 지식을 생산하고 실천의 일부로서 이론을 생산하는" 장소이고, 생활적인 측면에서 "지식이나 의식을 바꾸는 것이 아니라 신체적인 습속과 무의식 자체를 바꾸는 활동"을 지향하는 장소이고, "차이와 이질성을 제거하여 확고한 통일성을 만드는 게 아니라 차이와 이질성이 만나면서 끊임없이 새로운 것이 생성되고 변형되는 생성의 장으로 만드는" 곳이고, "타인에 대한 배려를 통해서 자신을 배려하는 자이이타自利利他의 실천을 통해 공동체적인 생활방식을 생산하는" 곳이며, 경제적인 측면에서 자본권력의 외부를 꿈꾸는 다양한 활동이 만나고 연결되는 촉발과 변용의 장으로 만들면서, 자본권력이 정한 규칙이나 명령에 의해 행동하는 것이 아니라 "자발적인 의지와 자율성의 원리에 따라 행동하는 자율적인 활동을 실천하는" 곳이고, "자본주의적 교환의 규칙에서 벗어나 선물의 규칙에 따라 활동과 재화를 나누는 생활을 실험하고 창안하는"(미-래의 맑스주의, 304) 장소일 것이다.

나가기

공간-기계는 구성원의 언행을 한정시키는 공간 개념과 다양한 항들과의 접속을 통해 다른 의미를 획득하는 들뢰즈의 "기계" 개념이 합쳐진 용어이다. "기계" 개념처럼 공간-기계는 다양한 접속을 통해 다양한 의미와 용례를 가질 수 있다. 이런 점에서 공간-기계의 의미는 언어의 화용론처럼 그 용법이라고 할 수 있다. 화용론은 언어의 정치학이라는 들뢰즈의 주장을 적용하면, 공간-기계도 하나의 정치학으로서 권력과 잇닿는 가능성이 열린다. 즉, 다양한 항들과의 접속 속에서, 또는 다양한 상황과 정황 속에서 공간-기계는 권력을 작동시키는 하나의 권력 장치로서 운영될 수 있다. 특히 공간-기계의 권력은 규율 중심적 장치 혹은 공간에서 두드러지게 발생한다. 그러한 장소로서 공장 공간-기계와 학교 공간-기계, 병원 공간-기계와 감옥 공간-기계를 둘 수 있다.

공장 공간-기계는 기계와 노동자를 함께 배치함으로써, 기계가 중심이 되어 노동이 기계에 종속되고, 노동이 기계의 수단으로 활용되며, 더불어 기계 중심의 규율이 발생하게 한다. 그 결과 노동자는 기계가 중심이 된 수동적인 주체로서 관리되고 통제된다. 이와 유사하게, 학교와 감옥 등의 공간-기계도 규율을 통해 구성원의 신체를 면밀하게 관리하고 통제한다. 그리고 규율 중심적 공간-기계는 감시, 규범화된 제재, 시험을 통해 보이지 않는 권력을 작동한다. 이런 상황 속에서 구성원들은 스스로 그 권력에 순응하는 유순한 주체로 변모한다.

이러한 공간-기계는 공간적 신체와 공간 내 신체를 구성한다. 그것은 각기 다른 방식으로 양쪽 신체를 관리하고 통제한다. 먼저 공간-기계는 규율권력을 통해 공간 내 신체에 침투하고 스며하면서, 공간 내 신체에 지식-권력과 생체-권력을 작동한다. 더불어 공간적 신체에 권력을 작동시키는 방법은 실업화 압력과 경쟁을 통해서이다. 이는 자본권력을 통해 두드러진다. 공간-기계의 자본권력은 실업화 압력과 경쟁을 통해 공간적 신체를 포섭하고 관리한다. 그 결과 공간적 신체는 스스로 수동화되면서, 공간-기계에서 배제되지 않기 위해 자본권력의 요구를 자신의 욕망으로 전환시킨다. 특히 자본주의 체제에서 자본권력은 푸코가 지적하는 신체 규율과 인구 조절, 두 측면을 활용하면서 더욱 공고하게 공간적 신체를 포획할 수 있게 된다. 이는 실업화와 경쟁을 부추기는 상대적 과잉인구의 관리와 궤를 같이한다.

자본권력이 작동하는 다양한 공간-기계를 탈주하여 자본권력에 자유로운 공간 혹은 장치가 바로 자율적인 창조적 공간-기계라고 할 수 있다. 그러한 공간-기계 되기becoming는 자본의 두 가지 재현적인 기능, 즉 교환가치의 재현과 부와 명령의 재현 기능을 당연시하는 사회적 통념을 탈주한다는 점에서 차이의 철학을 함의할 뿐만 아니라, 자본권력에 벗어나 긍정적이고 창의적인 탈영토화를 추구한다는 점에서 "창조성의 정치학"[14](Bogue 105)에 다름 아니다. 차이의 철학과 창조성의 정치학으로서 공간-기계 되기는 자본주의 체제에서 벗어난 외부들을 창안하는 방식을 찾아내는 것이자, 자본주의 체제 곳곳에 틈새를 찾아내는 것과 관련이 있다. 즉, 그것은 자본주의의 자본권력

14 창조성의 정치학은 이미 설정되어 있는 억압적인 담론들과 제도들을 탈영토화하여 인간 실존의 새롭고 자율적인 양식들을 창조하려고 한다. 탈영토화 과정은 욕망과 무의식을 제한하는 권력적인 담론과 제도를 전복시키는 해체적인 활동이다.

을 벗어나는 전략을 통해서 생체-권력을 탈주하는 새로운 창조적인 노동 개념을 사유하는 것이고, 최근 자동화와 정보화를 기반으로 하여 관리와 통제를 목적으로 지식-권력과 규율-권력을 작동하는 자본주의의 새로운 권력 작동 방식에 균열을 내는 것이며, 다양한 차이들이 만나고 공존하는 상생적인 공간을 만들어 내는 것이라고 할 수 있다.

| 참고문헌 |

네그리, 안토니오 외 1명, 정남영 외 1명 옮김, 《공통체》, 사월의책, 2014.

미셸 푸코, 오생근 옮김, 《감시와 처벌》, 나남, 2008.

______, 이규현 옮김, 《성의 역사 1》, 나남, 2004.

______, 심세광 외 2명 옮김, 《생명관리정치의 탄생》, 난장, 2012.

사공일, 《들뢰즈와 창조성의 정치학》, 동문선, 2008.

______, 《천 개의 권력과 일상》, 산지니, 2014.

이진경, 《근대적 시·공간의 탄생》, 푸른숲, 2006.

______, 《노마디즘 1》, 휴머니스트, 2002.

______, 《맑스주의와 근대성》, 문화과학사, 2005.

______, 《미-래의 맑스주의》, 그린비, 2006.

카를 마르크스, 강신준 옮김, 《자본 I -1》, 도서출판 길, 2008.

______, 강신준 옮김, 《자본 I -2》, 도서출판 길, 2008.

키스 안셀 피어슨, 이정우 옮김, 《싹트는 생명》, 산해, 2005.

Bogue, Ronald, *Deleuze and Guattari*, London : Routledge, 1989.

Deleuze, Gilles and Guattari, Félix, *Anti-Oedipus : Capitalism and Schizophrenia*, Trans. Robert Hurley, Mark Seem, and Helen R. Lane. Minneapolis : Minnesota UP, 1987.

Deleuze, Gilles and Guattari, Félix, *A Thousand Plateaus*, Trans. Brian Massumi. Minneapolis : University of Minnesota Press, 1987.

2

장르의 회전 : 소설, 영화, 음악의 테크놀로지

— 채만식의 소설과 <글루미 선데이>를 중심으로

서희원

– 이 글은 서강대학교 인문과학연구소 《서강인문논총》 제44집(2015.12)에 게재된 원고를 수정 및 보완하여 재수록한 것이다.

잊히지 않는 멜로디 ―《탁류》 그리고 〈글루미 선데이〉

《탁류》는 《조선일보》에 1937년 10월 12일부터 1938년 5월 17일까지 총 198회 연재된 채만식의 장편소설이다. 잘 알려진 것처럼 《탁류》는 군산 정주사 일가의 이야기를 담고 있고, 그중 장녀인 초봉이의 비극적인 삶의 여정을 따라 서사가 전개된다. 약국의 점원에서, 매매나 다름없는 조건으로 은행원이자 매독 환자인 태수와 결혼하고, 간통 현장을 적발당한 덕분에 끔찍하게 태수와 그의 정부가 살해된 후 약국 사장인 제호의 첩이 되고, 다시 곱추 형보의 성적 노리개로 전락하는 초봉의 삶은 그 끝을 알 수 없을 정도의 나락으로 떨어진다. 과거를 회상하는 정주사의 언급("미상불 이십사오 년 전, 일한합방 바로 그 뒤")[1]을 통해 살펴보자면, 소설의 서사 시간은 1935년이나 1936년 "오월 초생"(9)에서 시작해 계봉이 근무하는 백화점의 휴무일인 "세짯번 월요일"의 전날인 1937년 혹은 1938년 5월의 "일요일"(386)에 끝나는 만 2년 동안 전개된다.

《탁류》의 서사가 종료되는 1937년 5월 16일(혹은 1938년 5월 15일) 일요일의 이야기는 1938년 4월 13일부터 각각 16장 〈탄력 있는 아침〉, 17장 〈老童 '訓戀日記'〉, 18장 〈내보살 외야차〉, 19장 〈서곡〉으로 나뉘어 5월 17일까지 연재된다. 대략 30회가 조금 넘는 《탁류》의 마지막 장면을 채만식은 꽤 수고를 들여가며 거의 개작에 가까울 정도로 수정했다고 밝히고 있다. "《탁류》는 아직도 손질을 해야 할 것이 한 30회차나 남은 채 그대로 있다. 이 끝엣것 30여 회는 퇴고 정도로도 안 되고 거진 개작하다시피 해야 하니 단면 원고지로 따지면 3백 매가

1 채만식, 《채만식전집 2-탁류》, 창작과비평사, 1987, 15쪽. 앞으로 이 책에서의 인용은 간략하게 괄호 안에 쪽수만을 병기하는 방식으로 처리하겠다. 또한 이 전집의 다른 권을 인용할 때는 각주에 권수와 쪽수만을 표기하겠다.

가까운 분량이다."[2] "신문 1회치를 만들어놓자면 백매짜리 원고지 한 축은 거진 다 버려버린다"[3]고 퇴고와 수정을 거듭하는 창작의 고통을 밝힌 채만식이지만 《탁류》의 마지막 하루는 "재퇴고"를 넘어 "개작"에 가까운 고뇌를 필요로 했던 것이다.

지금은 몇 번을 완독했기 때문에 그 결말을 모두 알고 있지만, 처음 《탁류》를 읽었던 시절의 기억을 더듬어 보자면 《탁류》의 마지막 하루는 전혀 예상하지 못했던 사건의 갑작스런 돌발이었다. 아니 대략적으로 예감은 하였다고 해도 끔찍한 사건과 표현의 정도에 있어서 《탁류》의 결말은 예상을 훨씬 초과한다고 할 수 있다. 채만식이 공들여 쓴 《탁류》의 마지막 하루는 "여덟시에서 십 분이 지"(385)난 계봉의 출근 장면으로 시작해 지독한 우울증에 빠져 모성으로 간신히 자살의 충동과 살인의 환상을 억누르고 있는 초봉의 모습, 계봉에 대한 성적 욕망을 감추지 않는 형보의 추악한 대화를 거쳐 계봉이 근무하는 "××백화점 맨 아래층의 화장품 매장"(400)으로, 젊은 여직원들의 사사롭고 경쾌한 대화로 진행된다.(이상 16장 〈탄력 있는 아침〉) 17장 〈노동 '훈련일기'〉는 오후 "여섯시"(410) 계봉의 퇴근으로 시작해 그녀의 나이차 나는 연인老童 승재의 아현동 병원에서 즐기는 밀회와 초봉의 신세를 한탄하고 분노하는 대화, 월요일의 시외 나들이 약속, 종로에서의 달콤한 저녁 식사로 전개된다. 계봉과 승재가 함께 한 이 데이트는 "한끼의 저녁밥이기보다 생활의 즐거운 한 토막"을 누린 것이고, "아무 근심 없이 유쾌한 시간"(439)을 보낸 것이다. 마치 "어느 전설의 땅을 온 것처럼 꿈속 같"(439)은 "연애"의 끝은 항상 그렇듯이 남자의 귀갓길 에스코트로 이어진다. 그들은 "아홉시하고 마침 반"(440)에 계봉

2 〈잃어버린 10년〉, 《전집9》, 505쪽. (《조선일보》, 1938년 2월 19일)

3 같은 책, 504쪽.

의 집에 도착하고 곧 대문 앞에 모인 사람들의 웅성거림을 통해 무슨 일이 벌어졌음을 직감한다. 계봉은 초봉의 자살 혹은 형보에 의한 상해(혹은 살해)를 예감하고 집에 뛰어 들어가지만 아무 일 없다는 듯이 앉아 있는 언니의 모습을 보고 안도의 한숨을 쉰다. "꼭 죽어 누웠으려니 했던 형이, 저렇게 머리 곱게 빗고 새옷 깨끗이 입고, 열어논 건넌방 앞문 문지방을 짚고 나서지를 않느냔 말이다. 또 송희도 아랫목 한편으로 뉜 채 고이 자고 있고…"(441) 하지만 초봉의 안온한 모습과는 달리 그녀에 의해 형보가 처참하게 타살되었음이 밝혀진다.

서사의 초점을 계봉에게 맞추고 그녀의 연애 장면을 보여 주는 방식으로 채만식이 감추어 놓은 결말은 그의 퇴고와 개작만큼 독자의 예상을 뛰어넘는 것이었다. 단행본의 남은 분량으로 결말을 예상했던 책의 독자보다는 언제 결말이 맺어질지를 예상하지 못하며 연재의 지면을 통해 접했던 당대 독자들의 충격은 이보다 훨씬 컸을 것이다. 그렇기에 이 사건을 접한 승재의 어리둥절한 모습은 등장인물의 놀람과 함께 독자의 심리 상태를 적절하게 기술한 것으로 읽힌다. "승재는 멀거니 눈만 끄먹거리고 섰다. 가령 초봉이가 자살을 했다든지, 또 처음 알아들은 대로 장형보한테 초봉이가 다쳤다든지 그랬다면 놀라운 중에도 일변 있음직한 일이라서 한편으로 고개가 끄덕거려질 수도 있을 노릇이다. 그러나 천만 뜻밖이지, 초봉이가 장형보를 죽이다니, 도무지 영문을 모를 소리던 것이다."(443)

18장 〈내보살 외야차〉의 시작은 "조금 돌이켜 여덟시"(443)의 초봉의 시점에 맞춰진다. 채만식은 17장에서 독자가 읽었던 시간으로, 계봉과 승재가 데이트를 하던 공간인 종로로 초봉을 병치시킨다. "불빛 은은한 포도 위로 사람의 떼가 마치 한가한 물줄기처럼 밀려오고 이짝에서도 밀려가고 수없이 엇갈리는 사이를 초봉이는 호젓하게 종로 네거리를 향해 천천히 걷고 있다."(448) 초봉의 산책을 묘사하는 채만식의 언어는 섬세하지만 그녀의 내면은 형보를 향한 무서운 살의로 가득하다. 초봉은 형보를 독살할 극약을 사고 "팔목시계가 여덟시하고 사십분"(451)이 되었을 때 집 앞으로 도착한다. 그리곤 아이의 비명을 듣고는 방안으로 뛰어 들어간다. 초봉은 아이를 거꾸로 들고 있는 형보의 모습을 보곤 "성난 암펌같이 사납게 달려들"(453)어 형보의 사타구니와 단전을 발로 짓밟아 살해한다. 그러고도 분이 풀리지 않아 "맷돌"(457)로 형보의 가슴을 짓이겨 버린다. "매우 오랜 동안인 것 같으나, 실상" "오 분밖에 안된 시간"(458)에 살인을 끝낸 초봉은 놀란 송희를 재우고 "뒷일 수습을 하기 시작한다."(459) 초봉은 "아홉시까지는 아직 십오 분이나 남"은 시간을 확인하고, "항용 아홉시 사십분 그 어림해서 돌아오"(459)는 계봉이를 모친이 위독하다는 거짓말로 송희와 함께 고향으로 보내고 자살할 결심을 한다. 그리고 "아홉시 반"(461) 계봉이 오기 전까지 누릴 수 있는 "나머지 십분을 송희의 마지막 엄마노릇"(462)을 하려는 순간 자신을 애절하게 부르는 계봉의 목소리를 듣는다. 그리고 인물의 상봉과 함께 분할되었던 시간과 장소는 하나로 합쳐지고 자매의 통곡과 자수 권유, 승재에게 "명일의 언약"(469)을 약속받는 마지막 19장 〈서곡〉이 진행된다.

채만식은 "끝엣것 30여 회"를 초봉과 계봉이 함께 한 아침 여덟시에서 시작해 계봉의 동선을 따라 진행을 시킨 후 다시 시간을 되돌려 초봉의 산책과 살해 장면을 기술한 후 그들의 함께 맞는 파국으로 "개작"한 것이다. "개작" 전의 원고를 읽을 수 없기에 애초 채만식이 고안한 서사와 그 전개 방식을 지금의 것과 정확히 비교할 순 없지만 이런 상상은 가능할 것이다. 채만식에게는 인물의 동선과 시간의 단위에 따라 하루치의 연재분으로 분할된 "3백 매가 가까운 분량"의 원고가 있었을 것이고 그것은 어쩌면 지금의 방식처럼 장별로 크게 분할되지 않고 연재의 분량(10매 내외)에 따라 동시적으로 교차되는 장면의 연속이었을지도 모른다고. 이러한 상상은 터무니없을지 모르지만 채만식이 "개작"하며 염두에 두고 있던 창작 방식이 일종의 문학적 몽타주 기법의 활용이라는 사실을 분명하게 이해하는 데 도움이 된다.[4] 세심하게 시간으로 분할된 장면들은 초봉과 계봉의 동선과 내면을 따라 진행되며 독자들이 읽은, 그렇기에 기억의 잔상으로 남은 장면들과 연속적으로 교차된다. 또한 그들은 같은 시간에 종로라는 동일한 공간 속을 거닐지만 결코 만나지 못하면서 독자들에게 안타까운 마음과 어쩌면 운명이라고 부를 수 있는 시간의 초월적 주재자에 대한 상념까지를 가능하게 만든다. 채만식의 "개작"은 이러한 장면의 시간적 기술과 배열에 관련된 세심한 고려, 그리고 영화적으로는 가능하지만 문학적(혹은 독서)으로는 효과적이기보다는 산만할 수밖에 없는 장면의 연속을 다시 가다듬는 것이었을지도 모른다. 항상 수준 낮은 독자와 소설가, 비평가에게 "소설의 의도"를 모르겠다고 비난받으며, 가뜩이나 "좀 더 쉬운 문장 좀 더 읽기 편한 문구로 써" 놓은 소설을 더 "읽기 쉽고 알기 쉽게" 쓸 것을 주문받아 온 채만식의 입장을 생각하면 충분히 가능한 상상일 것이다.[5]

《탁류》의 결말을 채만식 스스로가 주의 깊게 퇴고하고 개작하며 그것을 감추어 놓았기에 이 마지막 하루의 시작과 중간에는 평소와 다를 바 없는 하루라는 언급과 일상의 소중한 순간이 주는 낭만적 느낌 등이 강조되어 있다. 출근을 준비하는 계봉은 거울에 비친 자신의 모습을 만족스럽게 바라보며, "노이에츠 나하츠!"라는 "독일말 토막

---

4 개별적인 쇼트들을 극적으로 병렬시킴으로써 만들어지는 이미지들의 상호 충돌과 작용을 통해 새로운 관념과 이미지를 창출하는 편집 기법을 뜻하는 몽타주montage는 1930년대 초반부터 식민지 조선에 소개되었고 다수의 영화인들은 이를 통해 영화의 예술적 의미를 역설하였다. 오덕순, 〈영화 · 몬타—쥬論〉, 《동아일보》, 1931년 10월 1~27일 ; 박송, 〈씨나리오 작법—'씨나리오'와 '몬타쥬' 문제〉, 《삼천리》, 1941년 6월.

5 〈문예시감 ①〉, 《전집 10》, 62~63쪽.

을 째와린다."(385) 이는 1929년 출간되어 삽시간에 전 세계로 번역되고,[6] 1930년 독일에서는 파프스트Georg Wilhelm Pabst 감독에 의해 〈서부전선 1918년—4명의 보병〉으로, 그리고 미국에서는 마일스톤Lewis Milestone에 의해 원 제목 그대로 영화화되어 식민지 조선에 소개[7]된 레마르크Erich Maria Remarque의 소설 《서부전선 이상없다Im Westen nichts Neues》의 제목을 제멋대로 응용한 것이다. "미상불 뒤가 어수선한 품이 종시 그 대중이지 서부전선처럼 아무 이상이 없기는 하다. 그러나 계봉이 저는 나갈 채비에 미진한 게 없다는 뜻이요 하니 오케라고 했을 것이지만, 요새 그 오케란 말이 자못 속되대서 이놈이 그럴싸한 대로 응용을 하던 것이다."(385) 계봉은 이 "노이에츠 나하츠!"란 말을 흥겹게 다시 한 번 외치면서 "샛문을 열고 마루로 나가려다 말고 문득 이끌리듯, 환히 열어젖힌 앞문 문지방을 활개 벌려 짚고 하늘을 내다본다."(386) 계봉은 맑은 하늘과 향기로운 바람, 기분 좋게 하는 새옷, 그리고 "내일이 세쨋번 월요일, 쉬는 날"인 "일요일"임을 깨닫고 무심결에 하나의 노래를 부른다. 계봉은 ""다라라 다라라." '그루미 썬데이'를, 그러나 침울한 게 아니고 명랑하게 부르면서 샛문을 열고 마루로 나선다."(386~387)

이 장면은 노래에 대한 별다른 설명이나 묘사가 없기 때문에 주의깊게 읽지 않으면 스쳐지나 갈 수밖에 없다. 하지만 〈글루미 선데이Gloomy Sunday〉란 유행가를 들어보았거나 이 노래와 관련된 비극적 일화를 기억하는 사람들이라면 이 짧은 장면에서 들려온 멜로디가 하루

---

6 중앙공론사에서 발행한 《서부전선 이상 없다》의 일역판이 "四十版突破"하였다는 광고가 《동아일보》 1929년 11월 10일자에 게재가 되어 있고, 1930년 11월 26일자 《동아일보》 출판 정보란에는 동명의 소설이 '서부전선은 조용하다'란 제목으로 번역 출간되었다는 기사가 있다.

7 《동아일보》 1931년 4월 1일자 기사(인돌, 〈《西部戰線異狀없다》를 보고〉)에는 이 영화에 대한 간략한 소개와 비평("배우들의 동작에 다소 양키 냄새가 있는 것은 좀 불쾌하다마는 촬영 기술에 있어서 이동을 교묘히 한 것 같은 것은 매우 경탄할 점이다.")이 담겨 있다. 앞으로 인용을 할 때는 가독성과 이해의 편이를 위해 최대한 현대식 표기로 수정하겠다.

의 시간 전체를 지배하는 기이한 우울함의 정체라는 것을 이해할 수 있을 것이다. 페테르 센디는 영화나 소설의 인물의 입에서 흘러나와 관객과 독자의 귀를 맴도는 이러한 멜로디를 "머리에서 떠나지 않는 멜로디mélodie obsédante, 아니 차라리 되돌아오는 멜로디mélodie revenante"라고 지칭하며, "음악이 (상대적으로) 고유한 특성을 가지고 있다면, 그것은 음악만의 독특한 의미가 아니라 돌발적으로 분출하며 중단을 가져오는 사고나 우연의 힘" 즉, "되돌아오는 힘"이라는 가설을 제시한다.[8] 이러한 견해를 응용하자면, 계봉의 입을 통해 무심결에 흘러나오는 "그루미 썬데이"의 멜로디에서 문제가 되는 것은 이것이 초봉의 집안에서 사라지지 않고 침전되어 있는 어떤 비극을 실제 삶으로 불러오고 있다는 것으로도 읽을 수 있다. 사람의 입에서 흘러나오는 음악은 자신의 귀로 다시 들어가 "수행적 가치를 발화하고 전달"한다. 다시 센디의 설명을 빌려 오자면, 어떤 노래를 반복적으로 부르는 사람은 "자신을 사로잡은 노래의 말들을 실행하고자 한다. 즉 그는 가사가 실제 결과로 이어지기를 바란다. 가사로부터 또는 가사와 함께 무언가 하기를 바란다. 삶도 음악처럼 만들고 싶은 것이다." 노래는 사람이 하고 싶은 말을 빼앗고, 노래가 끝나면 말을 되찾는다. 그렇게 "노래에서 대사로, 대사에서 노래로, 한 순간에서 다른 순간으로, 한 장면에서 다른 장면으로 순환한다."[9]

계봉의 입에서 발화되어 초봉의 귀로 흘러들어가 형보의 살인이라는 비극적 결말을 이끌어 낸 것이 이 음울한 노래의 힘이라면 다소 억

8 페테르 센디, 고혜선 · 윤철기 옮김, 《주크박스의 철학—히트곡》, 문학동네, 2012, 55쪽 ; 60쪽. 번역자는 "되돌아오는"이라고 옮긴 revenante를 설명하며 "revenir(돌아오다)에서 파생한 revenant 역시 '(저승에서) 다시 돌아오는', 명사로는 '유령'이라는 뜻이 있다. 여기서 중요한 것은 유령이 한 장소에 계속 있다거나 저승으로 떠나지 않고 자꾸만 이승으로 돌아온다는 점이다. 우리나라에서 이와 비슷한 뉘앙스의 표현으로는 '귀신에게 씐' 또는 '귀신이 들러붙은' 등이 있다"고 쓰고 있다.

9 같은 책, 62~63쪽.

측처럼 들릴 것이다. 하지만 "싸악 다려놓은 새옷"을 입고 "앞문 문지방을 활개 벌려 짚고 서서 하늘을 내다"(386)보며 "그루미 썬데이"를 부른 계봉의 모습과 끔찍한 살인을 저지른 후 "저렇게 머리 곱게 빗고 새옷 깨끗이 입고, 열어논 건넌방 앞문 문지방을 짚고" 계봉을 맞이하는 초봉의 모습은 마치 어떤 귀신에 들린 것처럼 똑같이 제시된다. 우연이라고 보기엔 너무나도 공교로운 이 장면은 채만식의 고뇌어린 "개작"의 결과물로 이해하는 편이 정당할 것이다.

이 글은 계봉이 부르고 있는 익숙한 노래가 〈글루미 선데이〉라는 사실에서부터 촉발되었다. 최근의 독자라면 〈글루미 선데이〉의 심상을 동명의 영화(롤프 슈벨 감독, 1999년)를 통해 전달받았을 것이다. 하지만 이 노래는 1933년 헝가리의 작곡가 레조 세레스에 의해 발표된 이래 전 세계적인 유행가가 되었으며, 식민지 조선에도 소개되어 당대의 절망적 정조를 표상하는 멜로디로 사랑받았다. 채만식은 〈글루미 선데이〉에 대해 잘 알고 있었으며, 그는 이 노래를 삽입하는 것이 결말의 비극성을 암시하고 예감하게 하는 데 효과적이라는 사실을 치밀하게 고려하고 있었다. 이러한 사실이 알려 주는 것은 채만식의 소설 창작에 대한 사유의 심오한 경지 그리고 음악, 영화를 통해 소설이라는 장르의 완결성을 향상하고자 했던 통섭적인 작가적 태도이다.

우울한 세계 : 〈글루미 선데이〉의 번안과 유통

서론에서 잠깐 언급한 것처럼 〈글루미 선데이〉는 헝가리의 피아니스트 겸 작곡가인 레조 세레스Rezső Seress에 의해 작곡되어 1933년 발표된 곡이다. 원래 제목은 〈세상의 끝Vége a világnak〉이고 가사는 없는 피아노 연주곡이었다. 레조 세레스는 대공황과 파시즘의 위협에 고통

받는 헝가리 사람들을 위로하게 위해 이 노래를 작곡했다고 한다. 여기에 헝가리의 시인 라즐로 자보László Jávor가 가사를 붙여 〈우울한 일요일Szomorú vasárna〉로 발표한 노래는 곧 전 세계적인 유행가가 된다. 미국으로 건너온 이 노래는 1936년 샘 루이스Sam M. Lewis가 개사한 〈Gloomy Sunday〉란 제목으로 할 켐프Hal Kemp에 의해 녹음되었고, 같은 해 데스몬드 카터Desmond Carter가 다르게 개사된 버전으로 폴 로브슨Paul Robeson에 의해 불려졌다. 이 곡을 전 세계적으로 알린 것은 유명한 재즈 가수 빌리 홀리데이가 부른 1941년 음반이다. 그녀는 〈글루미 선데이〉가 지닌 자살의 암시성을 가사에 좀 더 강조한 샘 루이스의 버전을 선택하여 특유의 우울한 목소리로 노래 불렀다. 또한, 〈글루미 선데이〉는 1936년 일본 여가수 아와야 노리淡谷のり子에 의해 〈暗い日曜日〉이란 제목으로 녹음되었다. 식민지 조선에서는 1938년 팽환주가 작사하고 탁성록이 부른 〈어두운 세상〉으로 발표가 되었다.[10]

〈글루미 선데이〉가 세계적으로 대유행을 한 것은 노래가 지닌 특유의 서정성에 일차적인 이유를 두고 있지만 이 노래와 관련된 비극적인 일화 역시 대중들의 관심을 끄는 데 적지 않은 기여를 했던 것으로 보인다. '헝가리의 자살 노래'라는 별칭이 붙을 만큼 〈글루미 선데이〉는 많은 자살자들이 선택한 삶의 마지막 멜로디이며 유언이었다. 첫 번째 공식 사망자는 작곡자 레조 세레스의 약혼녀이며, 레조

10 〈글루미 선데이〉에 대한 정보는 다음의 문헌을 참조하였다. 이민희, 〈자살자의 선택, 우울한 일요일〉, 《왜 그 이야기는 음악이 되었을까》, 팜파스, 2013. 식민지 시기 대중가수인 탁성록에 대해서는 《한국유성기음반》(한국음반아카이브연구단 엮음, 한걸음더, 2011)을 참조하였다.
탁성록이 부른 〈어두운 세상〉(RegalC412, 편곡 : 문예부, 반주 : 리갈관현악단)의 가사는 이렇다. "꿈같이 그리든 그 얼굴 더듬고/봄 하루 외로이 지내는 내 설움/언제나 또 다시 네 이름 새겨서/다묵은 추억을 이 밤에 새울까/마음은 내 고향 가버린 옛날을/노래에 취하야 잊혀나 버릴까/내 고향 찾어//사랑도 떠나고 봄꽃도 져버려/밤마다 맺히는 눈물의 곡절에/마음의 장식도 쓸쓸히 마쳐서/이 세상 뱃길을 내 홀로 떠나리/이슬에 깊은 잠 네 모양 사모해/풀잎을 헤매며 내 노래 찾으리/내 노래 찾어." 이 지면을 빌려 〈어두운 세상〉의 음원을 제공해 주신 한국음반아카이브연구소의 배연형 소장님에게 감사를 전한다.

세레스마저 1968년 투신자살로 죽음을 맞았다. 헝가리에서는 1969년까지 〈글루미 선데이〉의 연주 및 녹음 · 유통을 금지시킬 정도로 이 노래의 악명은 높았다.[11] 1936년 5월 12일 《동아일보》에 해외토픽으로 소개된 〈19인의 청춘을 죽인 '우울한 일요일'〉이란 기사는 언론 특유의 과장된 화법으로 자살과 〈글루미 선데이〉의 연관성에 대한 보고를 하고 있으며,[12] 같은 해 6월 23일에는 미국의 하원의원도 〈글루미 선데이〉를 금지곡으로 제정할 법적 준비를 하고 있다는 기사가 실리기도 하였다.[13] 또한 '우울한 일요일'이란 곡명은 마치 '13일의 금요일'처럼 자살이나 사건 · 사고가 많은 일요일을 일반적으로 지칭하는 신조어로 신문에 즐겨 사용되었다.[14] 〈글루미 선데이〉를 둘러싼 비극적 일화는 당대 대중들에게는 흥미로운 이야기꺼리로 널리 퍼져 있었고, 채만식도 이러한 정보를 익히 잘 알고 있었다. 1946년에 《예술통신》

---

11 〈자살곡 우울한 일요일 30여년만에 해금조처〉, 《동아일보》, 1968년 1월 29일.

12 기사의 전문은 다음과 같다. 〈헝가리의 憂愁시인 라스츠로 · 야볼이 걸작 《우울한 일요일》(글루—미 · 썬데이)를 발표한 뒤 아직 반년도 되지 않았으나 그 비련을 탄식한 병적인 시구, 만가와 같이 애달픈 멜로디에 매혹되어 至殺을 遂을 남녀는 실로 19인의 다수에 달한다. 최후의 희생자는 '베라'라고 하는 실연한 여성이었는데 시의 유래에 대하여 시인 야볼은 다음과 같이 말한다. "사년 전 내가 사랑하던 애인은 나를 배반하고 어떤 돈 있는 사람과 결혼하여 시실리島로 가버렸다. 출발에 임하여 연인은 사랑의 최후의 기념으로서 연인의 사진과 석고의 반신상을 남겼다. 나는 어떤 쓸쓸한 일요일에 사진을 앞에 놓고 혼자 방안에 앉아 있었는데 가슴에 왕래하는 한 많은 실연의 고뇌가 이 '우울한 일요일'의 시가 되어 나온 것이다. 그러나 서사에서는 아무도 출판을 해 주려고 하지 않았고 겨우 두어달 전에 출판한 것인데, 이것이 자살의 유인이 된다고 하는 것은 너무나 가엾은 일이다. 베라孃의 유서가 지금 막 도착했는데 그것에는 '우울한 일요일'의 두 글자 밖에는 아무것도 쓰여 있지 않았다."〉

13 〈'우수의 일요일' 미국에서도 금지〉, 《동아일보》 1936년 6월 23일. 〈글루미 선데이〉를 금지곡으로 지정하는 법안을 제출하겠다는 미국 하원의원 "칼 스테판"의 인터뷰는 대중적 인기를 얻기 위한 우스꽝스러운 정치인의 모습과 국가의 미디어 통제를 잘 보여 준다. "나는 실제로 이 노래를 들어 본 적은 없으나 꼭 한 번 들어보고 실제로 우울한 기분을 일으키는 것일 것 같으면 어떻게 하든지 의회에 제출하여 미국에서 이런 괘심한 노래를 부르지 못하게 할 예정이다. 원래 음악이라는 것은 사람의 마음을 강하게 만드는 것이지만 더군다나 이런 노래가 라디오로 각처의 집집에다 방송을 할 것 같으면 그야말로 얼마나 무서운 일이 생길는지 모른다. 이러한 고약한 유행가를 금지한다는 것은 정말 의회의 신성한 의무일 것이다."

14 〈일요일의 우울!〉, 《동아일보》 1937년 7월 27일 ; 〈우울한 일요일—가정불화, 상업실패로, 자살소동 3건〉, 《동아일보》 1938년 7월 19일 ; 〈우울한 일요일—언덕이 무너져 죽고 트럭에 치어 죽고〉, 《동아일보》, 1940년 4월 16일.

에 쓴 채만식의 글은 〈글루미 선데이〉에 대한 그의 지식과 이해를 보여 주고 있다.

> 한 시대 돌이켜 〈글루미 선데이〉라는 노래가 있었다. 레코드를 걸어 놓고 듣노라면 가사는 무슨 소린지 모르겠으되 그 녹슨 청하며 미상불 마음이 저절로 침울하여지는 곡조였다. 뭔 말인지 모르나 제1차 세계대전 후 헝가리에서는 그 〈글루미 선데이〉로 인하여 소시민층에 자살하는 사람이 18명이나 있었더란다. 전쟁에는 져 전후의 생활은 괴로워 명일은 암담해 이런 절망에다 〈글루미 선데이〉 같은 노래를 듣는다면 아닌게 아니라 자살도 하염즉 하였을 것이다. 일정日政을 괴로워 아니 하는 조선사람이 드물었고 해방을 원치 아니한 사람이 드물었으나 조선이 일본의 식민지로부터 그렇듯 수월히 해방되리하고는 자못 생각 밖이었다. 폴랜드가 싸운 역사를 생각할 때에 애란이 싸우는 역사를 생각할 때에 또 인도가 오늘날까지 그만큼이나 싸우고도 겨우 얻은 것이 대영제국의 일 연방에 아직 그치고 만 것을 생각할 때에 조선의 해방은 아무래도 행운이요 감이 저절로 입에 떨어진 격이었다.[15]

해방이 쉽게 이루어질 수 없을 것처럼 보이던 식민지의 암담한 현실을 살아가는 1930년대 한국인의 정서는 채만식의 표현처럼 '우울'이었으며 이것은 광복의 감격에 들뜬 민중들이 제대로 자각하고 있진 않지만, 예술가의 예민한 감각에 의해 체감된 해방기의 정서이기도 하였다고 채만식은 말하고 있다.

〈글루미 선데이〉가 이 당시 소설에 사용된 예는 채만식의 《탁류》와 함께 《동아일보》에 연재된 이근영의 《제삼노예》에서도 찾을 수 있다.

---

15 채만식, 〈글루미 이맨시페이션Gloomy Emancipation〉, 《예술통신》, 1946년 11월 6일. 여기서의 인용은 문학과사상연구회, 《채만식 문학의 재인식》, 소명출판, 1999, 251쪽.

1938년 2월 15일부터 6월 26일까지 총 96회 연재된 이근영의 《제삼노예》는 나약한 지식인 허일이 경험하는 계약 결혼과 욕망을 충족하기 위한 동거, 그리고 마침내 찾게 되는 사랑을 통해 노예적 나태에서 깨어나 순수한 땀의 가치를 추구하는 노동자로 성장하는 과정을 다룬 작품이다. 가난한 지식인 허일은 폐병 말기의 부잣집 딸과 결혼하면 땅을 주겠다는 제안을 하숙집 주인 강은엽에게 받는다. 허일은 제안을 거절하고 스스로를 단련시키고자 노동 숙박소를 찾아간다. 하지만 죽음에 임박한 여인이 과거 짝사랑하던 희경인 것을 알고 그녀와 결혼하고, 사별한 후 재산을 받고 나온다. 불행한 결혼 중간에 만난 스승의 딸 의순에게 사랑을 품지만 돈을 위해 결혼을 했다는 사실에 부끄러워하던 허일은 하숙집 여인 은엽의 유혹을 뿌리치지 못하고 그녀와 동거를 한다. 이후 허일은 자신의 삶을 반성하고 자살을 시도하지만 실패로 끝나고, 자신을 간호한 의순에게 기탁하며 새로운 삶을 다짐한다. 다소 통속적인 플롯으로 전개되는 《제삼노예》의 첫 장면에 〈글루미 선데이〉는 삽입되며, 이 노래는 시대의 정조이자 세상물정 모르는 룸펜 지식인 허일의 심리 상태를 독자에게 알려 주는 소설의 주조음으로 활용된다.

> 이때 돌아가든 유성기 바늘이 탁 하고 멈추는 소리와 함께 허일이는 깜짝 놀래는 듯 "그것 좀" 하고 카운타의 여급을 향하여 고개짓을 한다. 여급은 알아들었다는 뜻으로 웃음을 새어내 듯 입술을 방긋이 벌리며 소리판을 갈아댄다.
>
> 이윽고 먼 숲속에서 들려오는 아침의 참새떼 재재기는 소리와 같은 반주소리가 흘러나온다. 허일이는 숨을 죽이듯 하고 〈글루미 썬디〉의 노래를 기다린다. 기쁨을 참지 못하는 사람이나 반항을 하는 사람처럼 소리를 있는 대로 내지 못하고 고민과 우울 속에서 망설이다가 끝나고

마는 그 곡조와 목소리가 허일이는 맘에 들었다. 그래 찻집에 오면 으레 이것을 꼭꼭 듣고 가는 만큼 여급도 허일이가 오면 이 소리판을 걸어주는 것을 잊지 않는다.

이날사 말고 하숙을 쫓겨날 것을 생각하매 〈글루미 · 썬디〉의 노래가 더욱 정답고 듣고 있는 동안 우울의 불덩이가 튀어나올 것만 같다.[16]

《동아일보》 사회부 기자로 일하며 식민지 시기 계몽주의적 농민소설을 주로 창작하였던 이근영에게 〈글루미 선데이〉는 생활의 곤란을 견딜 수 있을 만큼 자신의 육체와 의지를 단련하지 못했고, 돈을 위해 기꺼이 자신의 이상을 포기하지도 못하는 나약한 지식인의 건전하지 못한 심리 상태를 표상하는 노래였다. "기쁨을 참지 못하는 사람이나 반항을 하는 사람처럼 소리를 있는 대로 내지 못하고 고민과 우울 속에서 망설이다가 끝나고마는 그 곡조와 목소리"에 허일이 매혹되었다는 서술은 이러한 우울을 일종의 '노예근성'으로 지칭하고 있다.

1947년에 태어나 식민지 시기를 직접 경험하진 못했지만 치밀한 자료조사를 통해 그 시대를 비교적 상세하게 그려 내고 있는 최명희의 대하소설 《혼불》에서도 〈글루미 선데이〉는 중일전쟁의 확산과 태평양전쟁의 예감 속에서 점점 군국주의의 분위기로 변해 가는 1939년의 시대적 분위기를 표현하는 장의 제목으로 그리고 삽입된 하나의 에피소드에서 주인공 강모의 우울한 내면을 표상하는 노래로 사용된다. 강모가 분노하며 읽고 있는 책(〈애국금자탑—총후의 반도 헌금 삼백만원〉)에 함께 수록된 광신적인 애국심으로 황군을 칭송하는 여학생의 편지, '황국신민의 서' 등은 젊은 청년의 내면에서 자연스럽게 "우

16 이근영, 《제삼노예》, 아문각, 1949, 2쪽.

울한 시대, 우울한 인생"[17]이란 비탄으로 전환된다. 강모는 쾌청한 밖의 날씨와는 달리 방 안을 축축하게 적시는 어둠의 습기를 느끼며, 벽에 걸린 기타를 꺼내들고 노래를 부른다.

강모는 줄을 고르며 속으로 읊조린다. … 글루미 썬데이 … 마당에서는 누가 놀러 왔다가 돌아가는 모양인지 신발 끄는 소리들이 들리며, 배웅하는 인사말이 오간다.

… 일요일은 울적하다. 잠도 아니 오는 … 죽음이 그대를 끌어 간 그곳에, 조그만 하얀 꽃 그대를 깨우지는 못할 것이니 … 울음을 그치게 하여라 … 나는 즐거웁게 죽음으로 나아갈 것을 그들에게 알게 하리라 … 죽음은 꿈이 아니다 … 죽음에서 내 너를 어루만지리…

음울하고 적막한 곡조의 음률이었다.

그것은 불길하기조차 하였다. 깊은 구렁의 밑바닥으로 가라앉으면서도, 오히려 그 절망과 어우러들어 평온을 맛보는 듯도 하였다. 구체적인 무엇에 대한 절망도 아니면서 그 모든 것이 절망의 암담한 녹에 침윤당하여 푸른 듯 회색인 듯 무채색인 듯, 색조조차 삭아 버린 그 음색들, 그러면서도 그 음색으로부터 달아나게 하기보다는 하염없이 그 색깔에 녹슬고 싶어지는 곡조. 녹슬어서 마음이 놓이는 그 이상한 안도.

그것은 무덤의 언저리에 감도는 고적이라고나 할까.

강모는 눈을 감고 노래를 부른다.

일본식 영어로 부르는 그 구미의 노래는, 서툴렀기 때문에 그만큼 강모에게는 더욱더 애절하게 느껴졌다.[18]

---

17 최명희, 《혼불 1》, 한길사, 1996, 132쪽.

18 같은 책, 134~135쪽.

최명희가 기술하고 있는 〈글루미 선데이〉의 가사는 샘 루이스가 개사한 곡으로 "일본식 영어로 부르는 그 구미의 노래"라는 표현을 통해 정확하게 지칭된다. 최명희는 〈글루미 선데이〉의 멜로디를 "절망의 녹에 침윤당하여 푸른 듯 회색인 듯 무채색인 듯"한 색으로 표현하며, 노래의 정조를 독자들에게 전달한다. 하지만 최명희에게도 〈글루미 선데이〉는 그 시대의 희망과 저항을 산출하기보다는 함께 퇴락하고 싶은 주인공의 감추고 싶은 내면을 알려 주는 멜로디로 사용된다. 우울은, 그 시대의 정조를 전달하는 음색은 "달아나게 하기보다는 하염없이 그 색깔에 녹슬고 싶어지는 곡조"로 느껴지며 젊은 청년의 마음에 "절망"과 함께 "이상한 안도"를 주고 있는 것이다.

영화, 음악, 소설—회전하는 장르

1989년에 출간된 《채만식전집》의 해설에서 이주형은 채만식의 "성격 가운데서 작품 이해에 기본적 도움이 될 사항들" 중 하나로 "결벽성"을 들고 있다. "타인에 대해서도 그러했지만 자기 자신에게도 냉엄했다"는 것이다.[19] 이런 성격 때문인지 그의 산문에서는 자신에 대한 타박과 비하를 어렵지 않게 읽을 수 있다. 그는 "내 작품 중에 후진한테 참고될 것은 하나도 없다" 있다면 "문학을 나처럼 해서는 못쓴다"고 하며 자신을 "문충文蟲"이라 호칭하고,[20] 수정과 개작의 과정에서 발생하는 파지의 양이 하도 많기에 자신을 "지충紙蟲"이라 부르기도 하였다.[21] 이런 채만식인지라 1937년 한 잡지사에서 열린 "창작고심 합

19 이주형, 〈채만식의 생애와 작품세계〉, 《전집 10》, 619쪽 ; 620쪽.

20 〈문학을 나처럼 해서는〉(1940), 《전집 9》, 534쪽 ; 533쪽.

21 〈지충〉(1939), 《전집 10》, 372쪽.

담회"에서 그는 다른 작가와는 달리 거의 단답형으로 창작에 대한 사유를 피력한다. "문장작법? 무슨 뜻인지 모르겠"고, 소재는 "'있는 사실' 혹은 '있을 수 있는 것'에서" 얻으며, "표제는 작품의 내용의 초점이 되게"하고, 구상은 "소재에서 위선 표제를 얻어가지고 다시 표제를 부연"한다. 그리고 결말은 "법도 비결도 없고 처음에 정한 대로"한다.[22] 좀 더 부연 설명을 했으면 하지만 "결벽증"이 있는 사람의 답변이니 이 정도로도 고마울 따름이다.

당대의 일급비평가 중 하나였던 이원조는 어느 좌담회 자리에서 채만식을 가리켜 "18세기 소설의 정도를 걷고" 있다고 지칭하며, 그의 작품 중에서도 "〈순공巡公 있는 일요일〉은 채형의 산문정신을 가장 잘 나타낸 작품"이라 고평한다.[23] 일종의 사소설로 읽히는 〈순공 있는 일요일〉에는 흥미롭게도 하나의 소재가 표제가 되고 이를 부연하는 구상의 과정이 적혀 있다. 오랜만의 일요일 나들이를 약속한 '나'는 피로와 휴식의 필요성을 느끼며 마루에 앉아 게으름을 부리고 있다. 그런 그에게 집 앞을 지나가던 순사가 아는 척을 하게 되고, 그와 짧은 대화를 한다. 그 순간 그는 어린 시절 한학을 배운 적이 있는 접장 문오 선생을 떠올린다. 문오 선생도 젊은 시절 순사를 하겠다고 잠시나마 고향을 떠났다 돌아온 적이 있었던 것이다. '나'는 그때 할아버지와 문오 선생에게 들은 에피소드를 생각하며, 이를 소설로 구상한다.[24]

---

22 〈현대작가 창작고심 합담회〉(1937), 《전집 9》, 537~549쪽.

23 〈창작합평회〉(1946), 《전집 9》, 569쪽.

24 〈순공 있는 일요일〉은 이 장면 뒤에 아내가 문오 선생의 부고 소식을 잊고 있었다는 사실이 이어진다. 그리고 이 잠깐의 황망함을 일상의 다반사로 여기며 아무렇지도 않게 아내와 농담을 나누며 나들이 준비를 하는 것으로 완성된다. 그렇기에 단순히 문오 선생과 일요일에 만난 순사의 공통점으로 이 작품의 구조를 이해해서는 안 된다.

> 순사를 작파했노란 대답을 하고 있던 문오 선생의 그 모습과 더불어 한편 어떤 봉놋방에서 앉은뱅이 노름꾼 하나를 꽁꽁 포승으로 묶어놓고는 놈이 제발 살려달라고 비는 것을 정복 정모에 칼을 차고 순사로 차린 문오 선생이 물끄러미 내려다보고 섰다가 고만 기가 막혀—'허허어!'하고(울지 못해) 웃으면서 놈을 도로 풀어놓아 주는 그 장면이 마치 '필름'의 이중노출처럼 눈에 어리어 입가에 절로 미소가 드러남을 깨닫지 못했다. … 나는 방금 문오 선생에 대한 그 이중노출 위에 가서 또다시 아까 그 순사의 영상이 한 개 더 곁들여 삼중노출로 얼씬거리면서 그러면서 한 재미스러운 한 개의 구상이…[25]

이 장면과 함께 이광수가 《무정》(1917)에 쓴 유명한 언급을 비교해 보는 것은 의미가 있을 것이다. 이광수는 형식과 영채가 십여 년 만에 재회한 장면에서 서로의 얼굴을 보며 기억을 더듬는 두 인물의 뇌 운동을 "마주 보는 두 사람의 흉중에는 십여 년 전 일이 활동사진 모양으로 휙휙 생각이 난다"고 쓴다.[26] 인간의 뇌에서 이루어지는 '의식의 흐름'을 "활동사진"으로 비유하고 있는 이광수의 수사는 중요하다. 이는 백철이 《무정》의 해설에서 쓴 것처럼 '의식'과 그것의 '연속', '편집'을 지칭하는 말로 영화의 용어가 사용되기 시작하였다는 것을 알려준다. "이제 《무정》에 대하여 좀 더 구체적으로 그 작품조건 같은 것을 분석해 보면, 첫째로 주목을 끄는 것은 이종의 나라따즈식으로 작품이 시작된 사실이다. 즉 이형식이 뒤에 약혼자로 된 김선형에게 영어를 가르치는 가정교사의 장면부터 작품이 '페이드인'을 하는 것 … 물론 근대소설에도 나라따즈의 수법을 전혀 사용한 예가 없는 것은

25 〈순공 있는 일요일〉(1940) 《전집 7》, 540쪽.

26 이광수, 《무정》, 문학과지성사, 2005, 32쪽.

아니며 또 신소설에서도 이 수법을 쓴 예가 나오지만, 그러나 이 수법은 차라리 20세기적인 현대소설에서 더 효용된 작품수법으로 알고 있다."[27] 백철은 이광수의 기법을 '근대소설'과 '신소설'에서도 찾아볼 수 있지만, 그는 이를 "더 효용"하였다는 이유로 "20세기적인 현대소설"과의 연관 속에서 설명한다. 하지만 그가 이광수의 기법을 지칭하며 사용한 용어가 '내러타주narratage'와 '페이드 인fade in'란 사실은 이를 "더 효용"하며 장르적 특수성을 나타내는 단어로 전유한 것이 영화임을 알려 준다.

사실 많은 학자나 영화 이론가들이 이미 지적한 것처럼 영화의 기법 중 상당 부분은 문학의 절대적 영향 밑에서 형성된 것이다. 로버트 리처드슨은 영화의 기본 언어라고 할 수 있는 "편집과 커팅"을 설명하며, "쇼트 하나하나는 단어와 같다. 문학은 단어를 연결시킴으로써 말의 의미와 중요성을 창출한다. 마찬가지로 영화에서는 잘라서 붙이고 편집하는 것, 혹은 좀 더 고상한 형태의 몽타주를 통해 영화에 문법과 구문이 부여되는 것"이라고 쓴다.[28] 그에 의하자면, 그리피스가 이뤄 낸 많은 영화기법의 업적은 그의 창의성이 일정 부분 발휘된 것이지만 결정적인 것은 그가 18~19세기 시인, 소설가들의 애독자였고, 이들의 작품을 다른 장르로 번역하는 과정에서 발생한 것이다. 또한 에이젠슈타인은 몽타주 이론의 혁신성을 설명한 〈영화의 원리와 표의문자〉에서 이 기법이 사실은 시나 회화 같은 예술의 다양한 장르나 표의문자의 형성 원리와 다르지 않다고 말하며, 저급하다고 평가받는 영화가 고급 예술에 비견될 수 있다는 주장을 펼친다.[29]

---

27 백철, 〈해설〉, 《이광수전집 1》, 삼중당, 1962, 568~569쪽.

28 로버트 리처드슨, 이형식 옮김, 《영화와 문학》, 동문선, 2000, 53~54쪽.

29 세르게이 에이젠슈타인, 이윤영 편역, 〈영화의 원리와 표의문자〉, 《사유 속의 영화》, 문학과지성사, 2011.

하지만 중요한 것은 '무엇이 먼저인가'가 아니라 '무엇이 인식틀이 되었는가'이며, 영화가 그렇게 되었다는 점이다. 가라타니 고진의 유명한 말처럼 "풍경이란 하나의 인식틀이며, 일단 풍경이 생기면 곧 그 기원은 은폐"되는 것이다.[30] 영화의 출현과 대중적 확산 이후, 영화의 기법들은 의식을 미적으로 자르고 붙이는 방식을 지칭하는 많은 용어들을 그들의 것으로 독점하다시피 하였다.

특히 근대문학의 독자적인 역사를 갖지 못한 채, 거의 시차 없이 문학, 영화, 음악(음반)의 창작과 소비가 동시에 시작된 한국에서 그 기원은 사유하기 불가능했을 것이다. "통상, 목소리와 영혼이 합일되어 있던 것으로 이야기되는 낭만주의 시대와 축음기, 영화 이후의 글쓰기 환경은 극단적으로 대조되는 역사적 변환으로 이야기된다. 그러나 한국에 있어서는 근대 미디어와 근대 문학은 동시에 출발하고 있었고 서로가 서로를 베끼는, 아니 번역하는 관계 속에서 성장하고 있었던 것으로 보인다"는 황호덕의 지적은 이런 점에서 정확하다.[31] 이광수를 비롯한 근대문학 초기의 선구자들은 서양의 문학작품에서 그들이 배웠던 것처럼 의식을 미적으로 자르고 이어붙이는 많은 방법을 영화를 통해 체득한 것이다. 채만식의 〈순공 있는 일요일〉의 "구상" 장면에서 사용된 "필름", "이중노출", "삼중노출" 같은 단어들은 근대문학과 영화가 교호하는 관계를 분명하게 알게 해 준다. 물론 채만식에게 더 깊은 영향을 준 것은 이광수 시대의 무성영화가 아니라 말하고 노래하는 영화 '토키talkie'였다. 그는 1939년에 창작하였으나 작품에 담긴 민족비하적인 발언 때문인지 발표하지 않은 유고 〈상경반절기〉에서 기억보다 시간을 객관적으로 담아내는 방식이 영화임을 말

30 가라타니 고진, 박유하 옮김, 《일본근대문학의 기원》, 민음사, 1997, 32쪽.

31 황호덕, 〈활동사진처럼, 열녀전처럼—축음기 · (활동)사진 · 총, 그리고 활자 ; '《무정》의 밤'이 던진 문제들〉, 《대동문화연구》 70, 2010, 434쪽.

한다.

> 만일 내 과거를 모조리 토키로 촬영 · 녹음한 것이 있어서 그것을 지금 스크린 위에다가 영사를 한다고 하면 장면장면 허다한 그 습성과 행위가 나타나지 않는 대목이 없을 것이다. 편벽되고 불순하고 오만하고 독선적이고, 그리고 나만 우선만 좋자고 남이나 뒷일은 상관치 않고 등 가지각색의.
>
> 또 이 앞으로 내가 일 년을 더 산다면 일 년치를, 오 년이나 십 년을 더 산다면 오 년치 십 년치를, 즉 살대로 살고서 마지막 임종을 하는 그 날까지치를 또한 여실히 촬영 · 녹음했다가 다시 그것을 스크린에 영사를 해본다고 하면 역시 거기서도 과거와 다름이 없이 장면마다 그 습성과 행위가 여전히 나타나지 않질 못할 것이다.[32]

이 구절에서 채만식이 강조하고 있는 것은 시간을 더 객관적으로 담아내는 것이 언어가 아니라 영화이며, 그것을 가능하게 하는 기술이 "촬영 · 녹음"이 가능한 "토키"라는 사실이다.

'토키'는 영화 장르가 탄생한 이래 처음 맞이한 "혁명"[33]이었다. "영화는 그가 '말'을 획득하여 토키가 된 걸로써 무성영화와는 질적으로 다른 하나의 새로운 예술에로 비약을 한 것"이라는 채만식의 언급은 결코 과장이 아니다.[34] 1927년 최초의 유성영화인 〈재즈싱어〉에서 배우 앨 존슨에 의해 "잠깐 기다려요! 아직 아무것도 못 들었잖아요! 기다리라니깐요!"란 첫 번째 대사가 극장에 울려퍼진 후 1937년 "조선

---

32 〈상경반절기〉(1939), 《전집 7》, 514쪽.

33 유현목, 《한국영화발달사》, 한진출판사, 1980, 173쪽.

34 〈토키의 비극〉(1939), 《전집 10》, 578쪽.

영화사상에서 '싸이랜트'는 완전히 자취를 감추었다"[35]는 사실은 이 기술적 혁신의 의미를 분명하게 알려 주는 것이다. 무성영화 시대의 문학인들이 침묵의 스크린에서 펼쳐지는 의식의 시각적 재현을 참조하고 이들과 경쟁하였다면, 1930년대의 소설가들은 말하고 노래하는, 심지어 배우의 입을 빌리지 않고도 특정 장면에 음악을 흐르게 할 수 있는 영화의 기술을 번역하고 경쟁해야 했던 것이다.

단적으로 말하자면 1917년의 이광수는 무성영화를 번역하며 《무정》에 담아낼 의식의 구조를 고심하고, 무성영화가 전달할 수 없는 "정이 자아짐을 따라 높았다 낮았다, 굵었다가 가늘었다 마치 무슨 미묘한 음악을 듣는" 것 같은 영채의 "말소리"와 "아름다운 말씨" 그리고 "교육으로, 실행으로"라는 연설의 목소리로 문학만의 감동과 감격을 주며 영화의 침묵에 대한 경쟁적 우위를 점했던 것이다.[36] 하지만 채만식이 당면한 예술적 상황은 이와는 전혀 달랐다. 언어적으로는 묘사하거나 설명할 순 있지만 완전하게 재현할 수 없는 목소리와 음악을 스펙터클한 화면에 고스란히 담아내는 영화의 기술은 그것과 치열하게 경쟁해야 하는 예술 장르를 창작해야 하는 소설가에게는 심각한 문제가 아닐 수 없는 것이다. 《탁류》에서 영화와 소설을 놓고 네가 더 "저급"하고 "불량"하다, 내가 더 "교양"있고 "예술"이다, 라고 말싸움을 하는 계봉의 백화점 동료들의 설전은 이러한 경쟁을 순화시킨 에피소드이다.(401~402) 실상은 훨씬 더 심각했다. 《냉동어》에서 "현재 조선문단의 혁혁한 '중견 대가'요, 방금 조선 안에서 십만 독자를 거느리고 가장 '인기'가 높은 이곳 문학잡지 《춘추》의 주간"이라고 소개되는 대영은 "〈청춘아 왜 우느냐!〉"란 제목의 "씨나리오"를 "《춘

---

35 임화, 〈조선영화발달사〉, 《삼천리》, 1941년 6월, 205쪽.

36 이광수, 앞의 책, 71쪽 ; 462쪽.

추》"에 게재해 달라는 김종호의 부탁에 "씨나리오가 문명은 했는지 몰라두, 문명만 가지군 좀… 양반이 되자면 훨씬 문학적 세련과 훈도를 받아야"한다고 점잖게 거절한다. 하지만 그가 일본 배우 스미꼬에게 고백하는 문학의 실상은 참혹하다. 대영은 "《춘추》"도 자생적 경영을 하지 못하고 "파트론"에 의해 재정적 지원을 받고 있으며, "내 문학을 알아주는 남과 더불어 질긴다"는 "자랑"과 "보람"도 이제는 다 사라졌다고 말한다. "하루 아침 그렇게 생활을 잃어버린 다음부터는, 문학이란 것이 꼭 유령 같아요! 현실성이 없구, 도무지 무의미하기라니… 그렇게 무의미하구 쓰잘디없는 노릇이, 문학이 말씀이죠, 가뜩이나 그게 짐스럽기까지 하군요!"[37]

그렇기에 채만식은 "소설을 잘 씁시다"라고 반복적으로 외치며, "소설 쓰기를 고만두는 그날 그 시각까지는 꾸준히 소설 잘쓰는 공부를 할 생각"이라고 공개적으로 선언하고 있는 것이다. "어떻게 해야 소설을 잘 쓰는 것이냐?"는 물음에 채만식은 "과학자와 같이 관찰하고 철학자와 같이 생각하여" 얻은 "어떤 하나의 테마를 마침내 예술적으로 형상화" 시킬 수 있는 "기교, 정당한 의미의 기교"가 필요하다고 답한다.[38] 이러한 채만식의 작가적 다짐을 영화와의 치열한 대결로 이해하지 않고 서점의 좌판 위에서 경쟁하는 동료 작가나 외국 소설가들과의 수준 차이라고 여기는 것은 어떤 보호구역 안에서의 생존을 걱정하는 것만큼 폭이 좁고 너절하다. 채만식은 문학의 물려받은 유산뿐만 아니라 경쟁하는 다른 장르에서도 소설을 혁신시킬 기교를 발견하려고 끊임없이 노력하였다. 〈문학과 영화〉라는 글에서 채만식

37 〈냉동어〉(1940), 《전집5》, 369쪽 ; 439쪽 ; 398쪽 ; 399쪽. 채만식의 중편 〈냉동어〉에 삽입된 문화적 기호들에 대해서는 유승환, 〈냉동어〉의 기호들 - 1940년 경성의 문화적 경계〉(《민족문학사연구》 48, 2012)를 참조하였다.

38 〈소설을 잘 씁시다〉(1940), 《전집10》, 196쪽 ; 202쪽 ; 198쪽 ; 199쪽.

은 이렇게 쓴다.

> 우리는 시방 문학과 영화와의 교섭에 관하여 여러 가지 문제에 당면을 해서 있다. — 가령 영화가 가지는 문학적 요소의 새로운 검색이라든지 문학의 개성과 영화의 성격과의 비교연구라든지 문학이 영화에 의해 획득할 그의 제이차 가치의 상모와 그 평가라든지 또 이미 전초적으로 저널리즘에 오르내리고 있는 시나리오 내지 오리지날 시나리오(혹은 영화소설)의 방법론이며 그들을 맞아들일 문단의 좌석 문제라든지…
>
> 이러한 문제들을 우리는 바야흐로 정당히 규정을 해야 할 터이요, 그리함으로써 문학이 문학 독자獨自의 개성과 프라이드를 말살하거나 상하는 면이 없이, 지도적인 입장에 서서 영화와의 교섭을 유유히 행동할 기준과 원칙을 가져야만 할 것이다. 흔히 문학과 영화와의 교섭을 무조건코 거부하는 섹트적인 고답주의며, 반대로 영화에 의한 제이차적 가치를 문학 본래의 가치와 혼동, 과대평가한 나머지 문학을 자살하면서까지 영화에 아첨하려는 망발이 간간 눈에 띄는 것도, 한편으로는 문학이 가질 바 행동의 기준이 서지 못한 때문이 아닌가 한다.[39]

인용한 이 글이 채만식의 단순한 호언장담이나 정형화된 충고로 들리지 않는 것은 그가 이미 토키를 통해 자극 받은 바를 소설 속에 담아내고 있었기 때문이다. 1937~1938년 사이에 창작된 《탁류》와 《태평천하》에는 영화에서 고무되었음이 분명한 장면과 구성, 음악과 실제의 목소리를 듣는 것처럼 생동감을 강조한 대화 등이 담겨 있다. "비행기라도 타고 강줄기를 따라가면서 내려다보"(7)는 것 같은 부감샷high angle shot으로 시작해 군산의 정주사에게 와 닿는 인상적인 《탁

39 〈문학과 영화〉(1938), 《전집 10》, 138쪽.

류》의 시작 장면, 몽타주를 연상시키는 소설의 결말, 그리고 계봉의 입에서 흘러나와 초봉과 독자의 내면으로 스며들어가는 것처럼 들리는 〈글루미 선데이〉의 멜로디 삽입은 채만식이 소설에 활용한 기교이다. 또한 《태평천하》에 사용된 뉴스영화나 기록영화의 내레이션 같은 화자의 말투,[40] 하루 동안의 서사적 시간 안에 등장인물들의 일대기를 교묘하게 삽입하는 서사 전개 방식, 서로 구분된 장소에서 동시적으로 벌어지는 사건을 몽타주적으로 기술하고 있는 11~13장, "이때 마침 대문간에서 윤직원 영감의 기침소리가 들려, 이 장면은 그대로 커트가 됩니다"[41]란 설명에서 볼 수 있는 '커트'란 단어 등도 함께 지적되어야 할 영화 기법의 소설적 적용이다.

사르트르는 《문학이란 무엇인가》에서 "문학이라는 사물은 야릇한 팽이 같은 것이어서, 오직 움직임을 통해서만 존재하는 것이다. 그것을 출현시키기 위해서는 읽기라고 부르는 구체적 행위가 필요하고, 그것은 읽기의 행위가 계속되는 동안에만 존재할 따름이다"라고 쓰고 있다. 사르트르가 설명하는 읽기란 "숱한 가정, 꿈과 그 뒤에 오는 각성, 그리고 희망과 실망으로 이루어"지며, "지각과 창조의 종합"이

40 기존의 연구에서 채만식 《태평천하》의 화자와 구조는 판소리의 구조와 이야기꾼을 변형한 것으로 설명되고 있다. 대표적인 연구로는 우한용의 《채만식 소설의 담론 특성에 관한 연구》(서울대학교 박사논문, 1991)가 있다. 하지만 '~입니다'라고 말하며 담담한 정조와 객관적 관찰의 사실을 전달하는 화자의 어투는 판소리보다는 기록영화에서 전형적으로 사용되는 내레이션 방식에 가깝다. 《태평천하》가 발표된 같은 해 제작된 기록영화 〈Tyosen〉이나 〈조선소묘〉의 내레이션과 비교하면 이 화자의 방식은 판소리와 확연히 구분된다. "빨래에 방망이질 하는 조선여자"를 보여 주는 장면에 〈Tyosen〉의 내레이터는 "이 나라에서 빨래의 청결은 신앙 다음이 아니라 그 일부입니다. 음… 이 여자 예쁘지 않습니까? 조심해요, 어여쁜 당신. 당신의 가녀린 손가락을"이라고 설명하고, 〈조선소묘〉의 내레이터는 "거의 신앙에 가까울 정도로 의복의 청결이 추구됩니다"라고 말한다. 김려실은 이를 "〈Tyosen〉이 아메리칸 조크를 섞어가며 친밀한 어투로 여행지 조선에 대한 정보를 전달한다면 뉴스영화의 내레이션을 연상시키는 〈조선소묘〉의 목소리는 관광 정보 속에 국책 프로파간다를 섞"은 것이라고 지적한다.(김려실, 〈기록영화 〈Tyosen〉 연구〉, 《상허학보》 24, 2008, 219~220쪽.) 김려실의 지적을 폭넓게 활용하자면 《태평천하》의 화자는 판소리의 이야기꾼보다는 유쾌한 어투로 말하는 외국 기록영화의 내레이터와 흡사한 것으로 판단된다.

41 《태평천하》(1939), 《전집3》, 143쪽.

다.[42] 사르트르가 말한 읽기가 단순히 개별 장르나 특정 미디어에 한정된 것은 분명 아닐 것이다. 이렇게 생각한다면, 사르트르의 비유는 채만식의 소설 창작을 설명하는 적절한 문장으로 활용될 수 있을 것이다. 채만식에게도 소설은 회전을 통해서만 존재하는 "야릇한 팽이" 같은 것이었다. 소설은 다른 문학작품뿐만 아니라 확연히 구분되는 다른 장르, 독자와 비평가의 환호와 질책 등을 동력으로 삼아 일정한 속도로 회전하는 야릇한 사물이다. 회전을 멈춘 소설을 소설이라고 부를 순 있지만 그것은 더 이상의 생명력도, 존재의 이유도 상실한 것에 불과하다.

---

42 장폴 사르트르, 정명환 옮김, 《문학이란 무엇인가》, 민음사, 1998, 61쪽 ; 64쪽.

| 참고문헌 |

자료

《조선일보》, 《동아일보》, 《문장》, 《조광》, 《삼천리》

《한국근대장편소설대계》, 태학사, 1997.

《한국근대단편소설대계》, 태학사, 1997.

채만식, 《채만식전집》 2 · 3 · 5 · 7 · 9 · 10권, 창작과비평사, 1987.

이광수, 《이광수전집》 1권, 삼중당, 1962.

이광수, 《무정》, 문학과지성사, 2005.

최명희, 《혼불1》, 한길사, 1996.

한국음반아카이브연구단, 《한국유성기음반》, 한걸음더, 2011.

단행본

가라타니 고진, 박유하 옮김, 《일본근대문학의 기원》, 민음사, 1997.

로버트 리처드슨, 이형식 옮김, 《영화와 문학》, 동문선, 2000.

문학과사상연구회, 《채만식 문학의 재인식》, 소명출판, 1999.

유현목, 《한국영화발달사》, 한진출판사, 1980.

이민희, 《왜 그 이야기는 음악이 되었을까》, 팜파스, 2013.

이윤영 편역, 《사유 속의 영화》, 문학과지성사, 2011.

장폴 사르트르, 정명환 옮김, 《문학이란 무엇인가》, 민음사, 1998.

페테르 센디, 고혜선 · 윤철기 옮김, 《주크박스의 철학—히트곡》, 문학동네, 2012.

논문

김려실, 〈기록영화 〈Tyosen〉 연구〉, 《상허학보》 24, 2008.
우한용, 《채만식 소설의 담론 특성에 관한 연구》, 서울대학교 박사논문, 1991.
유승환, 〈〈냉동어〉의 기호들 – 1940년 경성의 문화적 경계〉, 《민족문학사연구》 48권, 2012.
황호덕, 〈활동사진처럼, 열녀전처럼 – 축음기 · (활동)사진 · 총, 그리고 활자 ; '《무정》의 밤'이 던진 문제들〉, 《대동문화연구》 70, 2010.

3

'가외가街外街'와 '인외인人外人'

―이상李箱의 시 〈가외가전街外街傳〉(1936)에 나타난 일제강점기의 공간 정치와 주체 분할의 이미지들

신형철

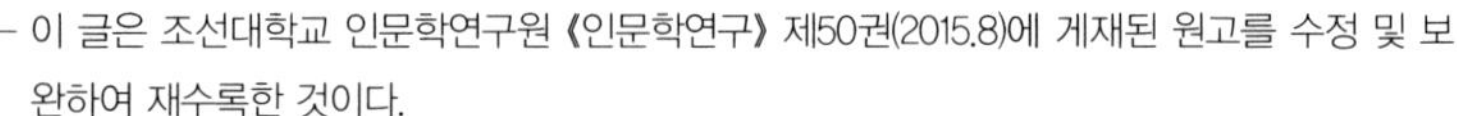
– 이 글은 조선대학교 인문학연구원 《인문학연구》 제50권(2015.8)에 게재된 원고를 수정 및 보완하여 재수록한 것이다.

의미심장한 누락의 역사—왜 〈가외가전〉인가?

이상의 모든 시가 대체로 난해하지만 그중에서도 가장 난해한 시를 한 편 꼽으라면 〈가외가전〉을 지목할 연구자가 많을 것이다. 실은 한국시사 전체를 통틀어 가장 종잡을 수 없는 텍스트 중 하나라고 해도 과언이 아닐 정도다.[1] 이상이 자신의 문학적 동지이자 경쟁자로 인식했던 '구인회' 소속 문인들의 합동작품집인 《시와 소설》 첫 호(이자 마지막 호)에 이 작품을 실었다는 사실은 그에게 〈가외가전〉이 갖는 의미를 짐작할 수 있게 해 주거니와, 한 회고에 따르면 실제로 이상은 이 작품에 상당한 자신감을 드러낸 것으로 돼 있다.[2]

그런데 이상을 대상으로 쓰인 저 수많은 논문과 저서들 중에서 〈가외가전〉에 대한 '자세히 읽기close reading'를 시도한 경우가 다섯 손가락 안에 꼽힐 정도 드물다는 사실은 놀랄 만한 일이다. 아니, 놀랄 만한 것은 〈가외가전〉의 난해성이지, 많은 연구자들이 이 난해한 작품 앞에서 어찌할 바를 몰라 그냥 무시해 버리고 만 것은 별로 놀랄만한 일이 아닐지도 모르겠다. 전체가 6연으로 돼 있는데, 1연은 다른 연에 비해 지나치게 길고 6연은 어색하게도 줄 바꿈 된 두 단락으로 이루어져 있다. 인쇄 과정에서 실수가 있었던 것은 아닌지 의심스러울 정도로 이상의 작품치고는 구조적 균형이 흐트러져 있는 편이다.

---

1 이와 맞먹을 만한 시를 이상의 시가 아닌 것 중에서 고르라고 한다면 정지용의 〈유선애상流線哀傷〉은 그 유력한 후보 중 하나가 될 것이다. 〈가외가전〉과 〈유선애상〉은 구인회 기관지 《시와 소설》 1호(1936.3)에 함께 실렸다. 《시와 소설》이 제한된 독자를 대상으로 발간된 동인지였으니만큼, 이 작품들에서 정지용과 이상은 자신들의 어떤 미학적 기질 중 하나를 극단적으로 밀어붙여 본 것이었으리라 짐작해 볼 수 있다.

2 "이번에 쓴 시 〈가외가전〉은 진실로 주옥같은 시요. 박 형 읽어보면 놀랄게요." 조용만, 〈이상 시대, 젊은 예술가들의 초상〉, 1987 ; 김유중 · 김주현 엮음, 《그리운 그 이름, 이상》, 지식산업사, 2004, 336쪽 ; 조용만(1909~1995)은 구인회 멤버 중 하나였다.

일단 전문을 옮긴다.[3]

흰조喧噪(시끄럽게 떠듦) 때문에 마멸磨滅되는 몸이다. 모두 소년이라고들 그러는데 노야老爺(노인)인 기색이 많다. 혹형酷刑에 씻기워서 산반算盤(주판)알처럼 자격資格 너머로 튀어 오르기 쉽다. 그러니까 육교 위에서 또 하나의 편안한 대륙을 내려다보고 근근이 산다. 동갑네가 시시거리며 떼를 지어 답교踏橋한다. 그렇지 않아도 육교는 또 월광月光으로 충분히 천칭天秤처럼 제 무게에 끄덕인다. 타인의 그림자는 우선 넓다. 미미한 그림자들이 얼떨김에 모조리 앉아버린다. 앵도가 진다. 종자種子도 연멸煙滅한다. 정탐偵探도 흐지부지—있어야 옳을 박수가 어째서 없느냐. 아마 아버지를 반역한가 싶다. 묵묵히—기도企圖를 봉쇄한 체 하고 말을 하면 사투리다. 아니—이 무언無言이 흰조의 사투리리라. 쏟으려는 노릇—날카로운 신단身端(몸의 끝)이 싱싱한 육교 그 중 심甚한 구석을 진단하듯 어루만지기만 한다. 나날이 썩으면서 가르치는 지향指向으로 기적奇蹟히 골목이 뚫렸다. 썩는 것들이 낙차落差나며 골목으로 몰린다. 골목 안에는 치사侈奢스러워보이는(사치스러워보이는) 문이 있다. 문 안에는 금니가 있다. 금니 안에는 추잡한 혀가 달린 폐환肺患이 있다. 오—오—. 들어가면 나오지 못하는 타입(type) 깊이가 장부臟腑를 닮는다. 그 위로 짝 바뀐 구두가 비철거린다. 어느 균이 어느 아랫배를 앓게 하는 것이다. 질다.

반추反芻한다. 노파老婆니까. 맞은편 평활平滑한 유리 위에 해소된 정체政體를 도포塗布(칠하기)한 졸음 오는 혜택이 뜬다. 꿈—꿈—꿈을 짓밟

3 전달과 논의의 편의를 위해 1)표기를 모두 한글로 하되 한자를 병기하고 필요할 경우 뜻풀이를 달았으며 2)원문에는 무시돼 있는 띄어쓰기를 했고 3)표기법도 현대식으로 교정했다. 《시와 소설》에 발표된 원문은 상허문학회 지음, 《근대문학과 구인회》(깊은샘, 1996)에 부록으로 수록돼 있다.

는 허망한 노역—이 세기의 곤비困憊(고달픔)와 살기殺氣가 바둑판처럼 널리 깔렸다. 먹어야 사는 입술이 악의惡意로 꾸긴 진창 위에서 슬며시 식사 흉내를 낸다. 아들—여러 아들—노파의 결혼을 걷어차는 여러 아들들의 육중한 구두—구두 바닥의 징이다.

층단層段을 몇벌이고 아래도[4] 내려가면 갈수록 우물이 드물다. 좀 지각해서는 텁텁한 바람이 불고—하면 학생들의 지도地圖가 요일마다 채색을 고친다. 객지에서 도리道理 없어 다수굿하던 지붕들이 어물어물한다. 즉 이 취락聚落은 바로 여드름 돋는 계절이래서 으쓱거리다 잠꼬대 위에 더운 물을 붓기도 한다. 갈渴—이 갈 때문에 견디지 못하겠다.

태고의 호수 바탕이던 지적地積이 짜다. 막幕을 버틴 기둥이 습濕해 들어온다. 구름이 근경近境에 오지 않고 오락娛樂 없는 공기 속에서 가끔 편도선들을 앓는다. 화폐의 스캔들—발처럼 생긴 손이 염치없이 노야의 고통하는 손을 잡는다.

눈에 뜨이지 않는 폭군이 잠입하였다는 소문이 있다. 아기들이 번번이 애총이 되고 한다. 어디로 피해야 저 어른 구두와 어른 구두가 맞부딪는 꼴을 안 볼 수 있으랴. 한창 급한 시각이면 가가호호家家戶戶들이 한데 어우러져서 멀리 포성砲聲과 시반屍班이 제법 은은하다.

여기 있는 것들은 모두가 그 방대한 방을 쓸어 생긴 답답한 쓰레기다. 낙뢰落雷 심한 그 방대한 방 안에는 어디로선가 질식한 비둘기만한 까마귀 한 마리가 날아 들어왔다. 그러니까 강하던 것들이 역마疫馬 잡듯 픽

4 '아래로'의 오기로 보는 의견이 있으며 그렇게 간주하는 것이 문맥상 적절해 보인다.

픽 쓰러지면서 방은 금시 폭발할 만큼 정결하다. 반대로 여기 있는 것들은 통 요사이의 쓰레기다.

간다. 〈손자孫子〉도 탑재한 객차가 방을 피하나 보다. 속기速記를 펴놓은 상궤床几위에 알뜰한 접시가 있고 접시 위에 삶은 계란 한 개－포크로 터뜨린 노른자 위 겨드랑에서 난데없이 부화하는 훈장勳章형 조류鳥類－푸드덕거리는 바람에 방안지方眼紙가 찢어지고 빙원氷原 위에 좌표 잃은 부첩符牒 떼가 난무한다. 권연卷煙에 피가 묻고 그날 밤에 유곽도 탔다. 번식한 고 거짓 천사들이 하늘을 가리고 온대溫帶로 건넌다. 그러나 여기 있는 것들은 뜨뜻해지면서 한꺼번에 들떠든다. 들끓으며 떠든다 방대한 방은 속으로 곪아서 벽지가 가렵다. 쓰레기가 막 불ㅅ는다. 불어난다.

이어령과 임종국에 이어 세 번째로 《이상문학전집 1－시》(문학사상사, 1989)의 편찬에 참여한 이승훈의 주석들은 이상의 텍스트를 그의 결핵 병력과 도착적인 성적 강박의 산물로 이해했던 시대의 분위기를 어느 정도 반영하고 있다는 단점이 있기는 하지만, 적어도 〈가외가전〉에 대한 그의 주석만큼은 매우 논리적이고 합리적인 편에 속한다. 그는 이 시가 전반적으로 "거리의 풍경"을 묘사하고 있다고 보면서 이 시를 끌고 가는 화자를 실제로는 젊지만 자신이 늙었다고 생각하는 폐결핵에 걸린 (즉, 실제 이상과 대동소이한) 남자로 파악하고, 그 자신의 통증과 환상과 패배와 몽상을 순차적으로 노래한 시로 분석한다.[5] 이승훈의 주석에 따르면 이 시는 이상의 다른 많은 시들과 마찬가지로 내밀한 독백의 시다. 그런데 그것이 외적 현실을 지시하는 기호를 다채롭게 포함하고 있는 이 길고 복잡한 텍스트에 대한 온당한 대접인지는 의문의 여지가 있어 보인다.

---

5 이승훈 엮음, 《이상 문학 전집 1－시》, 문학사상사, 1989, 70~71쪽.

〈가외가전〉에 대한 최초의 본격적인 분석을 시도했다는 점에서 이경훈의 연구를 짚고 넘어가지 않을 수 없다.[6] 이상의 작품들 간에는 상호 지시적 관계가 촘촘하게 존재하는 편인데 특히 이 점에 주목할 때 이경훈의 해석은 독창적인 결론에 도달하는 경우가 많다. 그러나 그는 각각의 작품들이 독자적으로 존립할 가능성을 충분히 인정하지 않는 경향이 있어서, '이상으로 이상을' 해석하는 순환논증에 이르거나 그의 작품을 개인사로 매개 없이 환원하는 분석을 행할 때가 있다. "일단 街는 家와 의미적으로 대립된다. 이를테면 '街'는 '家外'에 있고, '家'는 '街外'에 있다. **따라서** '가외가전'이란 동일한 발음으로 반대의 것을 의미하는 서로 다른 '가'를 이용한 이상의 말놀이이다. 일상적 의미로는 '家外街'이거나 '街外家'일 터이다. 그런데 이상은 '街外街傳'이라 했다. 그리고 이 이상한 용법이야말로 이상 문학의 한 가지 핵심을 보이는 것이다. 이는 이 두 가지 '가'를 여자와 관련시켰을 때 가장 잘 이해된다. **즉** '街'의 경우는 거리의 여자(=창녀)이고, '家'는 집사람(=아내)이 될 것이다."[7](강조는 인용자) 이런 관점 하에서 이경훈은 〈가외가전〉을 "매춘의 장면을 다양한 방식으로 왜곡한 작품"[8]이라고 단언한다. 그러나 인용한 문장에서 "따라서"와 "즉"의 전후에는 논리의 비약이 있다는 점을 부정할 수가 없다. 애초에 설정된 이런 전제가 다소 자의적이어서 최종 결론 역시 받아들이기가 어렵다.

가장 최근에 출간된 이상 전집의 편찬자이기도 한 권영민 역시 〈가외가전〉에 대한 꼼꼼한 해석을 시도한 바 있다.[9] 그는 이 시의 첫 구절인 "훤조喧噪 때문에 마멸磨滅되는 몸이다."에 대해 다음과 같은 독

---

6 이경훈, 〈〈가외가전〉 주석〉, 《이상, 철천徹天의 수사학》, 소명출판, 2000 참조.

7 위의 책, 248~9쪽.

8 위의 책, 257쪽.

9 권영민, 〈병적 나르시시즘 혹은 고통의 미학〉, 《이상 텍스트 연구–이상을 다시 묻다》, 뿔, 2009.

특한 해석을 제시한다. "'휜조'라는 단어는 말하는 기능과 관련되는 것이므로 이것을 인간의 입과 연관시켜 생각해 볼 수 있다. 그리고 입 가운데에서 조음 기관으로서 '마모'가 되는 것이 무엇인지를 생각해야 한다. 여기서 유추해낼 수 있는 것이 바로 입 안에 있는 '치아'이다. 여기서 문장의 주체를 '치아'라고 하면 문맥이 자연스럽게 이어진다."[10] 이것은 텍스트가 제공하는 정보를 포괄적으로 종합하여 내린 해석이라기보다는 작품의 핵심을 꿰뚫는 일종의 착상을 제시한 것으로 보이는데, 비록 흥미롭기는 하나, 이 착상을 시 전체에 관철시키려는 의지가 앞선 나머지 결국 그의 해석은 이 시를 호흡기관에 대한 유사-의학적 묘사로 만드는 데 이른다. "이 작품에서처럼 인간의 호흡기관의 구조와 기능을 병적인 것과 결부시켜 시로 그려 낸다는 것은 매우 그로테스크한 취향에 속하는 일이지만, 이 작품이 시인 자신의 병환과 관련된 병적 나르시시즘의 산물이라는 점을 부인할 수 없다."[11] 이상이 결핵 환자였다는 사실에 지나친 주의를 기울인 나머지 연구자 자신도 스스로 받아들이기 힘든 해석에 도달한 경우가 아닌가 한다.

〈가외가전〉에 대한 이경훈과 권영민의 알레고리적 독해는 유독 이상 연구사에서 자주 발견되는 종류의 것이다. 이상의 작품을 연구하는 일은 곧 이상이라는 인간의 비밀을 파헤치는 작업이라는 식의 관점이 널리 공유되고 있는 것 같다. 그의 비밀 하나를 파악했다 여겨지는 순간 그의 난해한 작품들은 '바로 그' 비밀과 연관돼 있는 것처럼 보이기 시작한다. 그래서 연구자가 스스로 설정한 프레임에 지나친 확신을 가지게 되어 작품을 되레 그 프레임 속으로 밀어 넣는 일이

10 위의 책, 88쪽.

11 위의 책, 95쪽.

벌어진다. 이런 독법의 가장 큰 문제는 시를 일종의 '수수께끼'로, 즉 '하나가 풀리면 전부가 다 풀리는' 텍스트로 만든다는 데 있다. 그러나 〈가외가전〉이라는 시가 '매춘'과 '호흡기관'에 대한 집요한 반복 서술을 암호화해놓은 것이라면 다음과 같은 반문을 피할 수 없을 것이다. '이상은 도대체 왜 이런 글을 썼는가?' '이것은 어째서 문학작품인가?' 그와 같은 독법에 따르면 이상의 작품은 풀기 어려운 수수께끼를 제시하여 독자를 희롱하기 위해 제작된 것이 되고 만다. 한 두 작품을 그런 목적으로 쓸 수는 있어도 평생 독자를 희롱하기 위해 시와 소설을 쓰는 사람은 없을 것이다. 결과적으로 이런 독법은 이상을 이해할 수 없는 사람으로, 그가 쓴 것들을 '정교하지만 시시한' 것으로 만들고 만다.

희귀할 정도로 다른 입장을 취한 연구가 있다. 자주 인용되지는 않지만 도발적이라고 해야 할 정도로 독창적인 자신의 이상 연구서에서 이보영은 〈가외가전〉을 이상의 최고 걸작 중 하나로 높이 평가한다.[12] 이상이 〈가외가전〉에 와서야 그 이전까지 대다수 작품의 모티브였던 개인적인 관심사를 비非개인화하여 "수준 높은 문명 비판의 차원으로" 끌어올렸다는 것이 그의 평가다. 이상의 소설에 대해서는 사정이 나은 편이지만, 그의 시를 논하는 글에서 이와 같은 평가가 행해진 연구를 찾는 것은 쉬운 일이 아니다. 특히 〈가외가전〉에 그러한 현실 지시적 요소가 있음을 알아보고 그런 점에서 이 시가 이상 작품 목록 중에서도 이례적인 깊이를 갖고 있는 작품임을 최초로 논증했다는 점에서 이보영의 연구는 결정적인 것이라고 할 만하다. 그러나 이보영 역시 〈가외가전〉의 도입부는 "건전한 시민의 눈살을 찌푸리게 할

---

12 이보영, 〈불행한 트릭스터의 공헌-〈가외가전〉〉, 《이상의 세계》, 금문서적, 1998, 12장.

추괴醜怪하면서도 우스운 성적 환상의 표현"[13]일 뿐이라고 해석하면서 기존 연구의 어떤 습관을 반복하고 마는데, 그러면서 그는 이상에게 "왜 이상은 말세적 사건에 괴기한 성적 망상을 굳이 잠입시켜야 했을까?"[14]라는 질문을 던진다. 뒤에서 보겠지만 〈가외가전〉은 제 도입부를 '성적 환상'으로 해석하지 않을 수 없게 강요하고 있지 않다. 꾸준히 반복되어온 성性-환원적 해석은 오히려 연구자들의 반복강박에 가까워 보인다.

보다시피 〈가외가전〉은 기존 이상 연구들이 보여 온 어떤 편향의 정체를 따져볼 수 있게 하는 시금석과 같은 작품이다. 리얼리즘과 모더니즘이라는 대당 구도의 지배를 받아온 탓에 기왕의 연구들은 '모더니스트' 이상이 쓴 텍스트의 '현실 재현적' 혹은 '현실 비판적' 요소에 대해서는 큰 관심을 갖지 않았다. 그의 '재현의 대상'은 결핵 병력과 경성 풍물과 연애 비화에 한정돼 있는 사소하고 개인적인 것들로 폄하되었고, 그 대신 그의 자기반영적 글쓰기가 '구성의 원리' 층위에서 보여 준 현란한 활력은 동시대의 다른 텍스트들을 압도하는 것으로 평가됐다. 이런 편향적 평가가 반복되면서 생겨난 선입견 때문에 〈가외가전〉처럼 현실에 대판 비판적 지시 기능을 숨기고 있는 작품은 논의에서 소외되는 현상이 벌어지고 말았다. 지난 수십 년 동안 우리는 이상이 1930년대의 정치적 · 사회적 현실을 어떻게 재현했으며 식민권력의 테크놀로지와 어떤 긴장 관계 속에서 창작 활동을 했는지 아직 충분히 탐구하지 못했다.

13 위의 책, 350쪽.

14 위의 책, 343~4쪽.

최근 연구들과 함께 출발해야 할 것이다. 신범순은 이상 문학의 핵심 소재 중 하나가 '거리'라고 지적하면서 〈가외가전〉에 대해서도 여러 차례 언급했는데, 눈여겨봐야 할 것은 이 시의 거리가 이상 개인의 고립된 경험 공간이 아니라 당대의 역사적 · 사회적 맥락 속에서 이해되어야 할 공간임을 그가 부단히 강조한다는 점이다. 1930년대 거리 풍경의 두 측면을 그는 다음과 같이 요약한다. "하나는 일본이 조선에 쏟아 부은 물품들의 전시장, 즉 소비시장의 측면이고, 다른 하나는 그들이 식민지적으로 구축한 왜곡된 자본주의 체계 속에서 살아남기 위해 서로 갈등하고 투쟁하는 측면이다. 그것은 다윈주의적인 약육강식의 살벌한 풍경이다. 거리의 소음은 이 두 가지 측면을 모두 포함하고 있다."[15] 즉 거리는 유혹의 공간이자 전쟁의 공간이라는 것, 그래서 〈가외가전〉을 포함하여 거리를 소재로 쓰인 이상의 시는 다음 사실에 유의해서 읽힐 필요가 있다는 것이다. "이상이 대도시 도로에서 이러한 전쟁터 이미지와 성적인 이미지를 함께 다루고 있다는 것은 그래서 주목할 만한 것이다."[16] 함돈균의 최근 연구 역시 이 시에서 거리의 풍경과 육체에 대한 묘사가 계속 겹쳐진다는 점에 일단 주목하였고, 또 이 시에서 "금니" "화폐" "균" "폭군" 등의 이미지들이 하나의 계열을 이루고 있다는 점을 눈여겨보았다. 그의 결론은 이렇다. "결국 이 텍스트는 거리의 병을 신체의 질병과 동일시하면서 그 병의 핵심에 물신적(화폐교환가치) 세계의 타락상이 있다는 사실을 주체의 신체적 감각을 통해 지각하고 있는 시라고 짐작해 볼 수 있는 것

15 신범순, 《이상 문학 연구-불과 홍수의 달》, 지식과교양, 2013, 457쪽.

16 위의 책, 467쪽.

이다."[17]

신범순과 함돈균을 통해 더 분명해진 것은 요컨대 〈가외가전〉의 거리는 개인적이고 추상적인 어떤 곳이 아니라는 점이다. 그것은 바로 1930년대 경성의 그것이다. 그리고 그곳은 '전쟁'의 거리이자 '질병'의 거리이다. 이 연구들의 연장선상에서 〈가외가전〉에 담겨 있는 '도시'와 '인간'의 풍경에 대해 몇 개의 주석을 더해 보려고 한다. 두 가지 점에 특히 주의를 기울일 것이다. 하나는 이 시 안에 구불구불하게나마 어떤 서사가 잠재돼 있다고 보고 그것을 좀 더 또렷하게 정리해보겠다는 것인데, 이는 이 시에 '전傳'이라는 제목이 붙어 있음을 간과할 수 없기 때문에 내린 판단이다. 다른 하나는 이 서사를 더 잘 이해할 수 있게 해 주는 배경 지식에 대한 것인데, 우리는 이 시가 당시 일제의 '도시화 정책'이 낳은 결과와 밀접한 관련이 있다는 점을 논증할 것이다. 이 시 자체가 '전傳'이므로 이하의 논의에서는 운문에서 산문으로의 패러프레이즈가 큰 비중을 차지할 수밖에 없다.

〔1〕 훤조喧噪 때문에 마멸되는 몸이다. 모두 소년이라고들 그러는데 노야老爺 기색이 많다. 혹형酷刑에 씻기워서 산반算盤알처럼 자격 너머로 튀어 오르기 쉽다. 그러니까 육교 위에서 또 하나의 편안한 대륙을 내려다보고 근근이 산다. 동갑네가 시시거리며 떼를 지어 답교踏橋한다. 그렇지 않아도 육교는 또 월광으로 충분히 천칭天秤처럼 제 무게에 끄덕인다. 타인의 그림자는 우선 넓다. 미미한 그림자들이 얼떨김에 모조리 앉아버린다. 앵도가 진다. 종자種子도 연멸煙滅한다. 정탐도 흐지부지-있어야 옳을 박수가 어째서 없느냐. 아마 아버지를 반역한가 싶다. 묵묵

17 함돈균, 〈시의 정치화와 시적인 것의 정치성-임화의 〈네 거리의 순이〉와 이상의 〈가외가전〉에 나타난 시적 주체(화자) 유형에 대한 해석을 중심으로〉, 원광대학교 인문학연구소 《열린정신 인문학연구》 제12집 제1호, 2011.6.

히-기도企圖를 봉쇄한 체 하고 말을 하면 사투리다. 아니 -이 무언無言이 훤조의 사투리리라. 쏟으려는 노릇-날카로운 신단身端이 싱싱한 육교 그 중 심甚한 구석을 진단하듯 어루만지기만 한다. 나날이 썩으면서 가르치는 지향指向으로 기적奇蹟히 골목이 뚫렸다. 썩는 것들이 낙차落差나며 골목으로 몰린다. 골목 안에는 치사侈奢스러워보이는 문이 있다. 문 안에는 금니가 있다. 금니 안에는 추잡한 혀가 달린 폐환肺患이 있다. 오-오-. 들어가면 나오지 못하는 타입 깊이가 장부臟腑를 닮는다. 그 위로 짝 바뀐 구두가 비칠거린다. 어느 균이 어느 아랫배를 앓게 하는 것이다. 질다.

시끌벅적함 때문에 몸이 닳아 가는 한 사람이 있다. 어느 정도인가 하면, 남들에게 듣기로는 아직 소년이라고 하는데 외모는 노인("노야")처럼 보일 정도다. 시끌벅적함을 견디는 일은 "혹형"에 가까운 일이어서 그러다 보면 소년의 자격을 잃는 일("자격 너머로 튀어 오르기")이 생긴다는 것이다.[18] 이 '늙은 소년'은 지금 어디에 와 있는가. 온종일 시끄럽기 그지없는 이곳은 어디인가. 바로 그 답이 나온다. "그러니까 육교 위에서 또 하나의 편안한 대륙을 내려다보고 근근이 산다." 배경은 '육교'다. 수많은 사람들이 오가는, 시끌벅적한 곳이라고 할 만하다. 문맥을 보건대 소년은 어쩌다 우연히 거기에 있는 것이 아니라 매일같이 그곳에 나와 하루를 보내는 것처럼 보인다. 그곳에서

18 이승훈은 "가혹한 형벌에 시달렸기 때문에 '소년'의 자격을 넘어 '노야'가 되기 쉽다는 말"이라고 적절하게 풀이했는데, 여기에 덧붙여 "이러한 '나'의 비약을 '산반알', 곧 주판알로 비유한 것은 내적 필연성이 있다. 나이는 수로 헤아리는 것이기 때문이다."라고 했다. 축어적으로 충실한 주석이라고 판단되어 이를 따르기로 한다. 한편 이 시를 자본주의 하에서 상품의 운명에 대한 알레고리로 읽는 김예리의 관점도 흥미로운데 그는 "훤조 때문에 마멸되는 몸"에서 "상품 질서로 진입하여 가치를 획득함으로써 본래 사물 존재를 상실한 상품의 운명"을 읽어내고, "모두 소년이라고들 그리는데 노야인 기색이 많다"에서는 "새로운 것이 금세 낡은 것이 되는 상품의 속성"을 읽어 낸다. 김예리, 〈시적 주체의 탄생과 경성 아케이드의 시적 고찰-30년대 모더니즘 문학과 장 콕토 예술의 공유점에 대해서〉, 《민족문학사연구》 49호, 2012.8, 283쪽.

왜 소년이 "혹형"과도 같은 "휜조"로 인한 "마멸"을 견디고 있는지는 분명히 밝혀져 있지 않다. 다만 소년은 육교 아래를 딴 세상마냥 "또 하나의 편안한 대륙"인 듯 내려다보는 일로 소일한다. 세상이 "편안한 대륙"으로 보이는 것은 소년이 '불안한 공중'에 떠 있기 때문이며 소년의 심사가 편안하지 않기 때문일 것이다.

육교는 일반적인 길이 아니다. 그 명칭이 알려 주듯 (물이 아니라) '땅 위에 떠 있는 다리'이며, 길이 없는 공중에 만들어 놓은 길이므로 '길 밖의 길'("街外街")이다. 소년에게 이 육교라는 '가외가'는 또래들과는 다른 삶의 '길'을 걷고 있는 자기 자신의 은유가 된다. 물론 소년이 이를 자각하고 있는지는 불확실한데, 마치 자각하게 해 주겠다는 듯이, 이어지는 구절은 이렇다. "동갑네가 시시거리며 떼를 지어 답교한다." 학교에 다니는 동갑내기들의 무리를 지켜보는, 노인처럼 늙어버린 소년의 심정은 어떠할까. "월광"이 쏟아지는 시각이니 꽤 늦은 하교인 셈이다. "그렇지 않아도" 달빛의 무게로 "충분히" 흔들리고 있었던 육교는 또래들의 왁자한 출현으로 더 흔들린다. 이 서정적인 묘사는 쓸쓸하다. 육교의 흔들림은 소년의 마음의 흔들림일 것이기 때문이다. 이럴 때 "타인의 그림자"는 위압적이도록 넓어서, 소년 같은 존재의 "미미한 그림자들"은 주저앉아 버린다. 아니, 그 이상이다. "앵도가 진다. 종자種子도 연멸煙滅한다." 소년이 겪고 있는 상황은, 아직 작은 열매("앵두")에 불과한 소년이 주저앉는 일이기를 넘어서, 소년 안에 있는 어떤 미래의 가능성("종자")조차 연기처럼 사라지는(즉, '연멸'하는) 고통스러운 일이다.

작은 소란이 끝나고 소년은 다시 혼자가 되어 있다. "정탐偵探도 흐지부지-있어야 옳을 박수가 어째서 없느냐." 탐정 놀이 하듯이 육교 위에서 밤의 도시를 "정탐"해 보지만 관객("박수") 없는 행위는 이내 싫증이 난다. 어린 소년들에게는 언제나 관심과 애정으로 지켜보며 박수를 쳐주는 무조건적 애정의 발신자가 있어야 할 터인데 이 소년에게는 없는 것 같다. 왜일까? "아마 아버지를 반역한가 싶다."[19] 지켜봐줄 사람 없으니 정탐도 흐지부지 되고 말았는데, 들어줄 사람이 없으니 말도 말이 되다 만다. "묵묵히-기도企圖를 봉쇄한 체 하고 말을 하면 사투리다." 시인은 '기도氣道'가 더 어울릴 곳에 '기도企圖'를 사용했는데(오식일 가능성도 완전히 배제할 수는 없을 것이다), "기도企圖를 봉쇄"했다는 애매모호한 표현은, 소년이 자신의 말에 어떠한 의도도 담지 않고 어떠한 기대도 하지 않으면서 말을 했다는 것, 즉 마치 기도氣道를 막듯이 기도企圖를 막고 무의미한 말을 중얼거렸다는 것을 뜻한다고 해석할 수밖에 없을 것 같다. 기도가 없는, 그래서 변칙적인 말, 그것을 화자는 "사투리"라고 부른다. (사투리는 표준어의 변칙이다.) 소년은 이제 입을 다물어 버린 것 같다. 누구보다도 크게 소리치고 싶어서 오히려 입을 다물어 버린 것인지도 모른다. 소년의 "무언"은 "훤조"하고 싶은 마음의 변칙적 발산일 것이다. "이 무언이 훤조의 사투리리라."

이어지는 구절은 난해하다. "쏟으려는 노릇-날카로운 신단身端이 싱싱한 육교 그 중 심한 구석을 진단하듯 어루만지기만 한다." 문장의 뼈대는 이렇다. '소년이 무언가를 쏟아내려는 듯 어떤 행위를 한다.' 앞에서 '무언無言'의 소년은 아무 말도 못했으니 그가 쏟아내고 싶어 하는 것은 못다 한 내면의 말들일 것으로 짐작된다. 소년이 하는 행위는 "날카로운 신단이 싱싱한 육교 그 중 심한 구석을 진단하듯

19 〈가외가전〉을 이상의 글쓰기에 대한 자의식을 암시적으로 드러낸 작품이라고 보는 하재연은 이 대목에 이상의 자조적 진단이 담겨 있다고 해석한다. 아버지를 반역하여 박수를 받지 못했다는 것은 자신의 '오감도' 연작이 전통적인 시의 미학을 가장 극렬한 방식으로 부정하여 대중으로부터 외면받은 일을 우회적으로 지시하고 있다는 것이다. 이상이 이 소년의 형상에 자기 자신의 고독을 투영했다고 보는 것은 설득력이 있다. 하재연, 〈이상의 〈가외가전〉과 글쓰기에 관한 의식 연구〉, 《비평문학》 42호, 2011. 12, 475~6쪽.

어루만지기"이다. "신단身端"은 글자 그대로 풀이하면 '몸의 끝부분'인데, 이 말뜻을 아는 것만큼이나 중요한 것은 앞의 구절에 가상의 쉼표를 정확하게 찍는 일이다. "날카로운 신단이, 싱싱한 육교 그 중 심한 구석을 진단하듯 어루만지기만 한다."로 읽을 경우 "신단"은 문장의 주어가 되어 '소년의 끝부분', 즉 '손' 정도로 해석될 것이고, "날카로운 신단이 싱싱한 육교, 그 중 심한 구석을 진단하듯 어루만지기만 한다."로 읽으면 "신단"은 '육교의 끝부분'으로, 즉 '모서리'로 이해될 수 있을 것이다. 여기서 후자를 택해야 하는 이유는 "날카로운"과 "싱싱한" 사이의 상호 인력 때문이다. 날카롭기 때문에 싱싱하고 싱싱하기 때문에 날카롭다고 보는 것이 자연스럽다.[20] 결국 "날카로운 신단이 싱싱한 육교"는 '모서리들이 아직 마모되지 않은 신축 육교'를 뜻할 것이다. 요컨대 소년은 못다 한 말을 하고 싶다는 듯이 날카로운 육교의 모서리를 어루만지고 있다. 육교는 '신단이 날카롭게' 싱싱하지만, 소년은 '노인처럼 보일 만큼' 피폐해 있다. 그래서 소년의 행위는 무용해 보이고 애처롭게 느껴진다.

그런데 갑자기 육교 아래쪽에서 무슨 일이 벌어진다. "나날이 썩으면서 가르치는 지향指向으로 기적奇蹟히 골목이 뚫렸다. 썩는 것들이 낙차落差나며 골목으로 몰린다." 없던 골목이 갑자기 생겨났다는 뜻이다. 지상에서 썩어가던 것들이 모여들던("지향"하던) 어떤 공간에서 그 힘에 못 이겨 골목이 뚫렸다. 이것이 가능한 일인가? 그래서 화자도 "기적히"라고 했다. 그 골목은 도시의 저지대로 이어지는 것처럼 보인다. "썩는 것들이 낙차落差나며 골목으로 몰린다." 〈가외가전〉은 '길 밖에 있는 길'(街外街)이 주인공인 '이야기'(傳)다. 이제 그 주인공의

20 대다수의 연구자들이 "신단"을 '소년의 끝'으로 파악하고 이를 "손이나 발"(이승훈), "손끝"(이보영), "혀의 끝"(권영민) 등으로 해석했는데, 우리는 혀는 말할 것도 없고 손과 발이 도대체 "날카로운"이라는 말로 수식되는 것이 상식적으로 타당한지를 생각해 봐야 한다. 노인 같은 기색이 완연하다고 설명된 소년이 날카로운 손끝과 혀끝을 갖고 있다는 설정은 확실히 부자연스럽다.

형상이 '공중의 가외가'인 육교에서 '지상의 가외가'인 골목으로 바뀐 것이다. 1연의 마지막 몇 줄은 긴박해진다. 마치 줌인을 하듯, 카메라는 육교를 내려와 골목으로 진입하고, 어느 집으로 들어가 한 노파를 비추더니, 내시경처럼 그의 입 속을 거쳐 병든 폐肺로까지 내려간다. "골목 안에는 치사侈奢스러워 보이는 문이 있다. 문 안에는 금니가 있다. 금니 안에는 추잡한 혀가 달린 폐환肺患이 있다." 이제 육교 위 소년이 아니라 골목 안 노파의 이야기가 시작된다.[21]

〔2〕 반추反芻한다. 노파니까. 맞은편 평활平滑한 유리 위에 해소된 정체政體를 도포塗布한 졸음 오는 혜택이 뜬다. 꿈―꿈―꿈을 짓밟는 허망한 노역勞役―이 세기의 곤비困憊와 살기殺氣가 바둑판처럼 널리 깔렸다. 먹어야 사는 입술이 악의惡意로 꾸긴 진창 위에서 슬며시 식사 흉내를 낸다. 아들―여러 아들―노파의 결혼을 걷어차는 여러 아들들의 육중한 구두―구두 바닥의 징이다.

폐병에 걸린 노인이 지나간 일을 "반추"하며 시간을 보내는 것은 이상한 일이 아니다. 그런데 이어지는 구절이 다시 한 번 난해하다. "맞은편 평활平滑한 유리 위에 해소된 정체政體를 도포塗布한 졸음 오는 혜택이 뜬다." 노파가 있는 곳 맞은편에는 '평활하다'는 수식어가 굳이 필요할 만큼 큰 유리가 있고 지금 거기에 무엇인가가 뜬다. "뜬다"라는 서술어가 어울리는 대상이자 "졸음 오는 혜택"으로 은유될 만한 것은 아무래도 태양이라고 보는 편이 자연스럽다. 햇볕이 "혜택"처럼 내리쬐고 있어 노파는 지금 졸리다. 그런데 여기서 이상은 '온 세상을

---

21 이상이 "노파"라고 적었다면 실제 "노파"일 리가 없다는 듯이, 이 노파는 1연의 소년과 같은 인물이라는 의견도 있고(이승훈) 노파라고 해도 될 정도로 피폐한 창녀라는 의견도 있다(이보영). 그러나 전자의 경우 소년이 금니를 하고 폐병에 걸렸다는 설정이 어울리지 않으며 후자의 경우 적어도 지금까지의 맥락에서는 갑자기 '창녀'가 등장해야 할 어떠한 이유도 찾기 어렵다.

뒤 덮는' 햇볕 정도로 쓰면 될 대목에서 기이하게도 "해소된 정체를 도포한" 햇볕이라고 적었다. 독자를 일순 긴장하게 만드는 이 대목에 그동안 아무도 주목하지 않았다는 것은 좀 놀라운 일이다.[22] 여기서 '정체政體'를 '국가의 조직 형태' 혹은 '통치권의 운용 형식'이라는 사전적 의미와 다르게 해석해야 될 어떠한 이유도 없다. "해소된 정체"란 좁게는 1897년 10월 12일에서 1910년 8월 29일까지 존재하다 사라진 '대한제국'을 가리키는 것이고, 넓게는 조선의 역사 전체를 가리키는 것으로 볼 여지가 있다. 그렇다면 이상이 쓴 저 구절은 이렇게 패러프레이즈될 수 있다. '식민지 뒷골목 어느 유리에 내리쬐는 햇볕은 이제는 해소되어버린 국가체제를 그 위에 도료를 칠하듯 뒤덮고 있으니 이 햇볕을 받으며 졸고 있는 식민지인들은 복되도다.'

이제부터 이상의 문장들은 좀 더 노골적인 것이 되어간다. "꿈-꿈-꿈을 짓밟는 허망한 노역勞役-이 세기의 곤비困憊와 살기殺氣가 바둑판처럼 널리 깔렸다." 노파에 대한 이야기만이 아니다. 이상은 "이 세기의 곤비와 살기"라는 다소 직접적인 어구를 통해 20세기 초입에 일본에 병합된 조선인들이 경험하는 중인 대표적인 두 감정이 피로("곤비")와 분노("살기")일 것임을 말하면서, 그 감정이 바둑판처럼 빈틈 없이 깔려 있는 이 땅의 식민지인들은 그들 자신의 꿈을 스스로 짓밟는 "허망한 노역"에 시달리고 있다고 꼬집는다. 그러나 먹어야 살 수 있으니 노파는 "악의로 꾸긴〔꾸겨진〕" 진창 같은 식민지 땅에서 "식사 흉내"라도 내지 않을 수 없다. 그런데 그게 또 쉽지가 않다. "아들-여러 아들-노파의 결혼을 걷어차는 여러 아들들의 육중한 구두-구두 바닥의 징이다." 이 구절이 또 한 번 독자를 당혹스럽게 하는 것

22 이승훈은 "政體"를 "통치 권력의 운용형식"이라고 뜻풀이를 해놓았을 뿐 이 어구의 의미를 묻지 않았고, 이보영은 "정체政體"를 '정체正體'로 잘못 읽어 "'정체'는 노파의 정체"라는 동어반복의 주석을 달았으며, 권영민은 이 대목을 언급하지 않았다.

처럼 보이는데, 그러나 이 경우에도 문제를 해결하는 가장 간단한 방법은 그것을 문제로 간주하지 않는 것이다. "노파"와 "결혼"과 "아들"을 그것이 아닌 다른 무엇으로 만들려고 노력할 필요가 없다는 뜻이다. 노모의 개가改嫁를 (심리적인 이유로건 경제적인 이유로건) 마뜩찮아 하는 아들들의 행패("구두 바닥의 징")를 떠올려 보는 일은 특별히 기괴한 상상력이 필요한 일이 아니다. 이 상황의 핵심은 여하튼 상황을 개선해 보려는 노력이 짓밟힌다는 점에 있을 것이다. 이럴 때 노파가 느낀 감정 역시 "곤비와 살기"일 수밖에 없다. 육교 위의 소년에서 골목 안의 노파에 이르기까지, '길 바깥의 길'에서 살아가는 이 비극적 존재들의 모습을 식민지 조선의 은유적 표상으로 보아도 무리는 아닐 것이다.

'가외가街外街'와 '인외인人外人'—식민지 경성 도시화 정책 비판

'육교'에서 '골목'으로 이동했으니 이제는 어디로 가는가? "이상의 주인공이 보다 넓은 장소에서 차례로 좁은 장소로 연이어 들어가는 경향을 작품에서 보여 주곤 한 것은 잘 알려진 사실이다. … 그것은 상자 속의 상자, 또 그 상자 속의 보다 작은 상자에 대한 관심의 나타남이요, 인간의 무의식 세계에 대한 호기심과 탐구욕의 대상이어서 쉬르리얼리스트의 각별한 관심거리였다. 〈가외가전〉의 경우도 성적 의미가 짙은, 공간 축소 지향의 결과가 그 '골목'이다."[23] 이 논평은 마지막 문장을 제외한다면 거의 동의할 수 있다. 〈가외가전〉에서 공간의 이동은 이 시의 가장 중요한 구성 원리이지만 거기에 성적인 뉘앙

---

23 이보영, 앞의 책, 340~341쪽.

스를 찾아내는 것은 별로 도움이 되지 않아 보인다. 다시 말하지만 이 시의 제목은 '가외가전'이며 '전傳'의 본래 취지를 생각한다면 이 시는 '가외가'(에서 살아가는 사람들)의 '삶'을 이야기하는 작품으로 의도된 것이라 해야 할 것이다. 식민지 조선에서 '길 밖의 길'이라 할 만한 배제와 소외의 공간은 당연하게도 한두 군데가 아닐 텐데, 이 시에 나타나는 공간의 이동은 '가외가'의 '삶'의 여러 국면을 보여 주기 위한 것으로 볼 수 있을 것이다. '육교'에서 '골목'을 거쳐 세 번째 등장하는 장소는 '우물'이다.

〔3〕 층단層段을 몇 번이고 아래로 내려가면 갈수록 우물이 드물다. 좀 지각해서는 텁텁한 바람이 불고-하면 학생들의 지도地圖가 요일마다 채색彩色을 고친다. 객지에서 도리道理 없어 다수굿하던 지붕들이 어물어물한다. 즉 이 취락聚落은 바로 여드름 돋는 계절이래서 으쓱거리다 잠꼬대 위에 더운 물을 붓기도 한다. 갈渴-이 갈 때문에 견디지 못하겠다.

1연에서도 "썩어가는 것들이 낙차나며 골목으로" 몰리는 장면을 근거로 육교 이후 이 시의 배경이 되는 곳은 도심의 저지대일 것이라고 짐작한 바 있지만, 이제 3연의 배경이 되는 장소는 계단을 통해 더 내려가야 하는 곳이다. 저지대로 내려갈수록 우물이 드물다는 것. 이런 곳에서라면 물 쟁탈전이 벌어질 공산이 크다. "지각"을 해서 "텁텁한 바람"이 부는 오후쯤에나 나가면 결국 수질에 문제가 있는 물을 얻을 수밖에 없는 실정이다. 이후에 나오는 세 구절, 학생들의 지도 색깔이 날마다 바뀐다는 것, 지붕들이 어물어물 움직인다는 것, 잠꼬대를 하는 사람에게 더운 물을 붓는다는 것 등은 이 열악한 "취락"에서 특유하게 나타나는 현상을 표현한 것으로 짐작되지만 정확히 무엇을 뜻하는 구절인지 단정하기는 어렵다. 그러나 설사 이 세 구절에 대한 해석이 연구자에 따라 달라진다 하더라도 3연의 첫 문장("…우물이 드물다.")과 마지막 문장("이 갈 때문에 견디지 못하겠다.")은 해석이 필요 없을 정도로 분명하기 때문에 이 대목의 골자가 무엇인지는 다음과 같이 확정할 수 있을 것이다. '이곳에서는 우물이 부족하여 모두들 갈증을 참느라 고통스러운 나날을 보내고 있다.'

여기서 확인해 둘 것은 왜 우물이 문제가 되고 있는가 하는 점이다. 〈가외가전〉의 후반부를 온전하게 읽어내기 위해서는 '식민지 도시화' 정책의 본질과 한계를 논의할 필요가 있다. 식민지 도시화의 핵심은 경성 안에서 일본인과 조선인을 공간적으로 분리하는 것이었다. 일본인과 조선인의 거주 지역을 각각 '마치(町)'와 '동'으로 구별·명명하여 공간 분리를 가시화하였고 각종 근대문명의 혜택도 차별적으로 제공했다. "이런 구분은 야만의 조선과 문명의 일본을 같은 도시의 하늘 아래 극명하게 대비시킴으로써 일제의 식민지 지배를 정당화하려는 상징 조작의 일환이었다."[24] 이 과정에서 공간 분리의 기준이 된 것은 청계천이었는데, 청계천 남쪽 지역에 '마치'가, 북쪽 지역에는 '동'이 집중되면서, 소위 남촌과 북촌의 분리 현상이 나타난다. 이쯤에서 따져보자면 〈가외가전〉의 저 독특한 제목은 혹자의 지적과는 달리 무슨 말장난 같은 것이 아니라, 식민 권력의 통치 테크놀로지 혹은 공간 정치학을 간명한 이미지로 포착한 것이라고 받아들여져야 한다. 저 제목은 이 시가, '가'와 '가외가'가 강제적으로 분할되던 시기에, '가외가'의 실상을 포착하기 위한 은밀한 시적 고발임을 시사하고 있는 것이 된다.

식민 권력의 통치 테크놀로지 혹은 공간 정치학을 〈가외가전〉을 읽기 위한 배경으로 삼을 때 특히 주목할 만한 것은 상하수도 설비와 관

24 이준식, 《일제 강점기 사회와 문화》, 역사비평사, 2014, 105쪽.

련된 정책들이다. 〈가외가전〉 3연에 등장하는 '우물'과 '갈증'의 기원이 거기 있을 것이기 때문이다. 김백영[25]의 일목요연한 정리에 따르면, 1900년대 초반까지 조선의 물 공급원은 당연하게도 우물과 하천이었는데, 1920년에 경성을 강타한 수인성水因性 전염병 콜레라의 영향으로 상수도 사용 인구가 늘어나기는 했지만, 여전히 70퍼센트 이상이 우물을 이용한 것으로 돼 있다. 그런데 문제는 이 무렵부터 우물의 수질이 급속히 악화되었다는 것이었다. 일본의 하수도 정책 실패가 그 원인이었다. 하수 설비가 제대로 갖추어져있지 않을 경우 토양과 지하수가 오염되어 우물의 수질은 악화된다. 재원 부족을 이유로 청계천과 북촌의 하수 정비 사업은 언제나 우선순위에서 밀려났고, 당국의 무관심 속에 방치된 청계천과 북촌의 하수 상태는 1930년대에 최악의 상태에 도달했다. 그 결과 1933년 기준으로 경성부 내 우물 중 80퍼센트가 음용 부적합 불량 우물로 판정받기에 이른다. 그러나 우물이 오염되어도 대다수의 조선인은 사실상 상품화돼 있는 상수도를 이용할 수 없었다.

> "더러운 우물물을 이용하는 조선인과 깨끗한 수돗물을 이용하는 일본인, 어두침침하고 악취 나는 오물투성이 북촌과 휘황찬란하고 청결한 문명의 진열장 남촌, 식민지도시 경성에는 이질적인 두 가지 주체, 대조적인 두 가지 공간이 병존하고 있었다. … 전통 시대 맑은 샘물이 넘쳐났던 서울의 자연수가 근대 초기에 접어들면서 급격한 수질 악화를 겪게 된 원인은 무엇일까? 그것은 도시화와 근대화와 식민화라는 중첩된 역사적 변화의 '자연사적 과정'으로 볼 수도 있다. 하지만 적어도 대다수

25 김백영, 〈'청결'의 제국, '불결'의 고도-식민지 위생 담론과 상하수도의 공간 정치〉, 《지배와 공간-식민지도시 경성과 제국 일본》, 문학과지성사, 2009. 이하 한 단락의 내용은 이 책의 454~5쪽에 의지한 것이다.

조선인에게 그 과정은 공공재인 우물의 품질이 훼손되고 필수재인 상수원에 대한 접근 자격을 박탈당하는 폭력적 과정에 다름 아니었다."[26]

식민지 도시화에 내재돼 있는 선택과 배제의 원리는 이상 식으로 말하면 '길'과 '길 밖의 길'의 분리라는 현상을 낳았기 때문이다. 공간이 두 가지 유형으로 분리되면 그 각각의 공간에는 두 유형의 존재가 분할 배치될 것이다. 요컨대 "두 가지 공간"과 "두 가지 주체"가 있었다. 선택된 공간·주체로서의 '가'와 배제된 공간·주체로서의 '가외가'가 그것이다. 이상의 관심사는 후자에 있으며, 1연과 2연에서 그것은 육교와 골목이라는 '공간', 그리고 소년과 노파라는 '주체'의 모습으로 나타났다. 육교와 골목이 '길 아닌 길'로서의 '가외가'라면, 노인 같은 소년과 폐병 걸린 노파는 주체 아닌 주체로서의 '인외인人外人'이라고 불러야 할지도 모르겠다. 그렇다면 3연의 경우는 어떤가. 여기서 '가'와 '가외가'의 관계를 반향하는 것은 바로 '수도'와 '우물'의 관계가 될 것이다. 그리고 이곳에 거주하는 '인외인'들이 특정한 형상으로 나타난 것은 아니지만 아마도 여럿일 그들은 이렇게 외친 바 있다. "갈渴 ─이 갈 때문에 견디지 못하겠다." 이제 4연과 5연을 한꺼번에 읽어보자.

〔4〕 태고의 호수 바탕이던 지적地積이 짜다. 막幕을 버틴 기둥이 습濕해 들어온다. 구름이 근경近境에 오지 않고 오락 없는 공기 속에서 가끔 편도선들을 앓는다. 화폐의 스캔들─발처럼 생긴 손이 염치없이 노야의 고통하는 손을 잡는다.

---

26 위의 책, 467~8쪽.

〔5〕눈에 뜨이지 않는 폭군이 잠입하였다는 소문이 있다. 아기들이 번번이 애총이 되고 한다. 어디로 피해야 저 어른 구두와 어른 구두가 맞부딪는 꼴을 안 볼 수 있으랴. 한창 급한 시각이면 가가호호家家戶戶들이 한데 어우러져서 멀리 포성과 시반屍班이 제법 은은하다.

4연의 공간은 어디인가. 처음 두 구절이 이 공간의 특성에 대해 말한다. 오래전 호수의 밑바닥이었던 땅("지적"[27])이어서 짠 맛이 난다는 것이고, 막을 버텨주는 기둥들이 습기 때문에 약해져 가고 있다는 것이다. 그렇다고 비가 올 조짐은 보이지 않는다는 것("구름은 근경에 오지 않고"). 그렇다면 이곳은 하천 근처일까? 더 구체적인 단서는 바로 "막幕"에 있다. 앞에서 경성이 일본인과 조선인의 공간으로 양분되었다는 것을 언급했지만, 식민지 도시화는 소수의 중산층 조선인들을 도시 내에 남기고 수많은 도시빈민을 외곽으로 축출하는 결과를 낳기도 했다. 일제 강점 초기에 도시로 몰려든 하층민들의 일반적인 주거 패턴은 '행랑살이'였지만, 1920년대 중반부터 행랑살이 대신에 성행하기 시작한 것은 '토막살이'였다. 도시 내에서 정상적인 주거 공간을 마련하지 못한 이들이 "산비탈, 성벽, 하천 주변, 철로 주변, 다리 밑, 제방, 화장장 주변 등, 한마디로 사람이 살 수 없는 환경을 갖춘 곳"에 가마니와 나뭇가지를 활용해 토막을 짓고 살기 시작했다.[28] 스쳐가듯 나오는 "막"이라는 정보를 통해 4연이 하천 근처의 토막과 그곳에 거주하는 토막민들을 재현한 것이라고 추론해 볼 수 있을 것이다.

토막민들은 형편없이 나쁜 공기 속에서("오락 없는 공기"를 글자 그

---

27 여기서 "지적地積"은 '땅의 면적'이라는 본래의 사전적 뜻을 나타내기 위해 쓰인 것이라기보다는 '넓은 땅바닥' 정도로 새기는 것이 적당해 보인다. 이보영 역시 "땅의 면적이라는 일반적인 뜻으로 쓰인 것이 아니므로 문자 그대로 쌓인 흙(적토)의 뜻으로 읽어야 한다."(이보영, 앞의 책, 332쪽)라는 주석을 달았다.

28 토막민에 대한 이상의 내용은 이준식, 앞의 책, 101~103쪽.

대로 해석하자면 '즐길 수가 없는 공기'가 될 것이다) "편도선"을 앓고 있고, 거기서는 어쩌면 병자들("노야의 고통하는 손")을 대상으로 한 은밀한 뒷거래("화폐의 스캔들")가 성행하기도 했을 것이다. 이런 곳에서 전염병이 돌지 않는다면 그것이야말로 이상한 일이다. 기왕의 연구들이 적절하게 지적했듯이 "눈에 보이지 않는 폭군"은 이상의 것치고는 비교적 쉬운 은유로 보이는데, 아기들이 그 희생제물("애총")이 되었다고 했으니 아마도 홍역 같은 것이라고 짐작해 볼 수 있겠다.[29] "어디로 피해야 저 어른 구두와 어른 구두가 맞부딪는 꼴을 안 볼 수 있으랴."에서 "어른 구두"란 아이의 시체를 처리하느라 분주한 부모를 뜻하는 환유換喩일 것인데[30], 구두들이 서로 부딪힐 정도라면 그만큼 애통한 죽음이 빈발했다는 뜻이겠다. "가가호호"를 하나로 묶는 이 공평한 역병과의 투쟁은 다음 문장에서처럼 전쟁에 비유되어도 어색하지 않을 것이다. "한창 급한 시각이면 가가호호家家戶戶들이 한데 어우러져서 멀리 포성과 시반屍班이 제법 은은하다." 이제 〈가외가전〉은 대단원이라는 이름이 어색하지 않은, 놀랍도록 인상적인 마지막 한 연을 남겨두고 있다.

〔6〕 **여기** 있는 것들은 모두가 그 방대한 **방**을 쓸어 생긴 답답한 쓰레기다. 낙뢰落雷 심한 그 방대한 방 안에는 어디로선가 질식한 비둘기만한 까마귀 한 마리가 날아 들어왔다. 그러니까 강하던 것들이 역마疫馬 잡듯 픽픽 쓰러지면서 **방**은 금시 폭발할 만큼 정결하다. 반대로 **여기** 있

---

29 하재연은 이 '애총'의 이미지가 〈가외가전〉과 같은 해에 발표된 이상의 글 〈조춘점묘-도회의 인심〉에 나오는 다음과 같은 대목과 연결돼 있음을 지적한 바 있다. "상해에서는 기아를-그것도 보통 죽은 것을-흔히 쓰레기통에 한다." 하재연, 앞의 글, 480쪽.

30 이 대목에 대한 주석으로는 권영민의 것을 그대로 따를 만하다. "첫 문장은 홍역이 돌기 시작했다는 소문이 퍼지게 됨을 말한다. 어린 아기들이 홍역에 걸려 죽게 되고 '애총'은 아기들의 무덤을 뜻하는 것이다. '어른 구두와 어른 구두가 맞부딪는 꼴'이라는 표현은 '애총'을 거두기 위한 어른들의 잦은걸음을 암시하는 것으로 읽힌다."(권영민, 앞의 책, 93쪽)

는 것들은 통 요사이의 쓰레기다.

간다. 〈손자孫子〉도 탑재한 객차가 **방**을 피하나 보다. 속기速記를 펴놓은 상궤床几(걸상)위에 알뜰한 접시가 있고 접시 위에 삶은 계란 한 개-포크로 터뜨린 노른자 위 겨드랑에서 난데없이 부화하는 훈장勳章형 조류鳥類-푸드덕거리는 바람에 방안지方眼紙가 찢어지고 빙원氷原 위에 좌표 잃은 부첩符牒 떼가 난무한다. 권연卷煙(궐련)에 피가 묻고 그날 밤에 유곽도 탔다. 번식한 고 거짓 천사들이 하늘을 가리고 온대溫帶로 건넌다. 그러나 **여기** 있는 것들은 뜨뜻해지면서 한꺼번에 들떠든다. 방대한 **방**은 속으로 곪아서 벽지가 가렵다. 쓰레기가 막 불ㅅ는다(불어난다). (강조는 인용자)

6연에서 길을 잃지 않으려면 이 연이 "방"과 "여기" 사이의 대립 구도 위에 구축돼 있다는 사실에 주목해야 할 것 같다. "방"은 어떤 곳인가. 벼락("낙뢰")이 심하게 치고('벼락 맞을'이라는 관용어를 상기할 필요가 있겠다), "까마귀"가 날아들며, 역병에 걸린 말처럼 "강한 것들"도 힘없이 쓰러지는, 그런 곳이다. 그 방을 "정결"하다고 한 것은 "폭발" 직전의 고요함을 강조하기 위한 것으로 읽힌다. 요컨대 "그 방대한 방"은 위험하고 불길하며 오염돼 있고 폭발할 것만 같은 곳이다. 그런데 중요한 것은 그 "방"에 있던 쓰레기들이 "여기"로 다 옮겨졌다는 사실에 있다. "여기"가 쓰레기장이 된 것은 "그 방대한 방" 때문이다. 그리고 그것은 최근에 일어난 일이라고 돼 있다. 보다시피 이 마지막 연에서도 '가'와 '가외가'의 구조가 발견된다. '가외가'의 공간은 '가'에서 배출된 쓰레기들이 몰려드는 곳이다. 이 쓰레기는 지그문트 바우만이 "우리 시대의 가장 괴로운 문제인 동시에 가장 철저하게 지켜지는 비밀"[31]이라고 인상적으로 표현한 바 있는, '설계의 시대'인 근대의 필연적 부산물로서의 쓰레기일 것이다. 더 구체적으로 말하면 식민지 근대의 설계의지가 기획한 '대경성'("그 방대한 방")의 어두운 이면인 쓰레기장으로서의 경성일 것이다.

경성의 '가외가'를 훑어오던 이상의 눈은 여기 6연에 이르러 이제 이 시의 가장 높은 지점에 올라 시 전체를 조감하고 있는 것처럼 보인다. 그리고 여기서 그야말로 변증법적이라고 해야 할 시선의 역전이 시도된다. 즉, '가'가 곧 '가외가'라는 것. 적어도 지금 이상이 주목하고 있는 것은 쓰레기장이 된 '가외가'의 비참한 현실이 아니다. 지금 중요한 것은 '가'의 공간("그 방대한 방") 자체가 이미 이상에게는 발전과 번영의 공간인 것이 아니라 내파될 조짐을 보이는 파국적 공간이라는 사실이다. 정신분석학적으로 말하면 '가외가'는 '가'의 증상symptom이라고 할 수 있을 것이다. 이어지는 6-2연의 첫 문장은 단도직입적이게도 "간다"라는 서술어로 시작되는데 이것은 의미상으로 '떠난다' 혹은 '버린다'에 가까워 보인다. 주어가 생략돼 있으니 특정할 수는 없지만 "방"의 진실을 꿰뚫어 본 어떤 이가 파국을 예감하게 하는 전쟁터와도 같은 그곳에서 (전쟁터이니까 필요한 것으로 간주됐었을) 《손자병법》을 챙겨들고 떠난다. 객차가 방을 피해 떠나는 순간을 기점으로 "방"에서는 대폭발이 일어나고, 6-1연에서 이미 예고된 그 폭발을 6-2연은 묵시록적이고 계시적인 이미지로 보여 준다.

마무리 단락답게 6-2는 극히 난해하다. 걸상("상궤") 위에 속기록이 있고, "알뜰한" 접시가 있으며, 그 접시에는 삶은 계란이 하나 있다. 이 정물 배치가 흔한 것은 아닐지언정 비현실적이라고 할 수는 없을 것이다. 그러나 그 다음 대목부터 이미지들은 현실 논리를 이탈하

---

31 지그문트 바우만, 《쓰레기가 되는 삶들》, 정일준 옮김, 새물결, 2008, 58쪽.

고 시적 자유를 구가하기 시작한다. 삶을 계란을 포크로 터뜨렸더니 계란의 "겨드랑이"라고 할 만한 곳에서 "훈장" 모양의 새가 부화했다는 것, 그리고 그 새가 날갯짓을 하는 바람에 종이("방안지")가 찢어지고 서류("부첩")들이 흩날린다는 것. 삶은 계란에서 닭이 부화했다는 말 만큼 이상하지는 않을지 몰라도, 거기서 훈장의 형태를 닮은 새가 부화했다는 것도 기괴하기로는 만만치 않아 보인다. 게다가 거기에서 그치는 것이 아니라, 삶은 계란에서 날아오른 한 마리 조류 때문에 연쇄적인 사건들이 벌어진다. 누군가가 다쳤거나 죽었고("권연에 피가 묻고"), "유곽"은 타버렸으며, 지상에서 번식한 "거짓 천사"들은 떠나버렸다. 한 마디로 카타스트로피catastrophe, 즉 '대재앙'으로서의 '대단원'이다.

이 이미지들을 어떻게 해석해야 할 것인지, 도대체 해석이라는 것이 가능하기나 한 이미지인지 확신하기 어려운 가운데서도 눈여겨봐야 할 것은 "속기", "훈장", "방안지", "부첩" 같은 소재들이 갖고 있는 공통된 성격이다. 그것은 역사적 · 정치적 성격을 갖는 것들이고 국가기관이나 지역 관공서에서 관리하거나 사용할 만한 물품들이다. "방"에서의 파국이 현실 논리를 초월하는 환상적 이미지들로 채색돼 있기는 하지만, 동원되는 소도구 하나하나는 이렇게 현실적이고 구체적이다. 그것들은 식민 통치권력의 환유들로 거기에 존재하고 있다. 그리고 중요한 것은 이전까지 등장한 그 모든 '가외가'들을 산출한, 차별과 배제의 권력-공간인 '가'("방")가 마침내 폭발한다는 것이다. 그렇다면 이와 같은 요약이 최종적으로 가능해진다. 이 시에서 이상은 자신이 경험한 식민 통치의 테크놀로지가 선택과 배제의 메커니즘을 구사하고 있다는 것을 파악했고, 그로 인해 생겨나는 공간과 주체의 두 가지 유형을 이해할 수 있었으며, 그중 배제된 공간과 그 주체들의 면면을 '가외가의 이야기'라는 제목의 시에서 다루기로 결심했고, 육교와 골목과 우물가와 토막으로 짐작되는 일련의 공간들을 순례한 끝에, 이 '가외가'의 공간을 산출해 낸 '가'의 운명, 즉 식민 통치와 제국주의의 필연적 파국을 예감하며 이 시를 끝냈다고 말이다.[32]

결론을 대신하여-모더니즘적 '기법'과 리얼리즘적 '태도'

이상의 악명 높은 시 〈가외가전街外街傳〉은 그 난해함 때문에 오랫동안 연구에서 방치돼 왔다. 이 점에 주목하는 일은 단지 〈가외가전〉이라는 한 작품에 대한 주의 환기이기를 넘어서 이상 연구의 어떤 편향에 문제를 제기하는 일이기도 하다. 이상의 시가 현실 재현적 요소 혹은 현실 비판적 요소를 갖고 있다는 사실을 놓친 채, 단지 결핵 병력病歷과 기행奇行의 반영이라는 측면 혹은 모더니즘적 기법의 실험이라는 측면에서만 바라볼 경우, 〈가외가전〉과 같은 시는 분류하기 어려운 애매한 작품으로 남을 수밖에 없다. 본 논문은 이와 같은 문제의식 하에 〈가외가전〉이 식민권력의 통치 테크놀로지의 작동과 그 결과를 비판적으로 재현하고 있음을 밝히려 한 작업이다. 기존 연구에서 이상의 매매춘 체험을 기록한 시로, 혹은 병든 신체 기관을 해부하듯 들여다보는 시 등으로 읽힌 이 시는 식민지 도시화 정책의 결과로 배제된

32 신범순은 〈가외가전〉 전문을 대상으로 논의를 한 것은 아니지만 마지막 6연에 대해서는 다음과 같은 논평을 제시한 적이 있다. 이 시의 마지막 연을 우리는 '폭발'(권력의 내파)로 읽었는데 아래 논저의 설명은 바로 그 6연에서 모종의 해방의 열기를 간취해 내고 있으니 상통하는 데가 있다고 할 것이다. "이상은 이 시의 마지막 부분에서 '거리 밖의 거리'가 무슨 뜻인지 보여 주려 한다. 마지막 장면에서 책상 위에 놓인 방안지와 서류들을 뒤엎고 사방에 흩어지게 하면서 알에서 깨어난 새가 비상의 날갯짓을 한다. 여기에는 규격화된 사각형(책상과 방안지와 서류)의 틀 속에 갇히지 않고 거리의 모든 구속적인 틀을 깨고 찢어버리며 탈출하는 존재의 폭발음이 있다. 거리에서 은은히 들리는 포성과도 같은 생존 투쟁의 소음들과 이 탈출의 폭발음은 선명하게 대립하고 있다. 이상은 도시 거리의 혼란스러운 장면들을 한데 뒤범벅시켜 이러한 환몽적 풍경을 만들어 낸다. 그러한 것들로부터 깨어나 새로운 존재로 변신해서 비상하려는 욕망을 새의 날갯짓으로 표현한다." 신범순, 《이상의 무한정원 삼차각 나비》, 현암사, 2007, 114~5쪽.

공간('가외가')들의 이야기('전')를 들려주는 작품으로 다시 연구될 필요가 있다. 육교, 골목, 우물, 토막土幕 등을 순차적으로 관찰하는 이상의 시선은 그곳의 실상을 은밀하게 재현하면서 또 그곳에 거주하는 조선인들의 삶의 풍경 역시 냉정하게 관찰한다. 그를 통해 '가외가'(길 밖의 길)에 거주하는 '인외인'(인간 밖의 인간)의 형상이 드러난다. 여기에 주목함으로써 이 시는 식민 권력의 '공간 정치'와 '주체 분할'의 메커니즘을 예리하게 사유한 시로 재배치될 수 있다. 〈가외가전〉은 이상의 모더니스트적인 '기법' 때문에 흔히 간과되었던 리얼리스트적인 '태도'에 대해 향후 더 많은 연구가 이루어질 필요가 있음을 요청하는 작품이라고 할 수 있을 것이다. 물론 〈가외가전〉이 이상의 다른 작품들과 수평적으로 어떤 관련을 맺고 있는지를 살펴서 이상 문학 전체에서 이 작품의 위상과 가치를 논하는 작업은 차후의 과제로 남게 될 것이다.

|참고문헌|

기본 자료

이상, 〈가외가전〉, 《시와 소설》 1호, 1936.3.

상허문학회 지음, 《근대문학과 구인회》, 깊은샘, 1996.

이승훈 엮음, 《이상 문학 전집 1-시》, 문학사상사, 1989.

김주현 엮음, 《정본 이상문학전집 1-시》, 개정판, 소명출판사, 2009.

권영민 엮음, 《이상 전집 1-시》, 뿔, 2009.

논저

권영민, 〈병적 나르시시즘 혹은 고통의 미학〉, 《이상 텍스트 연구-이상을 다시 묻다》, 뿔, 2009.

김백영, 〈'청결'의 제국, '불결'의 고도-식민지 위생 담론과 상하수도의 공간 정치〉, 《지배와 공간-식민지도시 경성과 제국 일본》, 문학과지성사, 2009.

김예리, 〈시적 주체의 탄생과 경성 아케이드의 시적 고찰-30년대 모더니즘 문학과 장 콕토 예술의 공유점에 대해서〉, 《민족문학사연구》 49호, 2012.8.

신범순, 《이상의 무한정원 삼차각 나비》, 현암사, 2007.

신형철, 〈이상의 텍스트에 새겨진 1930년대 초 동아시아 정세의 흔적들-이상 문학의 정치성 해명을 위한 시론(試論)〉, 계명대학교 인문과학연구소, 《인문학연구》 45집, 2011.12.

이경훈, 〈〈가외가전〉 주석〉, 《이상, 철천(徹天)의 수사학》, 소명출판, 2000.

이보영, 〈불행한 트릭스터의 공헌-〈가외가전〉〉, 《이상의 세계》, 금문서적, 1998.

이준식, 《일제 강점기 사회와 문화》, 역사비평사, 2014.
조용만, 〈이상 시대, 젊은 예술가들의 초상〉(1987), 김유중 · 김주현 엮음, 《그리운 그 이름, 이상》, 지식산업사, 2004.
지그문트 바우만, 《쓰레기가 되는 삶들》, 정일준 옮김, 새물결, 2008.
최원식, 〈서울, 東京, New York－李箱의 '失花'를 통해 본 한국근대문학의 一角〉, 《문학의 귀환》, 창비, 2001.
하재연, 〈이상의 〈가외가전〉과 글쓰기에 관한 의식 연구〉, 한국비평문학회, 《비평문학》 제42호, 2011.12.
함돈균, 〈시의 정치화와 시적인 것의 정치성－임화의 〈네 거리의 순이〉와 이상의 〈가외가전〉에 나타난 시적 주체(화자) 유형에 대한 해석을 중심으로〉, 원광대학교 인문학연구소, 《열린정신 인문학연구》 제12집 제1호, 2011.6.

4

인지자본주의와 음향적 신체

임태훈

– 이 글은 《세계의 문학》 제38권(2013년 가을)에 발표한 글의 제목과 내용을 수정 및 보완하여 재수록한 것이다.

사회를 형성하는 것은 소리와 소리의 배열이다.
소음과 함께 무질서와 그 적수인 세계가 생겨난다.
– 자크 아탈리, 《노이즈》(1977)

시간 포획 장치 음악

4분 13초짜리 노래 한 곡을 17억 번 듣는 일에 1만 3638년의 시간이 소비됐다. 누군가 혼자서 이 노래를 들으며 이만한 시간을 보내야 한다면 마지막 빙하기였던 영거 드라이어스기Younger Drias에서 시작해 4대 문명의 태동과 예수와 부처, 마르크스, 이명박과 박근혜의 탄생을 지나 지금에서야 겨우 끝났을 지구사적 과업이 되었을 것이다. 다들 알다시피 이 노래는 싸이의 〈강남스타일〉이며, 유튜브에 17억 건에 달하는 조회 수를 기록했다. 조회 수가 높다고 해서 건마다 직접적인 현금 결제가 이뤄지는 것은 아니다. 유튜브처럼 공짜 볼거리, 들을 거리가 넘쳐흐르는 오픈 플랫폼에서 가장 빈번히 교환되는 것은 '관심'과 '시간'이다. 이런 일에 최적화된 장소를 구축하고 유지하며 갱신하는 데 막대한 자본과 시설, 인력이 투자되고 있다. 이건 대체 어떤 종류의 자본주의일까? 전 세계 네티즌이 〈강남스타일〉에 쏟아부은 누적 시간을 따져 봐야 하는 까닭도 여기에 있다. 음악은 우리가 어떤 시간 체제에서 살아가고 있는가를 비춘다. 이것은 노동과 여가, 소비와 생산의 시간 체제를 구성하는 자본주의적 교환 시스템에 연동된 문제이기도 하다.

2013년 5월 샌프란시스코에서 열린 구글 I/O 2013 개발자 콘퍼런스에서 공개된 자료를 보면,[1] 매달 유튜브에 접속하는 사람의 숫자는

---

[1] Stephen Shankland, 〈YouTube by the numbers at Google I/O〉, CNET, 2013. 5. 15. (http : // vo.to/5St)

10억 명에 달하고 일간 비디오 조회 수는 40억 건 이상이라고 한다. 유튜브 비디오 조회에는 매달 68만 년의 누적 시간이 사용된다. 데이터 유입 속도도 점점 빨라지고 있어서, 1분마다 72시간 분량 이상의 비디오가 업데이트되고 있다. 이곳은 인간의 '가동시간uptime'을 빨아들이는 거대한 관tube이다. 유튜브는 시간을 포획하는 형식이자 장치인 음악의 본래 기능을 인터넷 시대에 가장 충실히 계승하고 있다. 인간의 신체와 시간 없이 생산되고 소비될 수 있는 음악은 존재한 적 없다. 유튜브와 같은 인터넷 네트워크를 통해 증식하는 이 시대의 음악 또한 우리의 시간을 사로잡을 뿐만 아니라 디지털리즘의 시간성을 신체에 새겨 넣는다.

이제 인터넷 네트워크는 준準자연의 지위에 도달했다. 해와 달, 공기에 못지않게 당연히 존재해야 할 일상의 전제 조건 가운데 하나로 인터넷을 빼놓을 수 없게 되었다. 구글 네트워크가 운영하는 데이터 서버만 해도 180만 대에 달하고, 2~3년마다 그 숫자가 80만 대씩 늘어나고 있다.[2] 유튜브도 이 네트워크의 일원이다. 이곳으로 유입되고 전송되는 엄청난 비트의 데이터가 인간의 시간을 에워싸고 있다. 우리의 신체는 그 모든 정보의 흐름을 엮는 중계 장치이자 입출구로 코드화된다. 따라서 디지털리즘[3]을 우리 몸의 신진대사, 생체 에너지의 강도와 리듬, 욕망, 정동의 흐름에 얽힌 생태계의 문제로 파악하는 일은 매우 중요하다. 이 신체는 어떻게 음악을 듣는가?

음악을 듣는다? 이 질문은 문제의 핵심을 정확하게 겨냥하고 있지

---

2 Baris Kasikci, Cristian Zamfir, George Candea, 〈CoRD : A Collaborative Framework for Distributed Data Race Detection〉, Workshop on Hot Topics in Dependable Systems, Hollywood, CA, 2012 참고.

3 인터넷 커뮤니케이션의 행로는 착취적 경제 양식으로부터 자유로울 수 있는 평등한 또래집단 사회로의 진화라는 주장을 일컫는 기본적인 명칭이다. 디지털리즘의 대표적인 이론가로는 《네트워크의 부The Wealth of Networks : How Social Production Transforms Markets and Freedom》(Yale University Press, 2006)를 쓴 요차이 벤클러Yochai Benkler가 있다.

않다. 디지털리즘은 음악을 듣는 일에 소비되는 시간보다 음악을 들을 수 있는 대기 상태를 유지하는 일에 더 많은 시간과 에너지를 동원한다. 신체 일부처럼 휴대하고 다니는 스마트폰에서 그 사실을 당장 확인할 수 있다. 스마트폰은 네트와 우리의 몸을 잇는 매개일 뿐만 아니라 시간과 관심의 교환을 중계하는 에이전시agency 역할을 한다. 이 에이전시는 사용자에게 음악을 포함한 다양한 콘텐츠를 선택할 수 있는 '가능성'을 제공한다. 이 일의 중요성에 비하면 음악 감상 그 자체는 부차적인 임무에 불과하다. 디지털화된 음원 대부분은 소리로 출력돼서 사용자의 귀에 닿기보다는 저장 장치나 서버에 머물며 전력을 축내고 있다. 베케트 연극의 쭈그려 앉은 부랑자 신세나 다를 게 없다. 음악과 신체의 관계는 이 부랑자의 입장에서 가장 적나라하게 드러난다.

이쯤에서 어떤 이는 이렇게 반문할 것이다. 음악 산업의 수익성이 전 시대와 비교하면 형편없이 악화하긴 했지만, LP나 CD 시대와 비교해 음원 시대의 사람들이 음악을 덜 듣는다고는 할 수 없다. 오히려 국적이나 시대, 장르에 국한되지 않고 다양한 음악을 즐기는 사람이 비약적으로 늘지 않았는가? 이 주장은 절반만 맞다. 사용자가 음원을 선택하는 바로 그 순간 무슨 일이 벌어지는지 좀 더 자세히 살펴봐야 한다. 왜냐하면 바로 그때에 '선택하지 않는 선택'도 동시에 이뤄지기 때문이다. 이 아이러니한 대칭성은 비트와 데이터베이스를 구성하는 가장 기본적인 체계이기도 하다. 0과 1의 이진수 체계는 에니악에서 아이폰에 이르는 튜링형 컴퓨터에 공통으로 적용되는 메커니즘이며, '선택'과 '선택하지 않는 선택'의 양편으로 나열된 행동 능력의 차트는 음원에 연결된 장치와 네트워크의 인터페이스 한계치와 무관할 수 없다. 음악이 그저 이 메커니즘을 충실히 따르며 소리로 출력될 뿐이라면, 우리가 행한 '선택'과 '선택하지 않는 선택'의 어느 방향에서도 인터페이스의 한계를 근본적으로 해소할 파격은 기대하기 어렵다. 누군가 평생 동안 음악 감상에만 열정적으로 몰두한다고 해도 '선택하지 않는 선택'에 뭉뚱그려질 데이터의 증식속도를 따라잡을 수는 없다. 유튜브 한 곳에서만 1분마다 72시간 분량의 비디오가 업로드되고 있고, 이 속도는 점점 더 빨라질 것이다. 디지털리즘이 거의 무제한적으로 보장하는 것은 '선택'이 아니라 '선택하지 않는 선택'이다. 예를 들어 아이팟에 내장된 16기가 저장 장치에 5분짜리 MP3 파일을 채워 넣으면 3200곡가량의 재생 목록이 생성된다. 배터리 재생 시간을 최대 40시간까지 늘려 잡는다고 해도 한 번에 다 들을 수 있는 양이 아니다. 또 그럴 만큼 편집증적으로 음악에만 매달리는 사람은 LP나 CD 시대에도 흔치 않았다. 하지만 '선택하지 않는 선택'의 경우라면 청취에 할당될 시간은 0으로 압축될 수 있다. 가능성을 오로지 가능성으로 남겨 두었을 때 선택하지 않는 선택의 차원에 삶의 실제적 순간들은 무엇이든 0으로 압축된다. 이것은 〈필경사 바틀비〉의 주인공 바틀비의 "그렇게 안 하고 싶습니다."의 선택과는 전적으로 다르다. 바틀비의 '선택하지 않는 선택'이 자신이 처한 현실을 이해한 뒤 결정한 수동적 저항의 의미였다면, 이진법 메커니즘에 대칭된 '선택하지 않는 선택'은 차라리 무의식에 가깝다. 우리는 무엇을 선택하지 않았는지 기억조차 하지 못한다. 오히려 컴퓨터 시스템에서 블랙박스 역할을 하는 로그 파일이 그 모든 상황을 훨씬 더 상세히 기록하고 있다. '선택하지 않는 선택'의 목록이 늘어날수록 우리의 무의식은 컴퓨팅 디바이스에 외부화된다.

스마트폰은 유튜브와 마찬가지로 시간의 포획 장치로서 음악이 이 시대에 뒤집어쓴 새로운 몸체이다. 음악, 영화, SNS 혹은 그밖에 무엇이 됐건 간에, 사용자는 비트와 데이터의 정동적 원심력에 빨려 들어간다. 사용자는 선택과 관심의 커뮤니케이션 가능성을 지속해서 제공 받을 수 있는 시간 체제 안에서 길든다. 이것은 우리가 일상적으로 경험하는 낯익은 관성에 대한 설명이기도 하다. 막 잠에서 깬 비몽사몽의 상태에서도 제일 먼저 손을 뻗어 확인하는 게 인터넷이라면, 우리의 손을 끌어당긴 혹은 내뻗게 한 그 힘을 다름 아닌 '음악'이라 부를 수 있다. 그것은 귀를 자극하는 멜로디나 리듬, 박자로 헤아릴 수 있는 음악을 의미하지 않는다. 포스트휴먼의 존재 방식을 가리키는, 익숙하지만 낯선 단어로 이제 우리는 '음악'을 다시 사유해야 한다.

음과 자본의 공진화

자크 아탈리의 설명에 따르면, 음악은 지배적 사회질서 변동의 전조를 알리는 성질을 지니고 있다.[4] 그는 서양 음악의 역사를 '희생 제의 sacrificing', '재현representing', '반복repeating', '작곡composing'의 네 단계로 정리했다.

'희생 제의'(이하 제의)는 사회 음악적 관계의 본원적 양상이자 근대 이전 음악의 정치경제학을 함축하는 키워드다. '제의'에서 음악은 소음의 폭력성, 근본적 파괴성, 죽음의 위협에 맞서는 공동체의 힘으로 숭앙됐다. 이때 음악은 사회란 항상 가능하다는 믿음을 확언해 주는 역할을 한다.[5] 음악이 상업적 교환의 대상이 되기 전인 '제의' 단계였기에, 전문화되지 않은 공동 활동이자 공공재인 음악의 일차적 기능은 무엇보다도 사회조직의 구체화여야 했다. 따라서 음악의 변화는 권력에 의해 매우 신중히 제어될 문제였다. "음악은 폭력의 촉매이자

---

4 Jacques Attali, *Noise : The Political Economy of Music*, trans., Brian Massumi, Manchester University Press, 1985, p.19.

5 Ibid., p.13.

신화의 촉매다."[6] 다시 말해, 음악은 이미 구조화된 질서를 유지하는 힘과 그것을 전복하는 힘 모두를 가지고 있다. 음악이 권력과 정치의 쟁점에 연루될 수밖에 없는 까닭이 여기에 있다. 현존하는 질서를 지지하고 존중할 때 음악가는 대제사장의 역할을 맡아 사람들의 사회적 신체에 그 질서의 시간성을 새겨 넣는다. 하지만 기존 질서에 의문을 제기하거나 위협을 가하는 음악가는 추방자, 부랑자 신세로 전락할 수밖에 없었다. 아탈리가 분류한 네 단계 음악의 역사는 각각의 사회가 기존 질서의 유지를 위해 재생산했던 사회적 신체, 음향적 신체의 전형을 보여 준다.

'재현'에 이르러 음악은 전문적인 사업이 되고, 음악가는 직업인이 되었다. 그리고 음악적 실행은 숙련된 공연 전문가의 영역으로, 전문가가 생산하는 음악 상품에 대한 소비는 청중의 책임으로 분화되었다. 이때에 이르러 사회 음악적 경험은 탈제의화된다. 음악적 가치는 음악의 사용으로 가늠되지 않았다. 교환가치는 사용가치를 대체하고 결국 그것을 파괴한다. 작품은 점점 더 상업적으로 소비된다. 음악은 '제의' 시대처럼 존재의 확언에 공언할 수 없게 되었다. 음악은 재현적 질서에 따라 재산 가치로 계산되고, 사고 파는 무엇으로 쓰였다. 상업적 교환에 의해서 추진된 전문화되고 위계적인 질서 속에서 이전 시대에 음악이 맡았던 인도적 기능은 권력의 구입과 판매를 위한 전쟁, 정치경제학으로 대체된다. 음악이 소비 가능한 상품으로 변형되는 과정은 자본주의 교환 시스템이 전개되는 초기 단계를 보여 주고 있다. 바로 여기서 아탈리의 정치경제학이 성취한 독특함을 확인할 수 있다. 아탈리는 음音과 자본이 공진화共進化의 동행이었음을 주장한다. 이 주장은 오늘날에도 유효하다. 가장 극명한 예가 디지털 금융

6 Ibid., p.12.

자본주의의 현실이다. 네트워크를 흐르는 탈물질화된 전자 화폐와 디지털 음원은 비트 단위에서는 구분할 수조차 없다. 전자화된 돈의 흐름과 음원의 유통이 한곳에서 만나는 지점이 정보자본주의의 총애를 받는 모바일 컴퓨팅 디바이스라는 점 또한 다시 한번 생각해 볼 장면이다. 음과 자본의 공진화에 관한 아탈리의 설명은 다음과 같다.

> 계량화가 불가능하고 비생산적인 순수 기호이면서 오늘날 판매 대상이 된 음악은, 형태 없는 것이 대량으로 생산되고 소비되어 똑같은 것들이 많아지면서 차이가 인위적으로 재창조되는, 미래 사회의 윤곽을 그리고 있다.[7]

'반복'은 음악이 상품 교환의 자본주의 세계로 진입함으로 빚어진 불가피한 결과를 대표하는 개념이다. 아탈리는 대량생산과 소비에 기초한 현대 시장경제에서 문화 산업의 천편일률성, 피상적 차이, 상투성은 불가피한 특성이라고 진단한다. '반복'에서 음악은 더 이상 참여자들 사이의 협력이 아니고, 다양한 권력이 만나고 상호작용하기 위한 집단적 기회도 아니며, 심지어 사회성의 형식조차도 아니게 되었다. 아도르노와 마찬가지로 아탈리 역시 '반복'은 의미의 가능성 자체를 박살 내고 듣는 능력조차 파괴할 것이며, 오로지 반복 너머로 이동하는 것만이 희망을 이야기할 수 있는 단 하나의 전제 조건이라고 단정했다.[8] 그러나 아탈리는 새로운 종류의 음악과 사회적 관계가 도래할 역사적 단계로 '작곡composing'의 전망을 덧붙였다. 그가 《노이즈》를 발표했던 시점엔 불확실한 전조에 불과했지만 오늘날에는 비교적 일

---

7 Ibid., p. 5.

8 Ibid.

상적으로 경험할 수 있는 현실이 이 장에서 이야기되고 있다.

'작곡'은 반복적 비축의 거부, 수동적 소비의 포기, 직접적 참여로의 전환을 생성할 수 있다. 아탈리는 '작곡'이란 그 자체를 위해서 수행하는 것, 음악을 오직 그것이 가져올 기쁨 때문에 제작하는 것, 소유 대신 존재에서 쾌감을 찾는 일이라 말한다.[9] '작곡'은 음악과 사용, 노동자와 소비자, 수행과 소유 사이의 구분을 근절한다. 아탈리는 이렇듯 새로운 관계 양상이 음악뿐 아니라 전문화와 분업의 종말을 예고한다고 주장했다. 음악은 "사원, 회관, 집이 아니라 도처에서… 원하는 모든 방식으로, 그것을 즐기고자 하는 모든 사람에 의해"[10] 만들어질 수 있다. 반복, 재현, 제의의 사회 음악적 가치와 관행과 달리 작곡은 불안정성, 권력과 권위의 탈중심화, 개인주의적인 본성을 강조한다. 아탈리적 의미의 '작곡'의 실천으로 UCC를 활용하는 버스킹 문화, 혹은 기존의 방식을 따르지 않고 유튜브와 SNS를 통해 자신의 음악을 알리는 뮤지션들의 활동 등을 들 수 있다. 그러나 아탈리가 30년 전에 전망한 것처럼 지금 이 시대, 혹은 조만간 도래하게 될 어떤 미래가 "상품의 장을 파괴하고, 인간과 그가 살아가는 환경 사이의 직접적 관계를 재확립"[11]하는 단계일 수 있을까? 아탈리는 새로운 세대의 음악가에게서 일종의 혁신적 인지 실천을 기대했지만[12], 우리는 오늘날 우리의 인지 실천(노동)을 착취하는 경제 시스템에 포위되어 있다. '작곡'에 전개된 아탈리의 비전은 네트net 기반의 공유 경제론이 말하는 순진하기 짝이 없는 논리의 전사前史라 할 수 있다. 그러니 아탈리의 허무한 덕담보다 이 책이 발표된 시점이 훨씬 징후적이

---

9 Ibid., p.136.

10 Ibid., p.137.

11 Ibid., p.141.

12 Ibid., ch. 5 passim.

라는 사실을 놓칠 수 없다.

신자유주의적 축적 전략이 본격 가동된 것은 1970년대 초부터였으며 《노이즈》가 발표된 해는 1977년이었다. 프랑코 베라르디 비포는 1970년대를 미래를 지각하는 방식이 바뀌었던 시기로 특징지으며 가장 의미심장했던 전환점으로 1977년을 회고한다.

> 나는 그해가 스티브 잡스와 스티브 워즈니악이 실리콘밸리에 있는 자신들의 조그만 차고에서 시간의 디지털 가속화와 의무적 통합을 위한 사용자 친화적 인터페이스를 만들었던 해임을 기억하고 싶다. 애플이라는 상표는 1977년에 등록되었다. 같은 해 대도시에 거주하는 인도인들이 로마와 볼로냐의 거리에서 폭동을 일으켰다. 그리고 여왕 즉위 기념일에는 템스 강변에서 한 무리의 젊은 영국 뮤지션들이 처음으로 미래가 없다고 외쳤다. … 1977년 초에 "경쟁"이라는 단어가 경제학자들에게 중요한 용어가 된다. … 1977년 이래 경제 과학의 기획은 인간관계들을 하나의 목적에 복속시키는 것이다. 경쟁, 경쟁, 경쟁 말이다.[13]

1977년 이후에 태어난 아이들의 삶을 생각해 본다. 비포에 따르면 이들은 "어미보다 기계로부터 더 많은 말을 배운 최초의 세대"[14]이다. 이 아이들은 신자유주의, 정보자본주의, 인지자본주의의 복합적인 질곡 아래 유년기와 청소년기, 20대 그리고 30대의 거의 대부분을 보냈다. 필자도 그중 한명이다. 4분 13초짜리 노래 한 곡을 듣는 일에 17억 번에 걸쳐 1만 3638년의 시간을 소비한 사람들도 이 연령대에 가장 집중되어 있다. 그들의 몸과 정신에서 우리 시대의 한계를 뛰어넘

13 프랑코 베라르디 비포, 《봉기 : 시와 금융에 관하여》, 유충현 옮김, 갈무리, 2012, 101~102쪽.

14 Ibid., p.109.

을 수 있는 혁명적 돌연변이가 생겨날 수 있을까? 이건 아무래도 질문이 잘못됐다. 어떤 세대의 결핍 혹은 우열을 진단하는 것만으로는 아무것도 해결할 수 없다. 선불리 혁명과 봉기의 (불)가능성을 논하기에 앞서 우리가 어떤 세계에 살고 있는지 분명히 이해하는 것이 시급하다. 적어도 우리 시대의 음악이 알려 주고 있는 지배적 사회질서의 풍향부터 직시해야 한다.

인지자본주의의 기생체

80년대 중반 일본에서는 천편일률적인 대중문화, 아탈리의 용어를 빌리면 '반복'의 음악 문화에 피로와 환멸을 느끼는 소비자가 늘어나면서, 이에 대응하기 위한 새로운 마케팅 전략이 고안되었다. 일본에서 거품경제가 시작 되었던 1985년의 일이다.

> 사람들의 관심 대상이 분화되어 공통의 토대가 생기기 어렵다는 점에 착안한다면 여기서 발생하는 현상을 분중화分衆化라 부를 수 있을 것이다. 이 '분중'이라는 말은 하쿠호도博報堂생활연구소가 펴낸 《'분중'의 탄생 : 뉴 피플을 붙잡는 시장 전략이란》에서 처음으로 사용된 말인데, 원래는 격심하게 변화하고 있는 오늘날의 소비구조를 규정하기 위한 개념이다. 고도 경제성장이 한계에 도달한 가운데, 획일적인 것을 추구하고 획일적으로 생활하는 '대중'의 양태에 의해 지탱되던 소비구조가 해체되는 국면에 우리들이 놓여 있고, 그러한 가운데 "균질적인 대중사회는 점점 붕괴하고 개성적이고 다양한 가치관을 존중하는 개별적인 집단이 태어났다." 분중의 시대란 그런 시대를 가리킨다. 그것은 또한 '차이화가 테마가 되는' 것이기도 하다. "응집에서 확산으로, 구심력에서 원심력으

로 시대는 전회하고 있"는 것이다. 그러한 의미에서 보면 음악 문화도 '대중화'를 훨씬 넘어서 다양한 요구를 가진 분화된 청중들의 복합적인 움직임에 따라 형성되는 장이 되었다고 말할 수 있을지 모른다.[15]

'분중'은 '반복'과 '작곡' 사이에서 대안일 수 있었을까? 그러나 이 개념은 소비지출 규모가 미국을 뛰어넘었던 초호황기 일본의 지나간 유행어다. '대중화'를 넘은 청중의 분화와 그들의 복합적인 움직임은 거품경제기의 일본뿐만 아니라 2008년 세계 금융 위기 이후 지금에 이르기까지 여러 나라에서 확인할 수 있는 오래된 경향이다. 여기서 후자의 경우를 '분중'이라 부를 수 없는 이유는 무엇보다도 구매력의 차이 때문이다. 오늘날 전 세계에서 유통되는 음원 가운데 5퍼센트만이 정상적인 통로로 판매되고 있다. 유튜브에만 들어가도 공짜 음악은 얼마든지 있다. 인터넷 스트리밍 서비스가 등장하기 한참 전인 1985년에는 상상도 할 수 없던 일이었다. 구매력이 출중했던 이 시기 일본의 '분중'은 고가의 LD(레이저디스크)를 선호했다. 2010년대의 오늘은 주머니 사정부터 음악을 둘러싼 미디어스케이프[16]에 이르기까지 모든 게 달라졌다. 특히 2000년대 초반 P2P 네트워크를 통한 음악 파일의 공유는 음악 산업의 헤게모니를 완전히 뒤바꿔 버렸다. 이 시기 이후 음악은 구매하기보다는 공유해야 할 공통의 것이라는 인식이 전 지구적으로 확산되었다. 음반 회사는 차례로 망했고 아이팟은 날개 돋친 듯 팔려나갔다.

마테오 파스퀴넬리는 달라진 미디어 환경에서 돈의 흐름이 어느 쪽

15 와타나베 히로시, 《청중의 탄생》, 윤대석 옮김, 강, 2006, 126쪽.

16 정보들을 생산하고 퍼뜨릴 수 있는 전자 장치들의 배분과 이러한 미디어에 의해 생산된 세계의 이미지들을 가리킨다. 아르준 아파두라이,《고삐 풀린 현대성》, 차원현 외 옮김, 현실문화연구, 2004, 65쪽 참고.

으로 바뀌었는지 주목한다. 다음은 파스퀴넬리의 《동물혼Animal Spirit》에서 인용한 대목이다.

> 여기에서 디지털 생산의 경제적 효과는 분명하다. 전 지구적 규모의 '공정한 사용'은 이제 지적재산의 소득 축적을 약화시켰다. 보다 정확히 말하자면, 인터넷을 통한 파일 공유는 음악 미디어 자체(CD)의 판매를 떨어뜨렸지만, 그와 동시에 MP3 플레이어와 아이팟 같은 개인 미디어를 소유하는 신세대를 길러냈다. 경제적 이해관계는 지적재산권보다는 물리적 미디어와 기반 시설의 독점을 둘러싸고 재조직되었다. P2P 네트워크가 음악 산업을 약화시켰을 수도 있지만, 잉여가 새로운 형태의 하드웨어를 생산하거나 인터넷 접속을 지배하는 회사들을 위해 재배정되었다. 이것은 IT를 기반으로 하는 경제에서 공통적인 것의 공간과 공유 자원들(이러한 자원들의 법적, 또는 불법적 지위는 주요 기업들에게는 결정적인 요인이 아니다.)의 기식적 착취를 기반으로 하는 경제로의 이행을 나타낸다. 더욱이 인지적 생산물과 그 물질적 미디어 사이의 이러한 관계는 다른 경우들에 광범위하게 응용될 수 있다.[17]

파스퀴넬리는 지금과 같은 시장 상황에선 '공통적인 것the commons'을 무조건 찬양해선 안 된다고 주장한다. 크리에이티브 커먼즈[18]에 대해서도 '공통적인 것'의 반사회적인 충동animal spirit을 간과한 디지털 페티시즘으로의 경도라고 비판한다. 디지털리즘이 상호 증여 사회를 구축할 수 있으리라 낙관한 요차이 벤클러[19]를 향해서도 손쉬운 비

---

17 마테오 파스퀴넬리, 《동물혼》, 서창현 옮김, 갈무리, 2013, 125쪽 참고.

18 크리에이티브 커먼즈Creative Commons(CC)는 저작권의 부분적 공유를 목적으로 2001년에 설립된 비영리 단체이다.

19 요차이 벤클러Yochai Benkler는 《네트워크의 부The Wealth of Networks : How Social Production Transforms Markets and Freedom》(Yale University Press, 2006)에서 네트워크 정보 경제에 대해 분석

물질적 복제를 찬양할 뿐 그것을 가능케 하는 인터넷 기반 시설을 결코 문제시하지 않는 이유를 캐묻는다. 콘텐츠의 자유로운 공유에 대한 이들의 입장은 그것을 가능케 하는 디지털 네트워크가 또 다른 형태의 착취 기반이 될 수 있음을 은폐하고 있다.

파스퀴넬리에 따르면 '인지자본주의'[20]란 결국 지대rent로 돈을 버는 체제이다. 지대는 재산을 소유하고 있는 것만으로도 돈을 벌 수 있는 기식적寄食的 소득이다. 전통적으로 토지 재산과 연관되어 있으나 네트의 비물질 공유지도 지대의 영역으로 확장됐다. 유튜브만 하더라도 오픈 플랫폼을 이용하는 사용자들 간에 교환되는 것은 시간과 관심에 불과하다. 그러나 유튜브는 그 일이 원활하게 이뤄질 수 있는 가상의 공유지에 수억 명의 사람을 장시간 자주 머무르게 함으로써 기업 광고를 수주하고 수익을 올릴 수 있다. 유튜브의 모기업인 구글도 애드센스Adsense, 애드워드Adword 등의 서비스를 이용해 이용자들의 메타데이터를 활용한 관심 경제로 돈을 벌어들인다. IBM 역시 자유 소프트웨어의 출현에 사업 모델을 적응시키는 데 성공한 기업 가운데 하나다. 결과적으로 공유경제의 이상은 기존 시스템을 조금도 위협하지 못했다. 지대는 더 강력한 지적재산권 체제를 요구하는 대신 자유 소프트웨어 운동 및 크리에이티브 커먼즈와 연대해 네트의 지적 공유지에 적응했다.

유튜브는 아탈리의 바람처럼 음악 그 자체를 즐기는 사람들을 위

하고, 특히 지식, 정보, 문화에 대한 독점 소유권인 지적재산권 문제를 '공통적인 것'에 입각해 비판한 바 있다.

20 '인지자본주의'는 인간의 지식과 인지 과정 및 정서의 결과물을 생산 · 유통 · 분배 · 소비하는 자본주의 체제를 말하는데, 상업자본주의와 산업자본주의를 잇는 제3기 자본주의의 새로운 이름이다. '인지자본주의론'은 지식과 감정을 포함한 인간의 인지능력과 그 결과가 자본화, 상업화되고 있는 현실을 비판한다. 인지자본주의의 현실에 맞설 방법으로 조정환은 '공통되기'를 제안한다. 이것은 개인화되는 인지자본주의에 균열을 일으키는 전략이다. 더 자세한 내용은 조정환의 《인지자본주의》(갈무리, 2011)를 참고하기 바란다.

한 '작곡'의 놀이터가 아니다. '관심'은 음악을 비롯한 인지 상품 소비에 결정적인 역할을 한다. 그러니 음악으로 생계를 꾸리는 예술 노동자들은 유튜브 사용자의 시간과 관심을 얻기 위해 훨씬 더 치열한 경쟁에 자신을 내몰아야 한다. 경쟁이 치열해질수록 구경꾼이자 인지 노동자인 사용자가 유튜브에 더 많이 몰리고 더 많은 지대가 창출된다.

> 이 모든 형태의 지대는 비물질적 기생체들을 나타낸다. 기생체가 비물질적인 것은 공간, 시간, 소통, 상상력, 욕망이 사상적으로 확장됨에 따라 지대가 역동적으로 생산되기 때문이다.[21]

이것이 사회적 지식을 지배하고 그 해방적 잠재력을 억누르는 인지자본주의의 메커니즘이다. 인지자본주의가 시간의 포획 장치인 음악과 공진화하는 까닭도 독점적 지대를 보장받을 수 있는 비결이 시간 체제의 문제이기 때문이다. 파스퀴넬리는 이렇게 설명한다.

> 인지자본주의에서 독점적인 지대는 시간의 좌표를 따라 작동된다. 최초의 지위는 독점을 확립한다. MP3 플레이어의 최초 모델, 주어진 화제에 대한 최초의 책, 소프트웨어의 최초의 버전 등등. 가치는 절묘한 타이밍의 문제이다. 너무 이르지도 너무 늦지도 않는, 적절한 속도의 보급. 지대는 유행과 유사하게 시간의 좌표를 따라 잠정적인 헤게모니를 통해 작동된다.[22]

통신사들이 사활을 걸고 마케팅 역량을 쏟아붓는 LTE-A 상품의 광

21 마테오 파스퀘넬리, 위의 책, 193쪽.

22 위의 책, 188쪽.

고 카피 중 하나는 “아무나 가질 수 없는 속도”였다. 그 속도로 과연 무엇을 할 수 있을까? 광고에 따르면 기존의 LTE 통신보다 두 배나 빠른 LTE-A 통신망에서는 1초 만에 전자책 여덟 권, 이미지 열일곱 장, 5MB 분량의 MP3 파일은 0.3초면 내려받을 수 있다고 한다. 그런데 과연 데이터워크의 속도만큼 우리의 의식도 가속될 수 있을까? 0.3초가 음악을 듣기에 충분한 시간인가? 이 속도는 감상을 위한 속도가 아니라 ‘선택’과 ‘선택하지 않는 선택’을 위한 속도다. “정보-흐름의 가속화는 의미의 제거를 암시한다.”[23] 통신사들은 더 빠른 속도를 갖는 것이 시대의 유행이라 부추기는 한편, 2G 통신망 서비스의 종료를 예고하고 있다. 저렴한 요금에 적당한 속도, 번잡스럽지 않은 기능의 휴대폰을 선호하는 이들의 선택지가 조만간 사라지고 말 것이다. 2G 통신망 서비스의 종료와 함께 수백만 명이 비싼 돈을 들여 새로운 기기를 사야 하고 더 비싼 통신 상품으로 옮겨야 한다. 소비자의 선택 항을 없애 버리는 것만으로 엄청난 신규 시장이 형성된 것이다. 이것이 ‘지대’로 할 수 있는 일이다.

원인을 따져 보자. 다양하게 ‘느린’ 통신을 이용할 수 있는 선택지를 빼앗기는 부당함에도 왜 그토록 많은 소비자가 ‘아무나 가질 수 없는 속도’에 매혹되는 걸까? 이를테면 스트리밍 서비스로 18분짜리 야동 한 편을 구경하는 데 10초마다 래그가 걸려서 반나절이나 걸리는 일은 도저히 참을 수 없기 때문이다. 자유로운 복제 가능성에 의해 조장된 문화의 결과엔 이런 낯 뜨거운 예만 있는 게 아니다. 소비자는 공짜 콘텐츠를 얼마든지 제공받기를 바라고, 그것을 가능케 할 기반 기술을 제공하는 네트워크는 활발한 네트워크 이용에서 파생되는 잉여 가치에 이용 요금을 붙여 ‘지대’를 획득한다. 이 관계의 안팎에 뒤

23 프랑코 베라르디 비포, 위의 책, 114쪽.

얽혀 기식하는 크고 작은 기생체의 수는 헤아릴 수 없이 많다. 앞서 '분중'이 강력한 구매력을 지닌 심미적 소비자의 전형을 시장 중심에 불러올리는 마케팅 언어였다면, 인지자본주의의 지대에 묶인 소비자를 두고 그런 식의 이름을 지어 부르는 일은 실속 없는 시도다. 인지자본주의의 지대에서 소비자는 기술-기생체의 부분에 불과하다. 돈의 흐름을 읽고자 한다면 기식寄食의 복잡계를 그 복잡성을 놓치지 않고 주시할 수 있어야 한다. 돈이 아니라 기술-기생체의 디스토피아에서 탈출하길 바라는 이의 첫걸음이라도 해도 마찬가지다.

불가능한 음향적 신체

우리는 결국 인지자본주의와 기식의 복잡계에 사로잡힌 채 고유의 시간성을 빼앗기고 자본의 리듬과 속도에 길들 수밖에 없는 걸까? 혼자 힘만으론 우리가 처한 상황을 이해하기조차 쉽지 않다. 살아 본 적 없는, 살아 볼 수 없었던 사회적 신체, 음향적 신체를 구할 수 있을까? 체제의 직선 바깥으로 튀어 올라 인간과 기계, 유기적 생과 무기적 생, 기관적 신체와 비기관적 신체를 새롭게 아우르는 파선波線의 동맹은 가능할까? 이런 상념에 빠진 사람을 개그 콘서트에 나오는 별난 캐릭터처럼 느끼게 하는 장소가 있다.

이마트 피서 용품 특설 매장에서 있었던 일이다. 수영복과 텐트, 각종 피서 용품을 모아 놓은 이곳엔 갈매기 소리가 우렁차게 울려 퍼지고 있었다. 어디서 들리는 소리인지 찾아내는 데 1초쯤 걸렸다. 피서 복장을 차려입은 마네킹 아래에 휴대용 오디오가 놓여 있었다. 캠핑 용품 특설 매장에 좀 더 참신한 음향 연출이 없다고 투덜대는 건 갈매기 소리만큼이나 상투적인 일이다. 이곳 영업부도 무한 반복되는

MP3 파일의 갈매기 소리만으로는 소비자들의 구매욕을 자극할 수 없다는 사실을 잘 알고 있을 것이다. 이는 그저 휴가철마다 관성적으로 반복하는 대형 마트 식의 농담에 불과하다. 소비자 역시 이런 농담에 어떤 식으로든 습관적으로 반응하는 게 휴가철 문화의 한 장면이다. 더 정교하고 위력적인 방식으로 소비자의 신체에 영향을 미치는 사운드스케이프는 따로 있었다.

진열된 상품을 바라보는 소비자들의 눈높이와 화각畵角, 동선에서는 대형 마트에서 가장 문제적인 사운드스케이프를 포착하기 어렵다. 우리는 이곳을 이루는 여러 겹의 공간 중에서 정상적인 영업 상황에서라면 누구도 발을 딛지 않을 면面에서 벌어지는 일에 주목해야 한다. 물구나무서서 이마트를 바라보면 천장이 낯선 풍경으로 바뀐다. 사진에서 보는 것처럼 일정한 간격과 크기로 배치된 조명, 스피커, 환풍기, 화재 감지기, CCTV를 확인할 수 있다. 매장 부스마다 각기 다른 상품이 진열되어 있지만, 천장에 배치된 장치들의 조합은 균일하게 규격화되어 있다. 조명의 밝기도 일정해서 더 밝거나 어두운 위치는 없다. 스피커 음량도 어느 위치에서나 똑같이 잘 들리도록 조율되어 있었다. 습도 역시 마찬가지다. 창문이 없지만 특별히 갑갑함은 느낄 수 없다. 영업시간 내내 이런 기본적인 기능을 유지하는 일이야말로 갈매기 소리에 비할 수 없는 필수불가결한 마케팅이다. 천장에서 가장 가까운 소비자의 신체는 머리다. 천장은 사실상 정동 장치의 임무를 수행하며 소비자의 눈과 귀, 피부뿐 아니라 신체 리듬과 감정, 감각의 강도에 영향을 미친다. 그러나 소비자는 머리 위에서 무슨 일이 벌어지고 있는지 신경 쓰지 않는다. 온도, 습도, 조도는 가장 단순하지만 확실하게 몸과 소통하는 비언어적 커뮤니케이션의 문법이다. 천장의 정동 장치는 소비자의 무의식에 개입한다. 소비 행위를 직접 겨냥하지 않고 소비자의 신진대사에 친화적인 조건을 통한 개입이라 저항이 있을 수 없다. 이 시설에 연결된 대형 에어컨과 실외기는 건물 바깥에서 엄청난 소음과 진동, 열을 뿜어 댄다. 이 또한 이마트의 문제적인 사운드스케이프다. 천장 아래 소비자의 머리를 향해 엄청난 에너지와 시스템의 복잡도가 중첩되어 있음을 절감할 수 있다. 이마트의 사운드스케이프는 이마트로 대표되는 재벌 기업의 유통 시스템에 거부감을 느끼지 않는 소비자를 길러내는 인지자본주의의 대기大氣이다.

물론 이런 시설은 백화점이나 여타의 대형 매장에서도 확인할 수 있다. 그럼에도 굳이 이마트를 예로 드는 까닭은, 이 나라에서 뉴타운과 신도시의 수가 늘어날 때마다 똑같은 풍경이 도로를 따라 지겹도록 증식하는데, 곳곳마다 생활권의 한 단위를 이루는 대표적 구성요소가 이마트이기 때문이다. 허허벌판에 아파트 단지만 덩그러니 있는 황량한 도로변에서도 이마트는 쉽게 찾아볼 수 있다. 특히 이런 곳일수록 이마트는 어린이들이 가장 만만하게 찾을 수 있는 피서지가 된다. 무신경한 도시계획 탓에 아이들이 갈 만한 곳이 딱히 없기 때문이다. 이마트에서는 아이들을 위해 실내 놀이터를 운영하고 있다. 이 또한 정동 장치의 일종이다. 천장에는 조명, 환기, 방송, 방범 장치가 배치되어 있다. 아이들은 이마트의 울타리에서 어른으로 자란다. 매장이 지금처럼 계속 늘어나게 된다면 어지간한 동네 어디로 이사 가더라도 이마트를 지척에 두게 될 것이다. 어쩌면 평생의 동선을 통틀어 가장 빈번히 들락거린 장소가 이마트가 될 수도 있다. 앞으로 이마트 키드의 일생에서 벗어날 수 있는 사람이 과연 몇이나 될까? 이런 세계에서 살기 때문에 착취당할 수밖에 없는 '지대'가 무엇인지 냉철히 따져 봐야 한다. 에두르지 않고 묻겠다. 삼성 공화국에서 불가능한 신체는 무엇인가? 들을 수 없는 소리, 낼 수 없는 소리, 울리지 않는 감각과 감정의 진동, 공명하지 않는 사회적 관계는 무엇일까? 변화 없이 그냥 이대로 살아가는 일은 우리의 휴대폰에서 늘 벌어지고 있는 '선택하지 않는 선택'과 다를 게 없다.

디디외 앙지외의 《피부자아》에는 인지자본주의와 기술-기생체의 디스토피아로부터 가장 멀리 떨어져 있을 법한 기이한 공동체에 대한 이야기가 소개되어 있다.

> 산업 문명에 진저리가 난 한 변두리 미국인이 미국의 남부를 떠돌아 다니다가 우연히 어떤 놀라운 공동체에 들어가게 된다. 그는 그 공동체가 거의 전적으로 청각 · 시각 장애인들로만 구성된 것을 알게 되었다. 구성원들은 그들끼리 결혼하고 자녀들을 낳았다. 그들은 최소한의 생필품을 위해서만 외부와 접촉하고, 살아가기 위해서 필요한 것들을 스스로 경작하고 제조했다. 그곳에서 열네 살 된 한 소녀가 이 여행객을 맞아들였다. 그녀는 따뜻한 기후 속에 살고 있는 이 지역의 모든 주민들처럼 옷을 입지 않았다. 그녀는 매우 드문 경우로서, 볼 수 있고 들을 수 있는 부모에게서 태어났고, 감각성 장애인인 부모가 이곳으로 이주하기 전에 이미 말하는 것을 배웠다. 그 소녀는 젊은이를 위해서 그가 구사하는 영어와 공동체에서 사용되는 촉각의 언어를 통역해 주었다. 그 지역은 흐르는 운하에 의해 바둑판무늬로 분할되었는데, 그 운하들에는 촉각 신호로 된 표지가 설치되어 있었다. 정보 교환은 촉각에 의해 행해졌고, 정착민들은 주변의 진동에 대한 엄청난 감각성을 가지고 있어서 멀리서도 외부인의 침입이나 평소와는 다른 현상들을 감지할 수 있었다. 같은 식당에서 서로 밀착해서 식사를 하면서 그들은 소식을 주고받았다. 그 후 저녁 시간에는 넓은 거실 겸 공동 침실에서 보다 강렬하고, 개인적이고, 감정적인 비언어적 의사소통이 이루어졌다. 각자는 한 사람 혹은 여러 사람과 몸을 서로 끌어안고서는 중간 매체 없이 즉각적으로 이해 가능한 방식으로 질문하고 대답하고 자신의 감정과 인상들을 전달

했다.[24]

앙지외가 피부자아 개념을 설명하며 인용한 이 이야기는 존 벌리의 《잔상》이라는 소설의 줄거리다. 듣지도 말하지도 못하는 사람들의 공동체에서는 촉각과 진동이 의사소통의 수단이라고 한다. 시각 문화와 자본주의의 역사, 시각 중심주의를 강화하고 자본주의의 형식을 갱신하는 데 동원된 소리의 정치경제학으로는 이 마을을 이해할 수 없다. 이곳 사람들의 음향적 신체는 공동체 구성원들이 공유한 감각의 독특성과 조화를 이룬다. 이에 비하면 우리들의 음향적 신체는 나날이 이마트의 사운드스케이프에 최적화되어 간다.

《잔상》의 공동체에는 우리가 살고 있는 세계의 무엇이 없는가? 마이너스 n의 차트를 작성해보자. 인지자본주의의 일상으로부터 무엇이 없어져도 괜찮은가? 그것 없이 아무래도 견딜 수 없는 것들의 목록은 또 무엇인가? 다른 세상을 바라지만 다른 세상이 무엇인지 모르고 원할 줄도 모르는 우리들의 제자리걸음, 불평불만은 골수에 사무쳤지만 기생체의 일상을 포기할 줄 모르는 공회전의 시간 체제가 마이너스 n의 차트에서 우리를 노려볼 것이다.

---

24 디디에 앙지외, 《피부자아》, 권정아 · 안석 옮김, 인간희극, 2008, 241~242쪽.

거꾸로 바라본 이마트 매장 풍경(왼쪽). 조명, 환풍기, 스피커, 화재경보기, CCTV가 배치된 천장의 구성. (오른쪽)

| 참고문헌 |

Jacques Attali, *Noise: The Political Economy of Music*, trans., Brian Massumi, Manchester University Press, 1985.
디디에 앙지외, 《피부자아》, 권정아 · 안석 옮김, 인간희극, 2008.
마테오 파스퀴넬리, 《동물혼》, 서창현 옮김, 갈무리, 2013.
아르준 아파두라이, 《고삐 풀린 현대성》, 차원현 외 옮김, 현실문화연구, 2004.
와타나베 히로시, 《청중의 탄생》, 윤대석 옮김, 강, 2006.
요차이 벤클러, 《네크워크의 부》, 최은창 옮김, 커뮤니케이션북스, 2015.
조정환, 《인지자본주의》, 갈무리, 2011.
존 벌리, 《잔상》, 불새출판사, 2015.
프랑코 베라르디 비포, 《봉기: 시와 금융에 관하여》, 유충현 옮김, 갈무리, 2012.

II
이미지 · 생명 · 정치

5. 생명 윤리와 생명정치 사이에서

6. 윌리엄 포크너의 《소음과 분노》 속 캐디의 잃어버린 목소리와 생명의 시학

7. 1960~70년대의 한국과 생명정치

8. 침묵의 고고학, 혹은 '유언비어'에 관하여

5

생명 윤리와 생명정치 사이에서
—낙태를 중심으로

공 병 혜

– 이 글은 조선대학교 인문학연구원 《인문학연구》 제47집(2014.2)에 게재된 원고를 수정 및 보완하여 재수록한 것이다.

문제 제기

오늘날 여성의 몸의 체험과 관련된 임신과 낙태 그리고 출산 과정에 대한 논의들은 여성의 재생산과정과 관련된 생명 의료윤리의 이슈일 뿐만이 아니라, 국가의 인구조절정책과 맞물러 공적 담론을 형성하게 하는 생명정치라는 틀 속에서 새로운 논쟁을 일으키고 있다. 이 글은 무엇보다도 여성의 임신 과정을 종결시키는 낙태에 대한 논의에 초점을 맞추어 보기로 하겠다. 왜냐하면 국내외적으로 낙태처럼 생명 존중을 옹호하는 신학적 윤리 이론가들과 여성의 권리와 여성의 체험을 중요시하는 여성주의자 사이에서 그토록 격렬한 논쟁을 일으킨 윤리적 · 정치적 이슈가 없었기 때문이다.

특히 서구에서의 낙태 논쟁의 역사를 간단히 고찰해 보면 1967년까지 스웨덴과 덴마크를 제외한 거의 모든 서구 민주국가에서 불법이었으며, 주로 종교계 · 철학계 등에서 태아의 생명권 옹호를 위한 논의가 지배적이었다. 이들은 인간 생명의 존엄성에 대한 신학적, 혹은 철학적 해석에 근거하여 태아의 생명의 권리가 무엇인가, 인간이라는 고유한 인격체의 형성은 언제부터인가에 대해 논의하였다. 그러나 1970년대로 들어오면서 여성 철학자 톰슨이 임산부의 사생활의 권리에 대한 정당성을 논의한 임신중절을 옹호하는 논문을 발표함으로써 태아의 생명권과 임산부의 신체적 자율권 사이의 격렬한 충돌이 일어났다. 특히 1973년 '로우 대 웨이드' 사건에서 미국의 대법원은 임신 6개월 내에는 산모가 중절할 헌법적 권리를 가진다는 판결을 내렸다.[1] 여기서 자유주의 여성주의자들이 낙태를 여성의 신체적 자율성을 기초로 한 사적인 선택의 권리로서 보았지만, 급진적 여성주의자들은

[1] 피터 싱어, 《실천 윤리학》, 황경식, 김성동 옮김, 철학과 현실사, 1993, 169쪽.

이 문제를 사적인 차원을 넘어서 사회적 · 제도적 차원에서 성적 불평등과 억압으로부터 벗어나기 위한 정치적 이슈로서 접근하였다. 최근 여성주의자들은 성과 임신, 출산, 양육의 과정을 통합적으로 보는 여성의 재생산 권리를 실현할 수 있는 재생산 정책과 제도 개선에 집중하고 있다. 이렇듯 오늘날까지도 낙태는 수많은 철학자, 생명의료윤리학자, 여성주의자들에 의해 격렬한 법적 · 윤리적 · 정치적 논쟁거리가 되고 있다.

그러면 한국 사회에서의 낙태 논쟁은 어떠한가? 서구의 제2세대 페미니즘에 있어서 낙태는 여성의 성적 자유, 몸과 생존에 대한 통제와 직결되는 사안으로 여겨지면서 여성의 "선택옹호론" 대 생명옹호론 사이의 대립적인 담론이 형성되어 왔지만, 한국에서의 낙태는 서구와는 상이한 맥락을 가졌다. 한국에서는 종교계가 중심이 되어 생명 존중에 대한 윤리적 담론이 지배적이었음에도 불구하고 낙태는 여성의 선택권을 위한 여성운동의 의제가 될 만큼 실천적 중요성을 지니지 못했다. 왜냐하면 한국에서 낙태는 1953년 이래로 형법상 범죄행위이며 1973년 모자보건법에서 인공 임신중절 사유가 제시되었으나, 그 사유에 해당하지 않는 경우에도 지금까지 특별히 법적 제재를 받지 않고 일반적으로 낙태가 행해져 왔기 때문이다.[2] 이러한 한국에서의 낙태 현상의 배후에는 특히 1960년대 이후 국가의 인구조절정책으로서 경구피임약, 정관수술, 난관수술 등 각종 피임 방법을 적극적으로 보급하고, 소가족을 위한 저출산 장려 정책을 시행해 온 국가의 생명정치가 있었다. 국가의 저출산 정책은 피임 없는 성관계 그리고 원치 않는 임신에 대한 최종 대책으로서 낙태를 허용하는 국가정책과

2 2001년 한국보건사회연구원 연구에 따르면 가임 여성이 평생 치르게 될 낙태 회수의 추정치인 합계인공유산율은 0.92이다. 최근 기혼 여성과 고연령대 여성의 낙태 절대 건수는 감소 추세이지만, 14~24세 미혼 연령대의 낙태 건수는 오히려 증가 추세에 있다. 양현아, 〈여성의 임신종결권리의 필요성과 그 함의〉, 《한국생명 윤리학회지》 7(1), 2006, 15~16쪽 참조.

친화력을 가졌으며, 모자보건법에 제시된 낙태 허용 사유도 이러한 국가정책의 맥락 속에서 이해될 수 있는 것이다.

그러다가 낙태에 대한 윤리적 담론이 우리 사회에서 본격적으로 공론화되기 시작한 것은 생명옹호론을 주장하는 2009년 '프로 라이프' 의사회가 형성된 이후부터이다. 의사들은 국가의 저출산 위기와 관련된 출산 장려를 위한 국가정책 토론회에 참여하면서 한국의 낮은 출산율의 원인은 높은 낙태율에 있음을 전문적 지식과 통계적 자료를 통해 주장하였다. 이들은 사법부의 낙태 처벌 의지를 강화시키는 정책 결정의 행위자로 부상하고 있는 것이다.[3] 이러한 의사와 같은 전문가가 국가 생명정치에 참여하고 그 영향력이 높아지고 있지만, 임신과 낙태를 경험하고 출산과 양육을 담당하는 여성의 목소리를 대변하는 공적인 논의의 필요성이 여성학자들에 의해 제기되고 있다.[4]

그렇다면 한국 사회에서 낙태에 대한 논의는 어떠한 관점에서 볼 수 있는가. 과연 여성의 낙태가 윤리학자들이나 종교계에서 지적하는 여성들의 생명 경시 풍조이거나 혹은 여성의 권리 신장에 따른 자유로운 선택의 결과인가? 여기서 우리는 낙태 그 자체만을 탈맥락화시켜 윤리적으로 판단하기 이전에, 우리 시대의 체제와 역사적 관점이 관통하여 여성의 몸에 각인된 고통의 현상으로서 조명해 볼 수 있다. 그동안 우리 사회에서 불법이었던 낙태가 여성들에게 일반적으로 허용된 배경에는 국가의 가족계획 사업이 있었다. 그리고 가부장적 법제와 문화에 따른 '남아 선호관'은 의학 기술의 발달로 가능해진

---

3 특히 낙태가 이루어지는 산부인과는 과학과 의료 기술의 공간이 아니라 과학적 지식과 기술이 문화화 된 형태로 실천되는 규범 공간이다. 의사들의 생명정치에로의 참여란 여성의 임신, 낙태, 출산이 의료화 되고 전문화되면서 행위자로서의 의사의 역할에 대한 권위가 여성이 몸에 대한 적극적으로 개입하고 있음을 말한다. 김은실, 〈출산문화와 여성〉, 《한국여성학》 제12권 2호, 1996, 145쪽 참조.

4 양현아, 〈낙태에 관한 다초점 정책의 요청 : 생명권대 자기 결정권의 대립을 넘어〉, 《한국여성학》 26(4), 2010, 66~100쪽.

태아 성감별을 통해 여아 낙태 행위로 이어지게 했다.[5] 또한 결혼제도라는 정상성의 규범에서 벗어난 미혼 여성의 임신은 우리 사회에서 여성 자신과 자녀가 겪을 사회적 · 문화적 · 경제적 어려움 때문에 출산으로 이어지기 힘들게 한다. 임신과 출산으로 인해 노동을 할 수 없는 생계의 위협 상황에 처한 여성들은 낙태 외에 다른 선택을 하기가 매우 어렵다. 이렇듯 국가의 가족계획, 여아 낙태, 미혼, 빈곤 등으로 인해 낙태를 경험한 여성의 몸은 다양한 양상의 사회적 · 문화적 제도적 힘들이 작용하여 발생한 고통의 모습을 반영한다. 그래서 여성의 낙태란 성과 임신, 출산, 양육으로 지속되는 여성 개인의 삶의 과정에 지속적으로 영향을 미치는 그 시대의 체계와 역사 그리고 문화적 관행 등에 규정되는 사회적 고통이라는 의미를 담고 있다. 낙태란 그 자체만을 윤리적으로 판단할 수 있는 것이 아니다. 여성의 낙태 경험은 결국 사회적 · 문화적 권력관계가 작용하는 생명정치라는 틀 속에서 개인이 겪는 실존적 · 사회적 고통의 한 양상으로 이해될 수 있는 것이다.

이 글은 우선 1960년 이후부터 활발히 전개된 낙태에 대한 다양한 윤리적 논의에 대한 핵심적 쟁점들을 비판적으로 검토해 보고, 한국 사회에서의 낙태에 대한 생명정치가 어떻게 이루어져 왔는지 고찰해 보기로 하겠다. 거기서 전통적인 도덕이론을 대표하는 칸트의 도덕철학적 접근과 또한 여성주의에서 논의 되고 있는 낙태에 대한 다양한 생명윤리적 · 정치적 논의들에 대해 검토해 보기로 하겠다. 특히 한국에서 낙태 현상이 공론화되는 과정에서 여성의 낙태 경험이 성과 임신, 출산 양육이라는 통합적인 삶의 과정이라는 맥락에서 어떻게 생명윤리적 · 정치적 현상으로 드러나는지 분석해 보기로 하겠다.

---

5 양현아, 〈여성의 임신종결권리의 필요성과 그 함의〉, 《한국생명 윤리학회지》 7(1), 2006, 21쪽 참조.

낙태에 대한 윤리적 논의

칸트주의적 접근

우선 전통적 도덕이론으로서 생명옹호론의 기반이 되는 칸트의 도덕이론을 통해 임신중절에 대해 어떠한 입장을 취하는지 성찰해 보기로 한다. 우선 낙태가 첨예한 윤리적 이슈가 되는 이유는 산모의 몸체로부터 태아를 떼어 냄으로써 태아라는 생명체의 죽음이 야기되기 때문이다. 그래서 낙태는 인간의 생명의 시작과 죽음에 대한 윤리적 물음을 동시에 지닌다. 여기서 낙태의 문제를 칸트의 윤리에 근거하여 접근하기 위해서 우선적으로 태아가 이성적 존재로서의 인격을 갖추고 있는지에 대한 물음이 선행되어야 한다. 왜냐하면 이성적 존재로서의 인격을 지닌 인간의 행위가 도덕적 물음의 대상 영역이기 때문이다.

그러면 칸트에 있어서 태아는 인간으로서의 이성을 지닌 인격체로서의 도덕적 지위를 갖는가? 그러나 여기서 태아는 아직 고유한 인격체를 지니고 있지 않지만 그러한 인격체로 성장해 가는 잠재태라는 가정을 할 수 있다. 왜냐하면 태아로부터 독립된 인격체로서 성장할 때까지의 과정은 연속적이며 태아로부터 현재의 성인에 이르기까지 동일한 자아를 지닌다고 가정할 수 있기 때문이다. 따라서 인간 생명의 존엄성의 출발점은 수정된 순간부터라고 주장하는 보수주의자들처럼 태아는 잠재적인 인격체이며 동시에 태아에서부터 독립된 인격체에로 성장하기까지의 자아동일성을 지닌다고 주장할 수 있다. 그러면 이러한 태아도 잠재적인 고유한 인격체라는 가정 하에서 낙태의 사례를 칸트의 도덕철학에 따라 적용시켜 보자.[6]

칸트의 도덕철학에서 윤리적 판단의 기준이 되는 것은 도덕법칙이

---

6 태아의 인격체에 대한 잠재성에 대한 논증은 다음과 같다. 김상득, 《생명의료윤리》, 철학과 현실사, 2000, 128~136쪽 참조.

다. 그 도덕법칙은 우리의 실천이성이 스스로에게 부여한 행위의 법칙으로서 자기 자신뿐만이 아니라, 누구에게나 보편적으로 타당하게 적용될 수 있는지에 대한 이성적 검증 과정을 통과한 법칙이다. 그래서 칸트의 도덕법칙은 마치 자연법칙과 같이 누구에게나 타당한 보편적인 행위의 법칙이어야 하며, 나의 의지가 그 법칙에 따라서 행위를 했을 때, 그 행위는 옳은 행위가 되는 것이다. 그 도덕법칙의 내용은 "너 자신의 인격과 다른 모든 사람의 인격에 있어서 인간성을 언제나 동시에 목적으로 간주하여야 하며, 결코 단순한 수단으로 간주해서는 안된다."이다.[7] 도덕법칙은 이성적 존재자의 인격체person 그 자체에 대한 절대적 존중을 명령한다. 여기서 인간의 존엄성이란 자신뿐만이 아니라 다른 모든 인격체도 인간성 실현을 위한 목적 그 자체이며, 상대적 가치로 평가될 수 없다는 점에 있는 것이다. 그러면 이러한 도덕법칙에 근거하여 어떻게 낙태의 문제에 접근할 수 있는 지 살펴보기로 한다.

우선 나의 어머니는 강간을 당해서 나를 임신했으며, 어머니가 그때 낙태를 하는 것이, 혹은 계속 임신을 지속시키는 것이 옳은지에 대한 여부를 생각해 보자. 이 경우에 현재 하나의 인격체로서 성장한 내가 과거의 어머니가 처한 어려운 상황에 대해 무엇이라고 말할 수 있는가? 첫번째로 낙태를 시키는 행위가 누구에게나 보편타당한 행위의 법칙이 될 수 있는지 생각해 보자. 이 경우 지금 내가 살아 있는 것에 대한 가치와 존엄성을 느낀다면, 그와 같은 동일한 경우로 태어난 모든 사람이 그렇게 생각할 것이라고 하는 보편화가 가능하다면, 그 때 어머니가 나를 낙

[7] I. Kant, Grundlegung zur Metaphysik der Sitten, hrg., K. Vorlaender, Felix Meiner : Hamburg, 1965, p.429.

태시키지 않은 것이 옳은 행위라고 말할 것이다.[8]

두 번째로 모든 인격체는 어떠한 경우도 목적을 위한 수단으로 사용될 수 없다고 한다면, 임산부는 잠재적 인격체로서 태아를 오로지 인간성의 실현을 위한 목적 그 자체로서 대해야 하는 것이다. 강간을 당해 임신한 경우라도 임산부는 잠재적 태아를 다른 어떠한 이유에서도 희생시킬 수 없는 것이다.

위에서와 같이 칸트주의자들은 강간에 의한 임신의 경우와 같은 동일한 상황에서 낙태를 시키는 것이 누구에게나 보편타당한 행위의 법칙이 될 수 있는가에 대한 숙고와 그리고 임산부뿐만이 태아를 고유한 인격체이기 때문에 목적 그 자체로 대해야 한다는 인간 존엄성의 사상에 근거하여 낙태에 대한 반대 논의를 할 수 있다. 이러한 칸트주의자들의 논의는 태아의 살 권리만을 옹호하는 것이 아니다. 또한 임신의 지속으로 인해 산모의 생명에 위협을 주는 경우, 태아의 위협에 대한 산모의 정당방위로서 낙태를 옹호하는 자들처럼 산모의 생명권만을 일방적으로 옹호하는 것이 아니다. 칸트주의자들의 논의는 보수주의자들이 주장하는 태아의 생명권에 대한 우선과 여성주의자들이 주장하는 산모의 선택적 권리 간의 대립 구도를 넘어선다. 그러나 태아의 살 권리와 임산부의 살 권리 중 어느 하나를 선택해야 하는 딜레마 상황에서 구체적인 행위 지침을 줄 수 없는 점은 판단자의 논리적 추론에 의한 사고 실험이라는 비판으로부터 벗어날 수 없게 한다. 그럼에도 이러한 칸트주의자들의 도덕적 사고의 실험은 누구에게나 어떤 상황에서나 태아를 포함하여 존엄한 인격체로서의 모든 사람들의

---

8 칸트주의자인 헤어는 임신중절을 태아와 산모의 권리나 태아의 도덕적 지위에 대한 방식이 아니라, 보편화 가능성으로 접근한다. 만약 어떤 경우나 상황에 대해 우리가 도덕적 판단을 해야 한다면, 우리는 일관성 있게 그것과 유사한 어떤 다른 경우에 대해서 동일한 도덕적 판단을 해야 하는 것이다. R. M. Hare, 〈낙태와 황금율〉, 《산아제한과 낙태와 여성해방》, 황필호 편저, 1990, 172~177쪽 참조.

입장을 서로 바꾸어 보편화시켜 생각해 볼 수 있는 도덕적 상상력과 이성적 추론을 할 수 있는 훈련을 할 수 있도록 한다.

여성주의 윤리적 접근

여성주의자들은 낙태를 비롯한 생명 윤리의 문제를 대할 때 자신들이 지향하는 자유와 사회적 평등, 보살핌 등 정치적 이슈나 인간에 대한 존재론적 이해 방식 등에 따라 다양한 입장의 차이를 보인다.[9]

우선 초기 자유주의 여성주의자들은 인간 이성의 능력과 개인의 자율성을 신봉하는 자유주의 정치사상에 근거하여 여성이 독립적이며 자율적인 존재라는 인식을 가지고 공적인 영역에서의 여성의 권리 신장을 위해 투쟁해야 한다고 주장한다.[10] 이러한 자유주의 여성주의의 특징은 여성의 임신, 출산, 낙태 등의 윤리적 문제에 접근할 때 도덕적 주체로서 여성의 자유로운 선택, 즉 여성의 성적 자율권, 여성의 생식권, 재생산에 대한 자유, 신체적 온전성의 권리가 무엇보다도 중요함을 강조한다는 것이다. 특히 자신의 살 권리를 위해서 타인의 육체(엄마의 육체)를 허락도 없이 사용할 권리는 없다고 주장하는 톰슨의 논변은 강간, 피임 실패로 인해 원하지 않은 임신을 한 여성의 경우 태아가 여성의 몸에서 살 권리를 지니고 있지 않다는 것을 논리적으로 증명해 보였다.[11] 오버랄Christine Verall은 여성의 선택권을 다음과 같이 옹호하고 있다.[12] 우선 여성은 생식적 자율성을 지니며, 태아

---

9 R. Tong은 여성주의 접근에 따른 생명 윤리의 구분을 제도와 권력비판에 중점을 둔 정치적 성격을 지닌 여성주의 윤리feminist ethics와 보살핌에 중점을 둔 여성적 윤리feminine ethics로 구분한다. R. Tong, *Feminist Approaches to Bioethics*, Colorado : Westview, 1997, pp.37~38.

10 A. M. Jagger, *Feminist Politics and Human Nature*, Totowa, N. J. : Rowman&Allanheld, 1983, p.31.

11 페터 싱어, 같은 책, 181~183쪽.

12 Overal, Christine, *Ethics and Human Reproduction : Principle, Practices, Policies*, Torronto : Oxford University Press, 1993. pp.67~75.

와의 신체적 관계 때문에 생물학적 어머니는 태아의 운명을 결정하는 데 있어 가장 적격자라는 것이다. 그래서 생물학적 어머니가 태아의 운명을 결정하지 못하게 하는 것은 여성으로부터 생식권을 뺏는 행위인 것이다. 이러한 논의는 임산부가 태아를 죽일 권리를 지닌다는 의미가 아니라, 임신의 지속으로 인해 임산부가 위독하게 되거나 태아가 중증의 기형아로 탄생될 우려가 있는 경우 여성의 자율적 선택에 의해 낙태가 가능함을 제시해 주는 것이다.

그러나 이러한 자유주의 여성주의자들은 공공의 복지보다 여성 개인의 권리와 자유를 강조하여 복잡한 사회적 권력관계에서 파생하는 사회적 불평등의 문제에는 접근하지 못했다는 비판을 받았다.[13] 이에 대해 급진적 여성주의는 사회적 · 문화적 · 정치적인 힘의 불평등한 억압 구조에 대한 비판적 차원에서 낙태의 문제에 접근하지 못했다. 그들은 성의 평등은 결국 여성 개인의 의지력만으로는 성취될 수 없으며, 깊숙이 뿌리박힌 사회적 · 문화적 · 심리적 구조의 근본적인 변화가 필요함을 자각하게 되었다. 왜냐하면 여성의 성적 자율권이 억압된 가부장적인 사회에서 성폭력과 강간 등으로 인해 원하지 않는 임신과 낙태, 출산 등의 재생산권이 제한을 받기 때문이다. 그들은 성차별이 없는 사회적 평등을 위해서는 여성의 몸에 권력으로 작용하는 가부장제의 법적 · 정치적 체제와 그 체제 속에 놓인 의료 기술의 사용이나 문화적 관행 등에 대해 비판한다.[14]

그래서 급진적 여성주의자들은 낙태 문제에서 여성의 임신이나 출산 등의 자율권을 실현하는 데 방해하는 존재는 태아가 아니라, 바로

---

13 로즈마리 통, 《페미니즘 사상-종합적 접근-》, 이소영 옮김, 한신문화사, 1995, 48쪽 참조.

14 대부분의 급진적 페미니스트들은 초기에 여성들의 생물학적 · 심리적 특성들이 여성을 남성에게 종속하게 하는 근원이라고 하였으나, 이제는 여성들의 출산, 양육 능력이나 이에 연관된 심리적 특성들이 여성을 해방시킬 수 있는 힘의 잠재적인 원천으로 간주하며, 억압적인 것은 오히려 남성들이 여성들의 임신, 출산을 통제한다는 점이다. 로즈마리 통, 같은 책, 5쪽.

국가나 사회제도, 가부장적 문화적 관행 등이라는 점을 강조한다. 특히 이들은 낙태를 태아와 임산부의 권리가 서로 갈등하는 차원에서 다룰 것이 아니라, 사회적 보호와 양육과 책임이라는 도덕적 차원에서 접근하는 것이 중요하다고 주장한다. 임신 중 여성과 태아의 생명체계가 상호의존하고 있으며, 특히 태아는 생존하기 위해서 임산부에 전적으로 의존하고 있는 비대칭적인 관계에 놓여 있다. 태아는 어느 누구도 그 자신을 죽일 수 없다는 점에서 성인과 동일하나 임산부에 의해 전적으로 의존되어 보호와 양육을 받을 때 생존할 수 있다. 따라서 태아의 권리가 여성에 의존되어 있기 때문에 태아를 보호하고 양육할 수 있는 여성의 재생산을 위한 권리가 사회제도적으로 보장되어야 하는 것이다. 이들은 태아의 생명권의 옹호나 혹은 여성의 낙태의 선택권을 일방적으로 주장하는 논증에 대해 비판하면서 과연 태아를 책임감 있게 양육할 수 있는 여성의 능력과 건강한 유아로 자라기 위해 태아가 필요로 하는 보호와 양육이 무엇인가에 대해 중점을 둔다. 여기서 여성이 양육을 책임질 수 있는 선택적 자유의 능력을 우선적으로 보장해 줄 수 있는 사회적 평등이 낙태의 문제 해결을 위해 가장 중요하다.

특히 급진적인 여성주의자인 재거A. Jaggar는 낙태를 정치철학적 입장에서 임산부가 더 이상 임신의 지속을 원하지 않을 때 누가 그 결정권을 가져야 하는가에 주목한다. 한 개인이나 사회가 출생 이전이나 이후의 어린이에 대한 양육과 책임을 보장하려는 진정한 시도를 하지 않는다면, 어린이의 생명권의 진정한 보호자라고 할 수 없다. 따라서 낙태의 결정은 그 결정에 의해 치명적으로 삶에 영향을 받는 사람들에 의해 행해져야 한다는 것이다. 한 태아가 출생하여 인간 생활을 할 수 있는 조건을 사회가 전적으로 충족시켜 준다면, 그 사회는 당연히 그 아이의 출생에 대한 견해를 지닐 수 있다. 그러나 그렇지 못한 사

회에서는 태아에게 결정적인 영향력을 미치는 여성 자신에게 선택의 권리를 주어야 한다는 것이다.[15]

또한 여성주의자인 맥키논Mackinnon은 낙태 그 자체는 옳고 그름의 도덕적 판단의 문제가 아니라, 어떻게 임신을 하게 되었는가에 대한 성sexuality과 임신, 출산, 양육으로 이어지는 총체적인 여성의 재생산 과정과 연결되어 있음을 강조한다.[16] 왜냐하면 성적 불평등이 존재하는 사회에서는 강요된 임신과 낙태, 혹은 결혼이라는 제도권 밖에 있는 미혼모의 임신이나 낙태, 출산, 양육 조건 등을 공론화나 정치화시키지도 못하기 때문이다. 이러한 배경 하에서 그녀는 성적인 친밀한 관계에서 벌어지는 폭력, 강요, 혼전 임신 등이 출산과 양육에 이르기까지 국가로부터 보호받아야 할 것을 주장한다. 여성의 개인적인 자율권을 행사하는 차원을 넘어서 사회적 · 도덕적인 평등을 추구하는 여성주의자들에게 낙태는 여성과 남성 간의 섹슈얼리티와 연관된 정치적 이슈임을 주장하는 것이다.

오늘날 여성주의자들은 낙태의 문제를 정치적 이슈로서의 여성의 재생산권에 대해 통합적으로 접근한다. 그들은 재생산 권리를 개인의 혼인 상태, 연령, 계급 등과 관계없이 성관계, 피임, 임신, 출산, 임신 종결을 비롯한 재생산 활동에 대한 자유권이며 동시에 출산 이후 건전한 양육을 위한 사회적 · 국가적 책임까지를 포괄하는 사회적 권리로서 논의한다. 특히 1994년 이집트 카이로에서 개최된 ICPD에서는[17] 기존

---

15 김상득은 여성주의자들이 낙태의 선택권을 여성의 사생활의 권리로 밀려나게 함으로써 오히려 어머니의 양육과 돌봄의 과정을 국가로부터 보호를 받지 못하는 오류를 범할 수 있다고 비판한다. 김상득, 〈페미니즘 입장에서 본 임신중절〉, 《범한철학》 제67집, 2012, 308쪽. 그러나 이러한 비판은 사회적 평등을 주장하는 급진적 여성주의자들인 재거나 메키논의 입장을 잘못 이해한 것이다.

16 R. Tong, *Feminist Approaches to Bioethics*, Colorado : Westview, 1997, p.109, 125 참조.

17 ICPD는 UN Department of Economic and Social Affairs 산하의, Population Information Network(POPIN)에서 개최하는 정부 간 인구관련 회의이다. ICPD 프로그램과 강령들을 통해 제시된 재생산권의 주요 요소들은 다음과 같다 : (1)자녀 가질지 여부, 터울, 시기 등에 관한 선택, (2)

의 가족계획 정책의 시각을 벗어나 여성 인권의 시각에서 재생산권을 재조명되기 시작하였는데, 그것은 1)신체적 통합과 자기결정self-determination, 2)성성sexuality과 출산fertility에서의 양성 평등 원리, 3)사회권, 또는 권리 실현의 조건을 마련하는 것이다. 이러한 자유권,평등권, 사회권을 포괄하는 여성의 인권은 여성의 재생산과 성적 권리를 위한 인식의 틀을 제공했다는 평가를 받고 있다.[18] 따라서 이들은 여성의 낙태 문제를 성적 자기결정권, 임신 종결권, 출산정책, 양육정책을 연결하는 재생산의 통합적 사회적 정책이라는 맥락에서 논의되어야 함을 주장하는 것이다.

지금까지의 자유주의나 급진적 페미니즘이 낙태에 접근하는 방식이 여성 인권차원에서 사적 권리와 가부장적 사회나 권력에 대한 비판으로 정치적 성격이 강한 반면에, 여성적 모성적 사유와 체험을 강조하는 여성적 윤리학자들은 보살핌의 윤리에 중점을 둔다.[19] 길리간에 따르면 인간은 타자와 연결된 상호의존적인 관계적 존재라는 이해로부터 출발하여 여성들은 낙태와 같은 도덕적 갈등에 처하게 되면 그 상황에 관련된 사람들의 여러 가지 관심사와 그들의 개인적 인간관계에 초점을 맞추어 도덕적 고려를 한다.[20] 특히 길리간의 보살핌의 윤리에서 보여 주듯이 여성의 낙태가 인간관계에 어떠한 영향을 미칠 것인가를 고려한다. 거기서 여성은 태아와 임산부의 관계를 포함해서 모든 인간관계의 그물망을 고려해서 그 상황과 관련된 사람들

---

(1)을 실현할 수 있는 정보와 수단 접근, (3)만족스럽고 건강한 성생활의 권리, (4)적절한 가족계획 방법에 대한 정보, 선택, 접근권, (5)차별, 강제, 폭력으로부터의 자유로운 재생산 결정, (6)여성이 안정한 임신, 출산을 하고 건강한 아기의 출생을 위한 의료케어서어비스 공급, (7)개인과 커플의 자기 삶, 미래 세대, 공동체를 위한 책임, (8)정부와 공동체의 재생산권 보장 책임. 양현아, 〈여성의 임신종결권리의 필요성과 그 함의〉, 《한국생명 윤리학회지》 7(1), 2006, 26쪽.

18 조영미, 〈출산의 의료화와 여성의 재생산권〉, 《한국 여성학》, 20(3), 2004, 67~98쪽 참조.

19 박은정, 《생명공학시대의 법과 윤리》, 이화여자대학교 출판부, 2001, 505쪽.

20 캐롤 길리간, 《심리이론과 여성의 발달》, 허란주 옮김, 철학과 현실사, 1999, 44~45쪽.

에 대한 이익과 이에 대한 책임을 자율적으로 선택하여 낙태를 결정한다. 또한 노딩스N. Noddings 역시 관계의 윤리라는 입장에서 보살핌의 관계는 구체적인 상황에서 보살피는 사람one-caring과 보살핌을 받는 사람cared-for 사이에서 생긴 공감이라는 정서적 몰입 상태를 통한 상호성에 의한 것임을 강조한다. 특히 모성애mothering란 자연적 돌봄의 실제적 실천이다. 여기서 낙태의 결정은 임산부와 태아의 관계 형성이 이루어져 보살핌의 감정이 일어나는가에 의존한다. 즉 태아의 임산부의 관계는 잠재성과 역동성을 지니기 때문에, 임신중절의 문제는 결국 언제 생명이 시작되는가가 아니라, 언제 임산부와 태아의 보살핌의 관계, 정서적 교감에 의한 보호와 책임감이 어떻게 형성되는가에 달려 있다.[21] 따라서 임산부의 보살핌에 대한 태아의 응답이라는 정서적 교감이 있을 때 보호와 책임이라는 보살핌의 관계가 형성된다는 것이다. 또한 루딕은 기존의 철학적 사유에 포섭되지 못했던 어머니의 사고방식인 '모성적 사고maternal thinking'를 강조한다. 이것은 아이를 돌보며 양육하는 인간관계 속에서 아이의 성장을 바라고 기다려 주는 마음과 같은 평화주의적 사유이다. 이것을 낙태에 적용해 보면 임신 지속이나 종결을 결정해야 하는 여성은 자신의 몸, 일, 가족, 파트너와의 관계, 태어날 아기가 놓일 환경적 조건 등의 다양한 요소와 가치들을 종합하는 사색을 한다. 이러한 사색의 과정에서 출산이 적극적 형태의 태아에 대한 배려 행위라면, 낙태의 선택은 소극적 형태의 태아와 자신의 복지에 대한 배려 행위라는 것이다. 이러한 결정은 고립된 존재로서의 자율성이 아닌 인간관계 속에서의 책임으로서의 자율성을 수반한다. 이러한 모성적 돌봄의 사유를 강조하는 학자들은 태아의 생명 존중과 어머니의 자기결정이 서로 대립하고 충돌하

---

[21] N. Noddings, Caring, *A Feminine Approach to ethics and moral education*, Los Angeles ; University of Califonia, 1997, p.88.

는 관계가 아니라, 이미 언제나 서로를 보충하는 의존 관계라는 점을 강조한다.[22]

한국에서 낙태와 생명정치

위에서 살펴본 것처럼 서구의 제2세대 페미니즘운동이란 맥락에서 낙태는 여성의 성적 자유, 몸과 생존에 대한 통제와 직결되는 정치적 사안으로 여겨지면서 여성 재생산권과 관련된 여성주의 윤리와 정치의 핵심적 담론을 형성해 왔다. 그러나 한국에서의 낙태는 종교계가 중심이 되어 생명 존중에 대한 윤리적 담론이 지배하고 있음에도 불구하고 우리나라의 여성들은 여성운동을 위한 실천적 필연성을 지니지 못했다. 왜냐하면 한국에서 낙태는 1953년 이래로 형법상 범죄행위이며 1973년 모자보건법에서 인공임신중절 사유가 제시되었음에도 불구하고,[23] 그 사유에 해당하지 않는 경우에도 특별히 법적 제재를 받지 않으며 낙태가 시행되어져 왔다.[24] 이러한 한국에서 낙태의 문

---

22 양현아, 같은 논문, 2010, 74~75쪽 참조.

23 우리나라 형법 제269조는 낙태에 대해 부녀의 자기 낙태, 의사에 의한 낙태, 부동의 낙태죄 등으로 처벌한다. 자기낙태죄란 임산부가 스스로 낙태함으로써 성립하는 범죄이며, 임신한 여성이 낙태를 부탁하거나 시술자가 임부의 동의를 받고 행하는 동의낙태죄가 있다. 임부의 승낙 없이 임의로 또는 낙태행위를 하는 경우에는 부동의 낙태죄로 처벌하며, 임부가 모르게 낙태하게 한 경우 뿐 아니라 유효하지 않은 촉탁, 승낙에 의한 경우도 포함한다. 동의낙태죄, 업무상동의낙태죄, 부동의 낙태죄를 범하여 임부의 상해 또는 사망의 결과를 발생시킨 경우에는 낙태치사상죄가 성립한다.
모자보건법 제14조 (인공임신중절수술의 허용한계)
① 의사는 다음 각 호의 1에 해당되는 경우에 한하여 본인과 배우자(사실상의 혼인관계에 있는 자를 포함한다. 이하 같다)의 동의를 얻어 인공임신중절수술을 할 수 있다.
1. 본인 또는 배우자가 대통령령이 정하는 우생학적 또는 유전학적 정신장애나 신체질환이 있는 경우
2. 본인 또는 배우자가 대통령령이 정하는 전염성 질환이 있는 경우
3. 강간 또는 준강간에 의하여 임신된 경우
4. 법률상 혼인할 수 없는 혈족 또는 인척간에 임신된 경우
5. 임신의 지속이 보건 의학적 이유로 모체의 건강을 심히 해하고 있거나 해할 우려가 있는 경우

24 인공 임신중절은 수술의 의미로서 의사가 그 시술 주체지만, 여성의 낙태 행위라는 표현은 여성의

제의 배후에는 1960년대 이후 인구조절책으로서 가족계획 사업을 시행하면서 경구피임약, 정관수술, 난관수술 등 각종의 피임 방법을 적극적으로 보급하고, 소가족을 위한 저출산 장려정책을 시행해 온 국가의 생명정치와 가부장적 가족제도와 성규범이 있는 것이다. 이러한 국가 차원에서 인구통제를 위한 가족계획 사업의 주요 대상은 주로 여성이었다.[25] 특히 국가의 이러한 저출산 장려 정책은 피임 없는 성관계 그리고 원치 않는 임신에 대한 최종 대책으로서 낙태 허용과 친화적이었으며, 모자보건법에서 제시된 임신중절 허용 사유도 이러한 인구조절 정책과 관계함을 보여 준다. 그동안 호주제를 비롯한 한국의 법제가 부추기는 남아 선호는 의학 기술의 발달로 가능해진 산전진단인 태아 성감별 검사를 통해 종종 여아 낙태 행위로 이어졌다.[26] 특히 결혼이라는 제도 내에 허용된 성과 임신과 출산은 미혼 여성의 임신을 출산으로 이어지지 못하게 한다. 그리고 출산으로 인해 노동을 할 수 없는 생계의 위협 상황에 처한 여성들은 낙태 외에 다른 선택을 하기가 어렵게 해 왔던 것이다.

위에서 기술한 한국 사회에서 낙태 현상에는 가족계획 정책이라는 국가 생명정치가 배후에 있다. 거기서 남아 선호, 미혼, 빈곤이라는 사회적 문화적 · 제도적 힘들의 영향을 받아 겪게 되는 여성의 낙태의 경험은 일종의 사회적 고통이란 한 양상을 보여 주는 것이다. 따라서 한국의 낙태 현상을 보수주의자들이 지적하듯 여성들의 성적 개방

낙태결정 행위와 낙태 시술을 치러내는 행위를 지칭한다. 여성법학자들은 임신 종결termination of the pregnancy과 같은 통합된 임산부 주체가 드러나는 용어를 개발할 필요가 있다고 말한다. 양현아, 같은 논문, 2006, 15~16쪽 참조.

25 한국 여성들에게 보급된 피임법은 서구처럼 여성들의 '성적 자기결정권'을 확보하기 위해서가 아니라, 국가에서 여성들의 출산을 통제하기 위해 보급되었고, 현재 정부 차원에서 진행되는 출산 정책도 '결혼한 여성'을 대상으로 출산율을 높이기 위한 것이라고 여성단체들은 말하고 있다. 백영경, 박연규 엮음, 《프란켄슈타인의 일상–생명공학시대의 건강과 의료》, 도서출판 밈, 2008, 253~254쪽 참조.

26 위와 같은 논문, 21쪽.

에 따른 생명 경시 풍조나, 서구의 여성주의자들처럼 여성들의 권리 신장에 따른 선택의 결과로 볼 수 없다. 그러나 최근 2010년부터 'pro life' 의사 단체들이 지금까지 법적 제제를 받지 않고 낙태 수술을 시행했던 병원과 여성들을 고발하면서, 그 이후부터 정부는 형법에 근거한 낙태 처벌 강화 움직임을 보이고 있다. 이러한 움직임은 우리 사회에서 출산율을 높여야 할 국가의 필요성과, 생명 경시 풍조에 맞서 생명의 존엄성을 지켜야 한다는 전문가 집단의 논의가 서로 만나면서 강력하게 일어나고 있다. 특히 오늘날 국가 차원에서의 저출산 정책과 결합된 한국의 생명정치는 낙태율을 반으로만 줄여도 출산율 증가에 큰 도움이 된다는 정치적 공론을 형성하게 되었다. 또한 다른 한편에서 이에 대항하여 이제까지 공적인 논의의 장에서 침묵을 지켰던 우리나라 여성학자들이 과거와는 달리 자신들의 목소리를 내고 있다. 여성학자들은 기존의 생명권 대 여성의 선택권이라는 이분법적 대립을 넘어서는 사유 방식과 정책 비전 수립의 필요성을 강조하면서 성 · 임신 · 출산에 대해 통합적으로 접근하는 여성 중심의 재생산 정책, 즉 "다초점 정책"이라는 이름으로 낙태에 대한 문제를 접근하였다.[27] 다초점 정책이란 서로 태아의 생명권과 여성의 선택권 사이의 모순되는 요구들을 동시적으로 고려할 수 있는 재생산 권리 개념을 사용한다. 그래서 생명의 단계별로 태아 생명의 질을 제고하고 동시에 여성의 자기결정 과정에서 전개되는 고유한 모성적 사유를 존중하는 것이다. 이들은 여성의 특성인 성, 임신, 출산이 분리가 아닌 통합성을 재생산 정책의 기준으로 삼아 모성적 사유에 기반을 두고 낙태 문제에 접근한다.

그러면 한국의 여성학자들은 이러한 통합적 재생산 과정이라는 여

---

27 같은 논문, 63~100쪽.

성주의적 관점에서 낙태의 문제를 어떻게 접근하고 있는지 살펴보자. 그들은 우선 낙태의 원인인 원치 않는 성교에 의한 임신과 피임의 실패와 그리고 기혼 여성들의 경우에 기존 자녀 수, 성별, 터울, 가족의 경제적 상황, 돌보는 자의 부족 등에 주목한다. 여성들은 성교에서 양육에 이르기까지 자기 몸과 삶의 조건을 자율적으로 통제하기 어렵다. 한국 사회에서 만연한 낙태의 원인은 바로 국가의 생명정치가 여성의 통합적 재생산권을 제대로 보장하지 못하기 때문인 것이다.[28] 즉 우리나라 형법상 자기낙태죄의 행위 주체는 오로지 임신한 부녀에 국한된다. 가족의 압력, 경제적 사유, 미혼 등에 의한 낙태의 경험에서 우리 사회가 여성의 성적 자기 결정권, 건강권 그리고 모성권이 통합된 재생산권을 보장해 주지 못하는 것이다. 특히 주목할 것은 우리 사회가 현재 성 개방 분위기가 가속되고 혼인이전의 동거 및 자녀 출산에 따른 가족의 의미가 광범위하게 변화하고 있는 과정에서 있다는 것이다. 그 과정에서 미혼 여성의 임신 가능성은 높아질 수밖에 없지만, 우리 사회에서 그들의 출산과 양육은 사회적으로 철저히 통제되어 있다는 딜레마는 결국 미혼 여성의 낙태를 더욱 증가시킬 수밖에 없게 한다. 미혼 여성들의 낙태는 남성 파트너와의 지속적 관계의 불가능, 미혼모와 그 자녀에 대한 차별, 빈곤 혹은 저연령으로 인한 자기 자립 불능 등 여러 조건에 기인하며 출산을 선택할 수 없는 사회적 · 제도적 · 경제적 상황에 그 원인이 있음을 부인할 수 없다. 따라서 민우회를 비롯한 여성단체와 여성주의 법학자들은 사회의 변화에 따른 여성 인권으로서 재생산권의 취약함을 인식한다. 그래서 그들은 한국의 낙태 관련법에서 특히 미혼 여성의 성적 자유와 자기결정권

---

28 여성주의 법학자들은 여성에게 낙태결정의 우선권과 신뢰성을 주어야 한다고 주장한다. 그 이유는 임신한 여성은 낙태에 임하여 그 누구보다도 자녀의 출산 후 여건을 가장 잘 예측할 수 있으며, 자신과 태아 사이를 교류하면서, '어머니적 사유maternal thinking'를 하기 때문이라는 것이다. 위와 같은 논문, 81쪽.

그리고 재생산권이 보호받을 수 있도록 사회적 · 경제적 사유로 인한 낙태를 인정하는 한편, 미혼 여성도 자녀를 출산할 수 있도록 출산 정책 패러다임이 변화되어야 함을 강조한다. 이러한 낙태 정책의 방향 전환은 생명존중, 모성적 돌봄과 책임의 존중, 성의 평등, 특히 '정상' 가족에 대한 인식을 넘어 다양한 가족의 활성화 등 재생산정책에로의 변화를 의미하는 것이다.[29]

그래서 여성학자들은 우리사회가 여성이 성과 임신, 그리고 출산이라는 재생산과정에 대한 책임을 자율적으로 감당할 수 있는 양성 평등과 성문화가 조성되지 않고, 또한 사회적 돌봄과 책임을 지니는 사회적 제도 및 장치가 마련되지 못하고 있음을 지적한다.[30] 그들은 여성 개인에게 형법에 따라 낙태죄를 적용하고 죄를 묻는 것은 오히려 낙태 경험을 침묵하게 하고 함께 서로 공유하지 못하게 하여 여성 본인과 파트너 등에게 정신적 · 신체적 · 사회적 대가를 치르게 한다는 점을 지적한다. 여성들은 임신과 낙태 경험을 공개하고 공유함으로써, 상호교육, 상담 등을 통해서 태아의 생명과 출산, 양육 등을 통합적으로 고려하여 낙태에 대한 사유를 할 수 있는 기회를 지녀야 하는 것이다. 여성에게 낙태 경험은 낙태된 태아와의 떼어 낼 수 없는 관계로 인한 평생 지울 수 없는 상처의 기억을 안고 살 수밖에 없는 실존

29 우리나라에서는 낙태죄를 법적 원칙에 따라 적용시키지 않았다. 그래서 낙태죄의 갑작스러운 적용은 오히려 낙태를 음성화시켜서 그 실태를 제대로 파악하지 못하게 하며, 그래서 의료, 복지, 출산 등 여성 정책 수립에 심각한 문제가 발생할 것이라는 우려가 있다. 또한 낙태의 음성화는 낙태가 공적관심이나 의료보험 등의 지원 없이, 불법으로, 열악한 상황에서 시술하게 함으로써 여성건강을 해칠 수 있으며, 특히 10대 청소년과 빈곤여성들에게 현명한 대처를 어렵게 할 수 있다. 같은 논문, 91~92쪽.

30 성의 개방이 일찍 이루어진 스웨덴의 경우 혼전 동거에 의한 출생아가 전체 출생아의 절반이상이며, 그 이유는 낮은 인공 유산 빈도 때문이기도 하다. 또한 네덜란드의 경우, 낙태를 원칙적으로 금지하는 규정은 없으며, 단지 허가된 시설 이외에서 행하는 낙태 시술이나 낙태 절차 규정에 반하는 경우만 처벌한다. 그러나 낙태율이 다른 나라보다 아주 낮은 이유는 낙태 상담 절차, 피임, 임신한 여성에 대한 지원책 등이 마련되어 있기 때문이다, 이인영, 양현아(편), 《성 통합적 관점에서의 낙태죄의 현실분석과 재구성을 위한 논의, 낙태죄에서 재생산권으로》, 사람생각, 2004, 74쪽.

적 윤리적 고통이다. 그리고 이러한 그 개인의 실존적 고통은 또한 사회적 · 문화적 · 제도적 관계가 서로 영향을 미치는 국가의 생명정치라는 틀 속에서 개인이 앓는 사회적 고통의 한 양상으로 드러날 수밖에 없는 것이다.

결론

전통적 윤리학의 입장에서는 인간 생명의 존엄성과 인격적 가치에 근거하여 낙태에 대한 윤리적 논의를 한다. 인간의 인격적 가치와 인간 존엄성 사상에 기초한 칸트주의자들의 논의는 임신한 여성이 처한 현실적인 상황의 맥락에 대해 초연하며, 낙태 그 자체에 대해 판단자의 보편타당한 도덕법칙에 따라 추론하는 도덕적 사고라는 비판을 받는다. 그러나 이러한 칸트주의자들의 도덕적 사고는 어떤 상황에서나 누구든지 고유한 인격체로서의 인간 존엄성 사상에 근거하여 임산부와 태아를 포함하여 모든 사람들의 입장을 서로 바꾸어 보편화시켜 반성해 볼 수 있는 도덕적 상상과 추론을 할 수 있는 훈련을 할 수 있도록 한다.

그러나 여성의 임신 종결 결정을 통한 낙태는 여성 몸의 고통의 경험이다. 그 고통의 경험은 표현되어 공유되길 원하지만, 또한 다른 사람의 고통으로 환원될 수 없는 극히 개인적 주관적 경험일 수 있다. 개인마다 매우 다양한 조건 속에서 낙태를 결정하고 경험하지만, 그것은 한 개인이 평생 안고 살 수밖에 없는 실존적 상처이다. 그러나 이러한 여성 개인의 낙태 결정과 경험에는 한 사회의 법적 · 제도적 권력, 사회 경제적 조건이나 문화적 시선들이 영향을 미친다는 여성주의자들의 지적은 정당하다. 즉, 개인이 겪고 있는 실존적 고통의 이면에는 정치적 경제적 제도적 권력이 인간에게 미치는 영향력에서 비롯되는 '사회적 고통social suffering'이 있는 것이다.[31] 사회적 고통이란 어떤 사회에든 인간의 고통이 형성되고 인식되고 의미화되어 서로 소통이 되며 고통에 대처하는 방식에는 그 사회의 체제나 역사, 관점이 영향을 미친다. 사회적 고통은 바로 그 '시대'를 체험하는 개인의 몸을 통해 각인된다.[32] 이렇듯 사회적 고통이란 관점에 따르면 여성주의자들이 이미 지적했듯이 여성의 몸의 경험을 통한 낙태는 우리 사회의 제도와 국가의 인구조절 정책으로서 가족계획의 역사를 포함하며 성과 임신, 출산을 바라보는 우리 시대의 문화적 관점 혹은 관행을 잘 드러내 준다.[33] 한국 사회에서 여성의 몸에 각인된 고통의 경험은 바로 이 시대의 제도적 · 역사적 · 문화적 역사적인 차원이 담긴 개인의 실존적 경험에 주목하게 해 줄 수 있는 것이다.

실제로 낙태를 결정하고 경험하는 사회적 고통은 언제나 복잡한 인간 삶에서의 성과 임신 출산, 양육 과정이라는 사회적 · 법적 제도와 관행 등이 서로 얽혀 있는 차이의 재생산 정치the politics of reproduction 아래서 형성된다. 특히 우리 사회에서 개인의 혼인 상태, 연령, 계급 등과 관계없이 성관계, 피임, 임신, 출산, 임신 종결을 비롯한 재생산 활동을 위한 권리와 출산 이후 건전한 양육을 위한 사회적 국가적 책임까지를 포괄하는 사회권적 권리는 결혼이라는 제도권 내의 '정상가족'이라는 범위 내에서 허용된다. 정상성의 규범에서 밀려난 임신과 출산을 원하지 않게 하는 사회적 · 제도적 권력과 문화적 시선이

31 클라인 만 외, 《사회적 고통》, 그린비 출판사, 2002, 9쪽.

32 김태우, 〈몸이 앓는 시대, 문화인류학이 바라본 고통〉, 《인문의학》, 인제대학교 인문의학연구소, 2008, 154~155쪽 참조.

33 인류문화학자인 클라인 만의 사회적 고통이란 렌즈를 통해 백영경도 낙태 현상을 바라보고 있다. 백영경, 〈성적 시민권의 부재와 사회적 고통 : 한국의 낙태논쟁에서 여성 경험의 재현과 전문성의 정치〉, 《아시아여성연구》 52(2), 2013, 42~72쪽.

바로 사회적 고통을 야기한다고 볼 수 있는 것이다. 한국 사회 전반에 정상성에 대한 집착과 압박이 제도적 문화적으로 만연해 있다. 그래서 정상성에서 벗어난 아이의 임신이나 출산 이후의 돌봄과 생존이 모두 개인의 책임으로 맡겨져 있는 사회적 · 국가적 지원이 부재한 사회에서 출산이란 여성에게 공포가 되는 것이다. 실제로 정상성에 대한 재생산 정치를 둘러싼 압박은 산전 진단을 통해 임신된 장애 아동을 낙태를 결정하게 하고, 장애 여성의 임신 그 자체를 문제 상황으로 받아들이고 있는 경향이 있다. 또한 특히 여성학자들이 지적하는 결혼제도 내에서 계획된 출산으로 이어지지 않는 여성의 모든 성행위와 상대와의 관계와 임신을 도덕적 잣대로 판단하는 문화적 관행은 여성이 경험하는 차이의 재생산 정치의 현실을 그대로 보여 주는 것이다.

특히 전문가들이 여성의 몸에 대한 의학적 지식과 통계적 확률 등에 근거하여 개별 여성들의 임신과 낙태 행위를 피임 방법에 대한 무지나 생명 경시로 판단하고 낙태죄의 적용을 강화시키는 움직임은 한국 사회에서 재생산의 정치가 전문가 집단의 전문성에 의한 공론화에 의해 이루어지고 있음을 보여 준다. 그래서 국가의 인구조절 정책으로서 낙태율 감소와 출산장려 정책을 결합시키는 우리 시대의 생명정치에서 "전문가의 지식"이 어떻게 여성의 목소리를 은폐시키며 작동하는지 적극적으로 분석해 볼 필요가 있는 것이다.[34] 특히 오늘날 불임 클리닉에서 증가하는 인공수정 등 출산 기술의 배후에 출산 장려 정책이라는 국가의 생명정치가 작동하고 있는 이 지점에서 무엇보다도 인간 생명을 잉태하고 출산하여 양육하는 여성의 경험에 대한 존

---

34 백영경은 전문가의 정치란 과학과 기술의 민주적 정치라는 의미에서 특히 과학기술의 개발 및 사용과 관련된 의사결정과 전문가의 권위 그리고 전문지식이 생산되는 방식과 과학기술의 발전과 관련된 시민들의 참여정치를 말한다. 특히 보조 생식기술의 영역에서 시민, 특히 여성의 목소리에 대한 민주적 참여 방식에 대해 주목한다. 백영경, 〈보조생식기술의 민주적 정치와 겸허의 기술-시민참여 논의 확대를 위해서〉, 《경제와 사회》 85, 2010.

중과 사회적 보살핌이 더욱 요구되는 것이다.

결론적으로 낙태를 경험한 여성은 자신의 몸에 새겨진 태아와의 결코 떼어질 수 없는 상처의 기억을 가지고 산다. 이러한 여성의 몸의 상처의 기억은 개인의 생명 윤리와 생명정치가 만나는 교차 지점이다. 태아와의 관계가 얽혀 있는 여성 개인의 몸의 기억은 평생 씻길 수 없는 죄의식 같은 윤리적 고통의 경험이며, 그것에 영향을 미치고 통제하는 국가 생명정치와 문화적 규율이 서로 얽히고 교차해서 각인되어진 상처의 흔적인 것이다.

따라서 이 글은 낙태에 대한 도덕적 판단이나 이론적 정당화가 아닌 여성의 몸을 둘러싼 생명윤리적 정치적 시선으로 낙태에 대한 논의를 하고자 하였다. 그래서 이 글은 낙태란 사회적 고통의 현상으로 소통이 되고 공유되어야 하며 그 고통에 대한 사회적 돌봄과 책임의 정치로 나아가야 함을 제시한다. 왜냐하면 우리 사회에서 여성의 고통의 경험을 은폐시키는 것이 아니라, 서로 소통하고 공유하게 하는 것이 중요하기 때문이다. 즉, 이러한 고통의 경험에 대한 소통과 공유는 태아와 임산부를 포함한 모든 인격체에 대한 생명 존중을 향한 도덕적 감수성과 의식을 계발하게 하며, 여성 스스로 임신과 출산, 양육에 이르기까지의 모성적 사유와 경험을 자율적으로 실천할 수 있는 돌봄과 책임에 대한 의식을 갖게 한다. 그래서 우리 사회에서 낙태에 대한 실천적 정책 방향은 여성의 혼인, 비혼인, 장애인, 동성애자 등을 불문하고 생명을 잉태하는 모든 여성의 임신과 출산을 존중하고 그리고 태아를 지키고 양육할 수 있는 생명 존중과 미래에 대한 책임의 윤리로 나아가야 한다. 그래서 이를 실천할 수 있는 사회적 · 제도적 조건을 만드는 정책적 실현이 무엇보다도 중요한 것이다.

김상득, 《생명의료윤리》, 철학과 현실사, 2000.

______, 〈페미니즘 입장에서 본 임신중절〉, 《범한철학》 제67집, 2012.

김태우, 〈몸이 앓는 시대, 문화인류학이 바라본 고통〉, 《인문의학》, 인제대학교 인문의학연구소, 2008.

로즈마리 통, 《페미니즘 사상-종합적 접근-》, 이소영 옮김, 한신문화사, 1995.

박은정, 《생명공학시대의 법과 윤리》, 이화여자대학교 출판부, 2001.

백영경 · 박연규 엮음, 《프란켄슈타인의 일상,-생명공학시대의 건강과 의료》, 도서출판 밈, 2008.

백영경, 〈보조생식기술의 민주적 정치와 겸허의 기술-시민참여 논의 확대를 위해서〉, 《경제와 사회》 85, 2010.

______, 〈성적 시민권의 부재와 사회적 고통 : 한국의 낙태논쟁에서 여성 경험의 재현과 전문성의 정치〉, 《아시아여성연구》 52(2), 2001, 3.

조영미, 〈출산의 의료화와 여성의 재생산권〉, 《한국여성학》 20(3).

이인영 · 양현아(편), 《성 통합적 관점에서의 낙태죄의 현실분석과 재구성을 위한 논의, 낙태죄에서 재생산권으로》, 사람생각, 2004.

양현아, 〈여성의 임신종결권리의 필요성과 그 함의〉, 《한국생명 윤리학회지》 7(1), 2006.

______, 〈낙태에 관한 다초점 정책의 요청 : 생명권대 자기 결정권의 대립을 넘어〉, 《한국여성학》 26(4), 2010.

캐롤 길리간, 《심리이론과 여성의 발달》, 허란주 옮김, 철학과 현실사, 1999.

클라인 만 외, 《사회적 고통 Social Suffering》, 그린비 출판사, 2002.

피터 싱어, 《실천 윤리학》, 황경식 · 김성동 옮김, 철학과 현실사, 1993.

헤어 R. M., "〈낙태와 황금율〉, 《산아제한과 낙태와 여성해방》, 황필호 편저, 1990.

Jagger, A. M., *Feminist Politics and Human Nature*, Totowa, N. J. : Rowman &Allanheld, 1983.

Kant, I., *Grundlegung zur Metaphysik der Sitten*, hrg., K. Vorlaender, Felix Meiner : Hamburg, 1965.

Noddings, N., Caring, *A Feminine Approach to ethics and moral education*, Los Angeles ; University of Califonia, 1997.

Overal, C., *Ethics and Human Reproduction : Principle, Practices, Policies*, Torronto : Oxford University Press, 1993.

Tong, R., *Feminist Approaches to Bioethics*, Colorado : Westview, 1997.

6

윌리엄 포크너의 《소음과 분노》 속 캐디의 잃어버린 목소리와 생명의 시학

김 대 중

– 이 글은 조선대학교 인문학연구원 《인문학연구》제47집(2014.2)에 게재된 원고를 수정 및 보완하여 재수록한 것이다.

1. 부재하는 캐디와 그 잔재들

도날드 카티가너Donald Kartiganer는 〈"이제 나는 쓸 수 있다" : 포크너William Faulkner의 창조로서의 소설"Now I can Write" : Faulkner's Novel of Invention〉에서 포크너의 작품은 독해를 할 때마다 매번 새롭게 해석되는 창조의 작품으로 인식한다. 카티가너에 따르면 이러한 《소음과 분노The Sound and the Fury》의 힘은 아이러니하게도 감춰지고 부재한 중핵을 중심으로 독서 때마다 작품이 무한히 재구조화되는 것에서 나온다고 본다. 그리고 이 중핵으로 작품 속 콤슨 가문the Compsons의 딸인 캐디Caddy가 있다고 본다. 또한 캐디를 일종의 세 명의 형제들에 의해 쓰여진 《소음과 분노》 자체로 본다. 이러한 점은 1933년 판본에 넣은 포크너 자신의 첫 번째 〈서론An Introduction〉에서도 확인이 가능하다.[1]

이 글에서 포크너는 캐디라는 인물이 그가 한 번도 가져 본 적이 없는 누이이자 죽은 그의 첫째 딸과 같이 "부재한 여성들"에서 나왔으며 그 '부재한 여성들'으로서의 '캐디'라는 인물로부터 전체 작품이 나왔다고 말한다.[2] 캐디라는 인물은 포크너 자신의 삶과 연관이 될 뿐아니라 회화적 이미지들과 연관이 있다. 즉, 오빠인 퀜틴Quentin과 캐디가 시냇물에서 서로에게 물을 뿌리다가 캐디의 속옷이 젖게 되는 이미지, 이것을 본 나이 어린 동생인 벤지Benjy가 우는 이미지, 그리고 그 누이가 나무에 올라가 장례식장을 보는 이미지들의 몽타주로 구성된 회화적 이미지들에서 나왔다고 말한다.(An Introduction, 232) 〈서론〉의 다른 구절에서 포크너는 캐디를 꽃병으로 물상화시켜 설명한다. 그는

---

1 1933년에 《소음과 분노》에 포크너는 두 가지 종류의 〈서론〉들을 작성하였으나 출판하지는 못했다. 여기서는 두 가지 서론들을 다 다루고 있다.

2 포크너는 《소음과 분노》를 시작할 수 있었던 요건 중의 하나가 자신이 세 명의 형제만 가졌을 뿐 누이가 없었으며 첫딸을 어린 시절에 잃었기 때문에 작은 소녀, 즉 캐디에 대해 쓸 수 있었다고 말한다. (An Introduction, 230)

어느 나이든 로마인이 그의 침대 옆에 티르헤니안Tyrhenian에서 생산된 꽃병을 두고 그것이 닳아 없어질 때까지 키스를 했다는 이야기를 소개한다. 그리고 처음에는 바로 포크너 자신이 그 꽃병이 되고 싶었다고 밝힌다. 그러나 곧 이 꽃병이 되기보다 꽃병을 바라보고 키스하는 로마인이 되는 것이 옳다고 판단하고는 그 꽃병을 키스하듯이, 혹은 그 꽃병으로 사물화된 캐디라는 인물을 키스하듯이 《소음과 분노》를 썼다고 밝히고 있다.(An Introduction, 232)

이러한 포크너의 캐디에 대한 두 가지 모호한 해설들은 생명과 시학의 관점에서 몇 가지 층위로 해석될 수 있다. 첫째, 포크너는 《소음과 분노》의 중심에 캐디를 두고 그것이 자신의 삶에서 부재된 사랑의 대상들(그가 갖지 못한 누이와 죽은 그의 첫딸)을 연결하고 창작을 통해 그들에게 생명을 부여하려 하였다. 둘째, 자신이 꽃병이 되고 싶었다는 예를 통해 보듯이 포크너는 《소음과 분노》를 원래는 피크말리온의 인형처럼 자신의 생명이 들어간 예술 작품으로 만들려 했으나 그것이 불가능하다는 것을 깨달았을 때 그 생명을 캐디가 대표하는 '더러워진 속옷을 입고 나무 위에 올라 장례식을 바라보는 어린 소녀'라는 이미지로 치환시켰다. 다시 말해 작가의 생명이 깃든 예술을 완성하려는 시도와 그 한계에서 자신이 상실한 여성들과 그녀들에 대한 환상, 그리고 그 여성이 나타내는 순수와 타락과 죽음의 이미지를 예술화하려는 노력이 《소음과 분노》라 볼 수 있다.

그러나 결과적으로 포크너는 《소음과 분노》를 '가장 멋진 실패the most splendid failure'라고 규정하였다. 아마도 작가가 자신의 생명을 작품에 불어 넣으려는 시도, 남성 작가로서 여성의 언어를 발화하려는 시도, 자신의 상실된 부분을 이미지로 대체하여 작품으로 구체화하려는 시도 등은 모두 궁극적으로는 실패할 수밖에 없다고 여긴 것으로 보여진다. 허구의 세계와 현실의 세계의 간극은 물질화의 실패에도 있지만 현실화를 이루지 않으려 하는 우울melancholy과도 연결된다. 프로이트Zigmund Freud의 멜랑콜리 이론에 따르자면 포크너에게 캐디는 자신 안에서 만들어진 상실의 환상이며 그 상실에 대한 욕망을 잃지 않기 위한 노력의 일환이라 볼 수 있다. 프로이트에 따르면, 애도mourning는 상실한 대상에 대한 것이라면, 멜랑콜리는 자신의 내면에 상실되었다는 허구의 대상을 만들고 그것과 나르시시즘적 사랑에 빠지는 것이다. 또한 멜랑콜리는 이러한 나르시시즘을 통해 애도를 영원히 끝내지 않으려는 욕망의 결과로 자신의 내면 속 부분의 부재하는 대상을 거짓된 환영phantasm으로 투영하고 부재한 대상을 영원히 욕망한다.

프로이트의 이론에 비추어 볼 때 포크너의 멜랑콜리는 창작의 욕망이 된다. 또한 작품의 차원에서 캐디와 자신이 사랑한 여성들이 '부재' 하는 이유는 그 '부재'가 '잠재력'의 극한의 상태가 되어 독자들의 독해를 통해 무한한 창조가 가능한 극한의 잠재적 세계가 되기 때문이다. '부재'와 '실패'가 미래에 재생될 '잠재력'의 또 다른 모습이기 때문에 《소음과 분노》는 삶과 죽음과 재생을 통해 영원히 새로워지는 불명의 생명을 지닌 글이 되었다.[3] 작품의 중심 사건인 캐디의 타락과 부재는 포크너의 예술관을 보여 준다. 캐디는 포크너의 시학, 혹은 미학의 중심이며 따라서 부재해야 했다. 가령 포크너는 1933년 판 《소음과 분노》의 두 번째로 작성했다가 폐기한 또다른 〈서론〉에서 "내가 《소음과 분노》를 마무리하였을 때 나는 예술이라는 초라한 용

---

[3] 이것은 아도르노Theodore Adorno가 《미학이론Aesthetics》에서 예술의 생명이라고 밝히는 것과 일맥상통한다. 아도르노는 "비록 예술과 경험 사이의 구분선이 작동하지 않는다 할지라도, 그리고 적어도 예술가의 영광으로 예술 작품은 독특한 삶을 가지게 될지라도, 중요한 예술 작품들은 계속해서 새로운 표층들을 표출시키게 된다. 예술 작품들은 나이가 들고 차가워지며 죽게 된다.(Although the demarcation line between art and the empirical must not be effaced, and least of all by the glorification of the artist, artworks nevertheless have a life sui generis.…Important artworks constantly divulge new layers ; they age, grow cold, and die)"(4)라고 밝혔다.

어가 할 수 있는 것, 더불어 반드시 적용되어야 할 것을 찾게 되었다(when I finished *The Sound and the Fury* I discovered that there is actually something to which the shabby term Art not only can, but must be applied)"(An Introduction, 226) 라고 한다. 이 구절에서 예술은 캐디로 치환이 가능하다. 캐디가 포크너 자신의 삶과 연결된 작품의 중심이라면 캐디는 또한 포크너가 제시하는 예술관, 즉 미학이나 시학의 중심이며, 본래 시인이 되고자 했던 포크너의 시적 언어의 중심이다.

그렇다면 왜 포크너는 캐디, 혹은 《소음과 분노》에 집착하면서도 캐디의 장을 따로 만들거나 그녀의 모습을 직접적으로 나타내지 않았을까? 왜 캐디의 목소리는 다른 형제들의 목소리에 간섭된 형태로 남아있거나 기억에 의해 재구성되어야 했을까? 《소음과 분노》의 구조를 캐디의 관점에서 보자면 이 작품은 콤슨 가문 형제들의 시선과 기억에서 본 캐디의 성장에 대한 조각 맞춤이다. 콤슨 가문의 형제들인 벤지Benjy의 장에서의 캐디의 모습이 캐디의 결혼 전 특히 어린 시절에 고정되어 있다면, 퀜틴Quentin장에서의 캐디는 퀜틴이 자살하기 전 결혼식 때까지로 맞춰져 있고, 제이슨Jason 장에서는 결혼 후 나타난 캐디의 이야기로 되어 있다. 결국 캐디는 각 남자 인물들의 시선에서 바라봐지고 구성되어진 인물로서 캐디 자체로는 실체가 없다.[4] 오히려 이미지들과 환영phantasm들의 결합체이다. 그러나 이러한 나르시시즘과 멜랑콜리의 환영 속에서 캐디는 성장하고 사라진다. 캐디는 나타나는 순간 감춰지고 성장하지만 사라진다. 오직 남는 것은 캐디의 흔적들이다. 종합하자면 〈서론〉에 대한 논의를 통해 제시할 수 있는

4 상당수 페미니스트들이 이 점을 지적하고 있다. 한 예로 돈 트로워드Dawn Trouard는 포크너가 캐디를 꽃병으로 만든 것은 "캐디를 생명을 지닌 흙과 같은 것으로 신성시하는 것이며 그녀의 침묵을 정당화하는 것이며 그녀를 가능성의 시끄럽고 생명력 넘치는 세상으로부터 고립시키는 것(enshrined Caddy in a kind of earth in life, justified her silence…isolated out of the loud and vital world of possibility)"(27)이라고 비판한다.

한 가지 가설은 캐디의 부재와 판타지, 그리고 그 속에 담긴 진실이 포크너의 멜랑콜리 시학melancholy poetics과 생명 시학의 연결점을 보여준다 할 수 있다.

이 논문은 소설가가 되기 전에 시인이 되고자 꿈을 꾸었던 포크너가 이상적으로 생각하는 예술을 캐디라는 대상/상징/이미지/생명으로 언어화하고 작품으로 나타내려 했다고 가정한다. 그리고 본 논문은 이러한 순수 시어에 대한 꿈이 포크너와 그를 대변하는 벤지와 퀜틴이라는 두 인물들의 멜랑콜리와 나르시시즘의 구조의 환영 구조로 인하여 캐디 자신이 담지할 생명의 언어를 부재하게 만들었다고 본다. 이러한 가정을 좀 더 이론적으로 보여 주기 위해 예술과 생명에 대한 조르조 아감벤Giorgio Agamben과 아도르노와 같은 서구 미학자들의 논의를 빌었다. 그리고 이러한 이론들을 통해 벤지의 순수 언어가 어떻게 시의 언어로 파열되어야 했고, 이 언어가 어떻게 퀜틴의 멜랑콜리와 나르시시즘 언어가 되고, 이러한 포크너 자신의 언어를 캐디의 부재하는 목소리가 해체하는지 살폈다.

소리와 의미 사이의 간극

하나의 생명을 완벽하게 미학화aestheticization시키는 것은 불가능하다. 생명의 미학화는 물화reification를 매개 한다. 물질세계에 속한 생명이 언어로 완벽히 재현될 수 없을뿐더러 사유의 체계로 들어가는 순간 죽은 언어가 된다는 점에서 생명은 미학화 될 수 없다. 그러나 피그말리온의 신화에서도 보듯이 예술가의 영원한 꿈 중의 하나는 생명 자체의 순수 언어로의 표현이다. 이러한 꿈의 근원에는 작가와 그를 대변하는 작품 속 인물들의 멜랑콜리와 나르시시즘이 있다. 작가의 언어는 독자에게 향하기는 하지만 독자와 완벽한 소통을 이룰 수는 없다. 생명을 지니고 자신들만의 삶을 통해 작품을 인식하고 지각하는 독자에게 작품의 언어는 완벽하게 이해될 수 없을 뿐 아니라 작가 자신도 보이지 않는 독자를 대상으로 완벽한 소통을 실현하려 하지 않는다. 작가는 자신의 나르시시즘에 비춰진 대상을 의도적으로 부재화시키고 그 부재에 대한 애도의 지속을 문학적으로 표현함으로써 그 인물의 생명에 대한 집착을 강화시키곤 한다. 포크너에게 있어 캐디가 바로 이러한 인물이다. 그리고 이러한 파편화는 미학 혹은 문학의 경우에 시학이 지닌 언어 속 감응과 사유의 충돌로 강화된다.

미학의 기본에는 예술의 감응affect 세계와 철학적 사유가 있다. 이탈리아 출신의 미학자이자 정치철학자인 조르조 아감벤은 《스탠자Stanza》에서 철학과 시의 차이를 논한다. 그는 철학은 '의미sense'에 대한 것이고 시는 '소리sound'의 세계라고 본다. 그리고 이러한 분리에서 철학은 사물을 이해하지만 소유할 수 없고, 시는 사물을 소유하지만 이해할 수 없다고 본다.(xvii)[5] 아감벤의 사상에서 '문학', 특히 시는 일종의 철학적 사유의 실험장이다. 시를 통해 아감벤은 철학의 한계를 탐색하고 사유의 끝과 그 너머의 잠재성을 본다. 시에서의 '소리'와 '의미' 문제는 철학과 미학의 접점이며 또한 언어의 문제이다. 캐서린 밀즈Catherine Mills는 《아감벤의 철학The Philosophy of Agamben》에서 그의 철학의 핵심을 '내가 말한다'라는 것의 의미가 무엇인지(what it means to say 'I speak')라고 본다.(9) 아감벤이 보았을 때 말하는 생명의 "나(I)" 는

5 아감벤은 "시와 철학의 분리는 서구 문화에 있어서 지식의 대상을 완벽히 소유하는 것의 불가능성을 보여 주는 것이다 (왜냐하면 지식의 문제는 소유의 문제이고, 소유의 모든 문제는 향유의 문제이며, 언어의 문제이기 때문이다)([t]he split between poetry and philosophy testifies to the impossibility, for Western culture, of fully possessing the object of knowledge (for the problem of knowledge is a problem of possession, and every problem of possession is a problem of enjoyment, that is, of language))" (End of Poem xvii)라고 밝힌다.

언어의 주체가 아니다. 말하는 주체는 하이데거가 논하듯 '현존의 내'가 아니라 "언어가 말한다language speaks"라는 구조 안에서 언어의 주체로 탄생되는 가상의 존재이다. 그러한 점에서 그는 차이와 구조로 언어를 파악하는 소쉬르의 기호학 속 맹점을 공격한다. 차이로 언어가 구조화되었다면 '말하는 생명을 지닌 주체'의 주체화 속에 사라진 '생명을 가진 존재'는 어디에 있을까? 그리고 구조에서 언어의 의미가 나온다고 볼 수 있을까? 오히려 의미는 '말하는 나'와 '언어 속 나'의 분리에서 나오는 것이 아닐까? 이러한 질문들에 대해 아감벤은 언어의 소통은 '소통의 소통성communicability of communication'에서 나오고 인류의 언어는 바벨탑 이전 시대로 은유되는 "순수 언어pure language"에서 나왔으며 이 언어를 찾는 것이 미학 혹은 시학의 목적이라고 본다.[6] 그렇다면 이 순수 언어는 문학작품에서 재현될 수 있는 언어일까? 순수 언어는 그 의미가 구성되지 못하는 소리와 의미의 분리가 사라진 언어의 소리가 완벽히 의미화되는 상태이다.

《소음과 분노》에서 소리 혹은 소음the sound은 이러한 순수 언어가 되지 못한 소리와 의미의 분리를 보여 주며, 바로 그 분리에서 진리와

---

6 아감벤은 언어language에서 소리 단위인 음소phone와 의미 단위인 문법gramma으로 나누고 전자를 기호 체계semantic로, 후자를 의미 체계semiotic라고 본다. 그리고 그 둘의 분리와 통합이라는 관계에서 도출된 부정성의 흔적으로 목소리voice를 둔다. 아감벤은 서구의 형이상학, 철학, 문학, 기타 문화 분야들이 20세의 역사성인 니힐리즘과 그를 통해 죽음의 목소리voice에 감염되어 있다고 본다. 이러한 도식은 정치적 존재인 zoe와 생명의 존재인 bios의 구분이 근대의 법과 제도들로 인해 모호해지면서 인간의 존재론적 공간ethos의 의미가 성스러운 존재이지만 어느 곳에서도 법의 보호를 받지 못하는 존재인 "호모 사케르homo sacre"라는 부정성의 잔재remnant로 침입되어 있다고 보는 것과 구조적으로 유사하다. 그러나 아감벤은 데리다의 해체주의와 같이 이러한 부정성에 대한 분석만으로 그의 철학을 끝내지 않는다. 그는 철학에서 가장 핵심이면서도 그 정체를 분명히 정의할 수 없는 부분들이 있다. 언어의 경우에는 "순수 언어pure language"가 있고, 정치의 경우에는 "다가오는 정치coming politics", 존재론으로는 "형태로서의 삶form-of-life", 철학에서는 "다가오는 철학coming philosophy", 공동체로서는 "다가오는 공동체coming community"가 존재한다. 이들은 근대의 모든 장치dispositif들(인류학적 장치, 생명정치의 장치, 예술에서의 데카당스, 니힐리즘 등등)에 잠재적으로 남아있 으면서 현재 안에 미래의 구원으로 기능한다. 이 모든 제4항들은 인간의 '행복'과 '메시아주의'에 귀결된다. 그리고 이 메시아주의는 현실 정치의 기원으로서의 정치, 윤리의 기원으로서의 행복, 형이상학의 기원으로서의 존재, 언어의 기원으로서의 소통성communicability 등으로 귀결된다.

의미가 캐디를 통해 사라지는 동시에 나타나는 시적 언어를 보여 준다.[7] **캐디는 작품에서 생명이 부재한 '소리'나 '소음'으로 남는다.** 부재하는 캐디의 음성은 어떤 인물에게는 가장 아름다운 '소리'가 되고 누구에게는 괴로운 '소음'이 된다.《소음과 분노》 속 각 장들은 캐디의 목소리가 변주되어 공명한다. 가령 콤슨 가문 형제들 중에서 언어적 주체subject를 완벽하게 형성하지 못하는 벤지의 내면은 물질과 이미지로 변화된 캐디의 목소리로 구성되어 있다. 하버드에 들어간 엘리트이지만 자신의 누이에 대한 애증을 견디다 못해 자살한 퀜틴의 내면은 캐디의 소리로 가득차 있다. 퀜틴의 낭만적이고 신경증적 자아는 자신의 내면 속에서 캐디의 목소리를 재구성하고 자신의 목소리와 섞는다. 제이슨의 내면에서 캐디는 목소리를 상실하고 자신의 삼촌과 이름이 같으면서 캐디를 대체하는 캐디의 딸 퀜틴의 목소리와 대립한다. 또한 제이슨의 뇌리 속에서 캐디의 목소리는 벤지의 의미 없는 '소음'과 겹친다. 캐디의 목소리가 이렇게 다양하게 인물들, 특히 벤지와 퀜틴의 내면과 내러티브에 침입하면서 작품의 언어는 파편화된다.

캐디의 이 소리들은 인물들 내면뿐 아니라 인물들 외부 세계의 소리와도 공명한다. 이러한 소리들 중 가장 중요한 것은 작품 속 동물들의 소리들이 있다. 콤슨 가문의 농장에서 자라온 강아지 댄Dan이 달

---

7 《소음과 분노》에서의 소리의 의미에 대해서는 선행 연구들이 있다. 칼 젠더Karl F. Zender는 포크너의 작품 전체에 나오는 소리, 혹은 목소리의 정체를 탐구한다. 그에 따르면 포크너의 작품은 내면의 목소리와 외부로부터의 타자들의 목소리들 사이의 갈등으로 이루어져 있다고 본다. 그는 또한 뮤즈의 목소리로부터 시인의 언어가 생겨났던 과거의 목소리들과 비교해 현대의 작품 속 목소리들은 예술과 그 외부의 문화 사이의 갈등에서 나온다고 보고 포크너의 초기 시에서 후기 소설 작품으로 갈수록 인물들의 내부 목소리들은 그 갈등과 소음의 정도가 심해진다고 본다. 그는 이러한 갈등의 원인을 세 가지 정도로 본다. 하나는 포크너가 살던 시대의 파괴적인 힘destructive power of time이고, 두 번째는 포크너가 자신이 살던 남부에 대한 태도의 변화에 있으며, 마지막으로 포크너의 상상력의 힘과 한계에 대한 인식 때문에 그의 (목)소리의 적대적 힘을 더 다루게 되었다고 본다.(91) 그 한 예로 젠더는 퀜틴의 내부 독백에 끝없이 침입하는 동물이나 자연의 소리나 남부 사람들의 목소리들은 예술의 자율성에 대한 포크너의 믿음의 한계를 보여 주는 것이며 그가 초기시를 쓰면서 상상하던 상상력의 위대한 힘의 한계를 보여 준다고 주장한다.

을 쳐다보며 짖는 울음소리, 나중에 도랑에 빠져 죽고는 뼈만 남는 콤슨 가문의 말 낸시Nancy의 울음소리, 음울한 분위기를 풍기며 나타나는 새들Jay birds의 울음소리들이 벤지와 퀜틴 내면 속 캐디의 목소리와 공명을 이룬다. 이러한 동물들의 울음소리는 아무런 '의미'를 지니지 않지만 '죽음'과 '애도'라는 주제와 공명한다. 동물의 울음소리들은 사람의 애도의 울음소리들과 그들을 묘사하는 이미지들과 하나의 문맥 속에서 작용한다. 작품의 가장 중심적인 이미지인 캐디가 나무를 타고 올라가 쳐다보는 다무디 할머니Damuddy의 장례식과 더러워진 속옷, 이후 아버지 제이슨의 장례식, 퀜틴의 자살과 공명하는 동물들의 울음소리는 콤슨 가문의 애도의 감응을 전달한다. 더불어 이 울음소리들은 벤지와 퀜틴의 머릿속에 남아 있는 캐디의 (울음)'소리들'과도 맞닿아 있다. 캐디가 처녀성을 잃은 날 벤지 앞에서 우는 소리, 퀜틴에게 죽여 달라면서 간청하는 캐디의 울음소리는 작품 전체를 휘감고 있다. 동물들의 울음소리와 캐디의 울음소리는 동물과 인간이라는 다른 차원의 소리들이지만 상실과 애도라는 주제에 맞춰서 파국을 예언하듯 우울하게 공명된다. 결국 《소음과 분노》는 명확한 의미가 없이 공명하는 외부 동물들의 소리들과 벤지의 퀜틴 내면 속 캐디의 절규와 목소리가 절충된 공간이며 이 내면과 외면의 소리들의 중심에는 캐디가 상징하는 욕망, 타락, 죽음, 그리고 사랑이 있다.

벤지와 퀜틴에게 캐디의 목소리는 현존하지 않는 과거의 목소리이다. 특히 사물과 동물과 캐디에 대한 구분 없이 기억하는 벤지에 비해 퀜틴의 머릿속에 울리는 캐디의 목소리는 그가 직접 들은 실제 캐디의 목소리인지 아니면 그의 멜랑콜리를 유지하기 위한 환영인지 진위가 분명하지 않다. 이런 점에서 캐디의 목소리는 벤지의 경우에 긍정적 잠재성의 상태에 있고 퀜틴의 경우에는 부정적 잠재성의 상태에 있다고 말할 수 있을 것이다. 벤지의 경우에도 캐디의 있는 그대로의 목소리가 이미지화 되어 있다. 벤지에게 캐디의 목소리는 소리를 넘어 모성의 공감각적 이미지가 된다. 모더니스트 시인들이 추구하였듯 감각적이거나 공감각적 이미지들은 이성과 언어에 포획되지 않는 '사물 자체'의 언어, 즉 순수한 사물언어에 가까운 언어로서 인물의 감정을 명확한 의미가 없이 직접적으로 제시하는 시의 언어이다. 먼저 벤지에서 캐디의 목소리가 어떻게 순수한 사물언어와 공감각적 시의 언어로서 기능한지 더 자세히 살펴보려 한다.

벤지와 캐디의 목소리

벤지에게 캐디는 이미지와 생명을 지닌 존재 '사이'에 '실재'한다. '없음'과 '있음'의 구분과 '과거'와 '현재'의 구분이 분명하지 않은 벤지의 내면에서 캐디의 '부재'와 '현존'이 공존한다. 벤지는 이러한 혼동을 통해 과거의 캐디를 현재의 '캐디'로 소환함으로써 가상으로 '소유'한다. 그러나 이 소유는 '가상'이기에 한계를 지니고 있으며, 실제 살아있는 캐디의 언어는 사라진다. 벤지가 인식하는 것은 캐디의 잔재로 남은 공감각적 이미지들과 관련된 언어 이전의 소리들이다.[8] 이러한 캐디의 언어 이전의 소리로서의 형상화는 작품의 첫 장면에서 잘 드러난다. 형인 퀜틴의 하버드 대학 입학금을 위해 팔려 이제는 골프장이 된 콤슨 가족의 과거 소유지를 흑인 하인인 러스터Luster와 함께 걷는 벤지는 골프장에서 일하는 '캐디caddie'를 부르는 소리를

---

8 로렌스 에드워드 볼링Lawrence Edward Bowling은 벤지에 대해 "전체 작품을 통해서, 그는 단 한단어도 말할 수 없으며 그가 목소리의 어조를 인식할 수 있다는 것 이외에는 인간의 말을 거의 이해하지 못한다는 징표를 보여 준다.(Throughout the whole book, he does not manage to speak one word and gives little indication that he understands human speech, except what he can gather from the tone of voice)"라고 한다. 또한 볼링은 벤지장은 전체 소설의 밑그림이자 미니어처이다(Bowling, 564)라고 본다.

'캐디Caddy'의 이름을 부른 것으로 착각한다. 벤지는 미혼모로 있다가 원치 않던 결혼 후 사라져 버린 캐디가 다시 돌아온 것으로 착각하고 동물처럼 울부짖는다. 이 장면에서 'caddie'와 'Caddy'와 같은 기표들의 연결에서 '의미'는 미끄러진다. 골프장에서 일하는 '캐디'라는 직업을 지닌 여성이라는 '의미'는 사라지고 벤지에게 들리는 음소 단위의 소리 그대로 캐디라는 인물로 연결이 된다. 이 소리와 의미의 차이와 미끄러짐은 현실 속 캐디의 부재와 벤지가 집착하는 캐디의 이미지를 연결시킨다. 벤지의 오인은 캐디의 부재를 더욱 극명하게 드러낸다.

그리고 이 소리를 촉매로 벤지는 캐디의 목소리들을 연속으로 떠올리고 캐디의 모성을 기억해 낸다. 즉, 벤지에게 언어의 의미는 존재하지 않고 소리와 그 소리와 연결된 과거의 이미지의 연결고리로 언어가 작용한다. 사실 이러한 소리와 의미의 차이와 의미의 미끄러짐은 데리다Jaques Derrida의 차연differance으로 가장 설명이 잘 될 수 있다. 이 두 단어의 기표인 소리phone는 같지만 문자들caddie/Caddy의 의미가 다르고 이 차이를 통해 벤지의 캐디를 향한 욕동과 과거로의 기억이 촉발된다는 점에서 차연의 효과로 볼 수 있다. 그리고 그 차연은 벤지가 현재 소유할 수 없는 캐디에 대한 그의 본능적 친화감과 그리움과 상실과 욕망을 나타낸다 해석될 수 있다.

또는 '캐디'의 '소리'가 '의미'와 분리되면서 '의미'의 단계에서 벗어나는 '소리'와 캐디라는 인물의 시각적 이미지가 합쳐진 공감각적 이미지를 통한 산문의 시적 표현이라고 볼 수 있다. '공감각적 이미지'는 소설이라는 작품 속에서 시어의 기능을 한다. 그리고 '소리 이미지'는 독자들에게 하나의 감응으로 작용한다. 그리고 이러한 포크너의 이미지에 대한 집착은 그가 시인이 되려고 했으나 포기했다는 전기적 사실과도 상통한다. 즉, 포크너는 그가 달성할 수 없었던 시인의 꿈을 모더니즘과 '의식의 흐름stream of consciousness'이라는 기교를 통해 달성하려 하였다고 볼 수 있다. 그렇다면 이러한 '소리'와 '의미'의 분리를 통한 독특한 시어의 형성을 어떻게 해석할 수 있을까?

시에서의 '소리'와 '의미' 분리의 의미를 아감벤은 그의 《시의 끝 The End of Poem》에서 설명하고 있다.[9] 아감벤의 입장에서 보자면 이러한 소리와 의미의 차이와 그 분리에서 시어가 탄생한다.[10] 아감벤은 시가 본질상 소리sound와 의미sense 사이의 긴장으로 이루어져 있다고 보고 이 긴장이 시의 독특한 '행의 분리를 통한 의미연결의 분절enjambment'을 통해 이룩된다고 본다. 즉, 각 행들이 완결된 문장의 의미를 이루지 못하고 분리됨으로써 사유의 대상인 의미는 지연되고 '시어'가 된다고 본다. 이를 통해 시에서의 의미와 소리 사이의 긴장이 시와 철학의 분리 지점이라고 본다. 그러나 아감벤은 일견 당연해 보이는 이 주장을 시의 마지막 연의 의미에 대한 문제로 연결시킨다. 만일 시가 분절된 각 행과 연들의 모임이고 운율의 흐름 속에 의미가 지연되는 언어의 세계라면 시의 마지막 행은 무슨 의미를 지닐까? 아감벤은 마지막 행으로 인해 시는 더 이상 시가 아니게 된다고 본다.

시의 행이 분절되어 영원히 이어지지 않는 한 시의 마지막 행은 산문의 침입이며 시의 위기이다. 시의 마지막을 통해 의미는 소리로 귀결되고 소리는 의미로 귀결된다. 이러한 쌍방향의 귀결 속에서 탄생하는 것은 이 둘 사이의 제3의 공간인 '침묵'이다. 그러나 이 침묵은 단순한 '소리 없음soundless'이 아니다. 아감벤은 이러한 침묵과 시에 대

---

9 캐서린 밀러Catherine Miller에 따르면, 데리다가 차연의 세계에서 발생하는 의미의 아포리아aporia에 초점을 맞추는 반면 아감벤은 그 부정성을 넘어서 행복euporic의 순간을 찾으려 한다고 본다.(46) 즉, 데리다가 기표와 기의의 체계를 통해 부정성을 극한으로 몰고 갔다면 아감벤은 그 부정성 안에서 제4항을 찾으려 한다.

10 아감벤은 "글쓰기와 기표의 형이상학은 기의와 목소리의 형이상학의 거꾸로 된 얼굴(metaphysics of writing and of the signifier is but the reverse face of the metaphysics of the signified and the voice)"(Stanza 156)이라고 한다. 구조주의나 후기 구조주의자들의 이론과는 다르게 아감벤은 기표와 기의의 차이, 혹은 기표들 간의 차이에 초점을 맞추는 것이 아니라 'bar' 자체 즉 그 분리 자체에 초점을 맞추고 그것이 어떻게 작동하는지, 그리고 왜 그렇게 작동하게 되었는지를 파악하려 한다.

해 "시는 그것의 자신만만한 전략의 목표를 드러낸다. 말해진 것 안에 말해지지 않은 것으로 남는 것이 아니라 언어가 마침내 스스로 소통하게 하는 것이다(The poem thus reveals the goal of its proud strategy ; to let language finally communicate itself, without remaining unsaid in what is said)"라고 논한다.(The End of Poem, 115) 다시 말해 언어가 마침내 자신의 본래 목적인 언어 자체를 소통하게 하는 목적에 도달하게 한다. 그리고 그 언어는 언어가 표현할 수 없는 사랑과 죽음과 생명이라는 사물과 '감응'의 세계를 가지고 있다.[11]

이러한 해석에서 볼 때 벤지의 머릿속 캐디의 목소리와 캐디라는 단어가 지시하는 '캐디'라는 인물 사이에 놓인 '분리'(/,bar)는 의미 단위 이전의 순수한 캐디의 목소리가 순수 언어가 되어 침묵 속에서 울리도록 만드는 장치이다. 그러나 독자의 이해를 위한 언어로 이루어진 문학작품의 특성상 어떠한 의미에도 귀속되지 않는 '언어'의 창조는 불가능하다. 오히려 이 불가능성 속에서 언어는 시가 가진 의미와 소리 사이의 '분리'를 보여 주고 미적 완결성을 지니게 한다. 결론적으로 벤지의 내면에서 전개되는 소리와 의미의 분리는 '캐디'라는 도저히 완벽하게 표현할 수 없는 '부재의 대상'을 통해 포크너의 감응과 이미지를 표현할 가장 좋은 서술 방법이었다. 그리고 그 언어와 예술은 벤지에게 있어 생명과 돌봄과 호명이라는 복합구조에서 스스로 소통하는 '시적 감응poetic affect'의 세계라 볼 수 있다. 벤지 장에서 이러한 캐디의 목소리, 특히 이탤릭으로 표현된 캐디의 목소리는 일련의 산문과 시적 표현들의 연결로 이루어져 있다. 예들을 통해 더 자세히

---

11 칸트의 인간 이성에 대한 비판 혹은 한계 짓기 이후로 언어의 한계는 명확해졌다. 언어는 물자체를 담지할 수 없다. 그러나 하이데거나 벤야민이나 아감벤에 따르면 문학의 언어는 이러한 지시와 재현의 장을 넘어 예술의 근원적인 힘인 창조와 감응과 사물과의 소통이라는 순수 언어의 흔적들을 가지고 있다. 본 논문의 주장 역시 포크너가 이러한 사물과 대상과의 감정적 공명을 통해 발생하는 감응의 세계를 캐디라는 언어로 표현하려 했다는 것이다.

탐구해보자.

벤지 장에 나오는 캐디의 첫 목소리는 따스한 사랑을 담고 있다. 그러나 이러한 목소리는 다른 동물의 목소리들로 혼종된다. 벤지는 모리 삼촌과 불륜관계에 있는 패터슨 부인에게 편지를 전달하던 장면의 캐디의 목소리를 기억한다. "*우리는 돼지들이 꿀꿀대고 킁킁대는 울타리를 올랐다. 캐디는 말한다. 나는 그들(돼지들) 중의 하나가 오늘 죽을 것이기 때문에 불쌍하다고 생각해. 땅은 단단하고 흔들리면서도 마디지어 있다. 손을 호주머니에 넣지 않으면 손이 얼어붙을 거야. 벤지, 크리스마스에 손이 얼면 안 되지, 안 그래*(*We climbed the fence where pigs were grunting and snuffing. I expect they're sorry because one of them got killed today, Caddy said. The ground was hard, churned, and knotted. Keep your hands in your pockets, Caddy said, Or they'll get froze. You don't want your hands froze on Chrismas, do you*)"(본문 이탤릭, 4-5) 이 장면에서 캐디는 옆에 있는 벤지의 얼어붙은 손을 염려하고 곧 죽을 돼지들을 안타까워한다. 돌봄과 사랑의 '감응'들은 캐디의 목소리와 그것의 언어 속에 고스란히 담겨 있다. 또한 그리스 비극의 카산드라Cassandra처럼 캐디는 돼지의 죽음을 콤슨 가문 사람들의 죽음과 연결시키듯 발언한다. 물론 작품 속 분위기인 '애도'와 '죽음'은 캐디의 사랑과 연결이 되지만 표면적으로 연결을 이루지 못한다. 이러한 '분리'는 캐디의 목소리와 주변 '동물의 소리들'과의 불협화음을 만들어 낸다. 돼지들의 꿀꿀대고 킁킁거리는 소리sound들과 "단단하면서도 흔들리고 마디지어진 땅"은 벤지에 대한 캐디의 돌봄의 감응을 방해하고 캐디라는 언어의 감응인 '사랑'의 이미지를 교란시킨다. 그리고 이러한 사랑과 돌봄의 소리 (캐디의 소리)와)'들과 이에 대응하는 죽음을 기다리는 동물의 소리 사이의 분리된 소리의 '배치'는 '애정'이 집착이나 파괴적 욕구로 변질되고 삶이 죽음과 애도로 물드는 작품 전체의 세계와 공명한다. 더구나 이러한 배치의 효과는 벤지의 세계에서 사람의 소리와 동물의 소리가 똑같이 의미 없는 소음들임을 생각할 때 언어의 소리와 의미 사이의 간극을 드러내고 그 간극을 통해 병치된 청각 이미지들이 작품 전체에 공명하게 만든다. 벤지의 의식 속 캐디의 언어가 가진 의미와 소리의 분리와 그와 공명되는 캐디 외부 세계의 의미와 소리의 대립은 캐디의 언어를 지연시키거나 분쇄시키고 사물화하기도 한다.

벤지의 사물과 사람의 차이와 소리와 의미의 구분이 사라진 의식 속 캐디의 목소리는 사물화 된 캐디의 이미지가 가진 비극적 면을 제시한다. "*캐디는 말했다. 나는 비를 싫어해. 나는 모든 것을 싫어해. 그리고 그녀는 나의 무릎 위에 머리를 누이고 나를 붙들고 울기 시작했고 나도 울기 시작했다. 그리고 나는 불을 다시 보았고 밝고 부드러운 형체들이 다시 사라졌다. 나는 시계와 지붕과 캐디를 듣는다.*(*Caddy said. I hate rain. I hate everything. And then her head came into my lap and she was crying, holding me, and I began to cry. Then I looked at the fire again and the bright, smooth shapes went again. I could hear the clock and the roof and Caddy*)"(본문 속 이탤릭, 57) 이 장면에서 캐디의 울음소리와 그녀의 비에 대한 언급은 그녀의 상징인 밝고 부드러운 불길과 시적 대조를 이룬다. 또한 사랑과 미움, 불과 물, 부드러움과 울퉁불퉁함의 이미지들은 시에서처럼 대구를 이룬다. 사랑과 염려는 비탄과 슬픔과 대조를 이루고 벤지는 그러한 캐디를 시계와 지붕과 불의 형체들로 사물화 한다. 캐디의 따뜻한 목소리와 그녀가 상징하는 모성과 사랑의 '언어의 의미'는 '사물들 (시계와 지붕과 불)'과 '분리'와 '공명'을 동시에 이룬다. 가령 '사물들'은 시각 이미지가 아닌 소리 이미지가 된다. 그리고 그 소리 이미지들은 캐디의 목소리와 상통하면서도 불협화음을 이룬다. 한 예로 '시계와 지붕'은 캐디가 싫어하는 '비'의 소리와 연계된다. 시계–지붕–비는 소리 이미지가 되어 '싫음'과 '좋음'의 분리와 공명을 이루고 또 다른 사물들의 계열인 '불–부드러운 형체'는 캐디의 사랑을 나타내며 대립을 이룬다. 이러한 복잡한 계열화를 통해 캐디의 순수한 목소리는 사물들과 같은 차원이 되고 분리와 대조와 공명을 통해 '감응'들을 이룬다. 곧 캐디의 목소리는 사물들과 함께 의미를 지연시키고 의미와 소리 사이의 분리를 이룸으로써 독자들에게 감응을 주는 순수한 시어poetic words에 가까워진다.

캐디는 이 모든 것들이 가능하게 만드는 언어의 공간이자 소리와 의미의 사이에 놓인 '분리(/,bar)'이다. 그리고 이 '분리'는 '의미/소리,' '내부/외부,' '인간/사물(동물),' '삶/죽음'들에 있는 분리 그 자체의 공간인 간극interstice이다. 그리고 이러한 간극들을 통해 포크너의 언어는 캐디가 포함된 사물들의 언어를 이미지들로 조직해 내고 그 속에서 감응을 만들어 낸다. 아감벤에 따르면, 이러한 언어의 간극은 시어의 세계이며 언어의 꿈과 죽음과 재생의 공간이다. 포크너가 꿈꾸는 것이 캐디라는 언어와 그 시학이라면 캐디의 목소리는 예술과 시가 가진 세계를 통해 그가 다시 생명을 부여하고 싶은 순수한 언어에 대한 꿈일 것이다. 그러나 이 순수한 언어에 대한 꿈은 근원적으로 이룰 수 없는 꿈이다. 의미 이전의 순수 언어로서의 캐디의 목소리를 사물이나 동물의 소리들과 등가로 배치시키는 것은 캐디의 목소리에서 의미를 지연시키기는 하지만 벤지의 언어를 조직해 내는 포크너의 언어는 벤지의 의식 속에서 변질될 수밖에 없기 때문이다.

가령 캐디의 결혼식 장면에서 벤지는 "*나는 그들을 보았다. 그리고 나는 캐디를 보았다. 머리에 꽃을 달고, 빛나는 바람처럼 긴 베일을 쓴, 캐디 캐디I saw them, Then I saw Caddy, with flowers in her hair, and a long veil like shining wind, Caddy Caddy*"(본문 이탤릭, 39) 라고 울부짖는다. 이 순간 의식과 판단과 의미의 분간이 사라진 벤지의 세계는 포크너가 요구하는 특정한 의미를 지닌 언어체계로 변화된다. 벤지는 이 장면에서 캐디를 낭만적 인물로 변환시키고 그 인물을 묘사한다. 그리고 벤지가 마지막에 부르는 '캐디'라는 호명은 이전까지 캐디의 언어를 사물이나 동물들과 다름이 없는 세계의 순수 언어로 남겨 두려던 포크너의 시도를 무력화시킨다. 물론, 이러한 포크너의 언어사용은 '순수 언어'의 한계이기도 하며, 그가 의미를 지연시키고 소리의 세계로 표현하고 싶었던 시어들의 세계가 끝나고 나오는 사색과 철학의 세계를 저버릴 수 없었다는 점을 보여 준다. 순수 언어의 파괴는 어쩌면 포크너가 도저히 표현하지 못할 캐디라는 '생명'에 대한 표현의 실패이다. 또한 이 실패는 포크너 자신의 멜랑콜리와 나르시시즘의 발현이라 볼 수 있다. 캐디라는 여성의 '생명'의 언어는 진정한 순수 언어로서 남성작가의 사유와 소리가 분리된 세계에 순수 언어의 공간으로 남게 된다. 벤지의 순수 언어의 파괴 혹은 포크너의 순수 언어로 표현된 캐디라는 시적 언어의 표현의 실패는 퀜틴에 이르러 절정에 다다르게 된다. 벤지 장에서 나타난 의미와 소리의 대립 구도는 퀜틴 장에서 환영(판타즘phantasm)을 통한 나르시시즘과 멜랑콜리의 세계, 그리고 그것을 내파하는 캐디의 파편화된 여성적 언어의 공간인 코라Khora의 대립으로 나타나게 된다. 그리고 이를 통해 벤지의 장에서는 내밀화되지 못한 새로운 시학을 보여 주게 된다.

퀜틴과 포크너의 멜랑콜리에 감춰진 캐디의 시어들

작품 전체를 통해 퀜틴의 멜랑콜리는 포크너 자신의 멜랑콜리와 유사하다. 앞서 논했듯 포크너는 캐디가 그의 죽은 딸과 그가 가지지는 못했지만 꿈꾸었던 누이의 모습에서 나왔다고 말한다. 전략했듯 멜랑콜리는 잃어버릴 수 없는 대상을 잃었고 그 상실이 자신의 안에 있다는 환상을 매개로 이루어진다. 그리고 그 환상은 예술에서는 가상으로 표현된다. 그런 측면에서 포크너에게 예술은 존재하지 않는 대상의 죽음과 그것에 대한 끝없는 애도, 즉 멜랑콜리에서 나온다. 포크너는 '부재'와 '환상' 속에서 '존재'의 잔재들 (이미지와 목소리 등등)을 그려 낸다. 이러한 관점에서 하나의 인물로서 캐디는 작가와 그 작가의 또 다른 자아인 소설 속 인물 퀜틴의 우울함이 만든 환상이다. 벤지 장에서와 유사하게 캐디의 목소리는 퀜틴의 장에서도 파편화되고 퀜틴 자신의 대사와 섞여 있으며 순수하게 남지 못하고 늘 퀜틴의 의식에 섞인 불순한 상태로 남는다. 가령 임신한 캐디에게 얼마나 많은 남자들이 있었는지 묻는 퀜틴에게 캐디의 대답은 "*나는 몰라 너무나 많아 내 안에는 너무나 무시무시한 것이 너무나 무시무시한 것이 있어 아버지 나는 저질렀습니다 저지른 적이 있는가 너는 한 적 있는가 우리는 하지 않았어요 우리는 하지 않았다고 했을까*(*I don't know too many there was something terrible in me terrible in me Father I have committed Have you ever done that We didn't we didn't do that did we do that*)"(본문 이탤릭, 148)와 같이 묘사되면서 캐디의 목소리는 퀜틴의 내면의 소리와 구분이 힘들 정도로 파편화되고 섞여 있게 된다.

캐디의 언어와 그 속의 목소리가 파편화되고 혼종화 되는 것은 두 가지로 이해될 수 있다. 첫째, 캐디의 파편화된 목소리는 과거 노예제와 현재의 산업화로 무너져가는 남부 전체에 대한 일종의 애도를 담아낸다 할 수 있다. 과거의 남부를 대표하는 콤슨 가문의 몰락은 자신의 타락을 외치는 캐디의 목소리와 그 타락의 결과를 죽음으로 마무리하려는 퀜틴의 환상의 언어로 나타난다. 그리고 그 파편화된 캐디의 목소리는 비단 남부뿐 아니라 남북전쟁, 제1차 세계대전, 제2차 세계대전이라는 거대한 역사의 암운과 조응한다. 작품의 내부와 역사라는 외부에서 울리는 파괴의 파편들인 이미지들과 절규하는 인간과 동물들의 소음들 속에서(제2차대전의 암운과 호모 사케르들, 벤지의 울음소리, 동물들의 울음소리, 캐디의 절규), 캐디라는 "예술"의 판타즘 phatasm은 삶과 예술의 근원이 얼마나 가까이 있는지 보여 준다. 둘째, 《소음과 분노》에서 캐디의 파편화된 목소리는 포크너의 자의식의 하나인 퀜틴이 통제하지 못할 여성의 시어와 예술을 드러낸다. 근대의 폭력적 남성적 세계관, 기술의 중심인 신화화된 이성과 존재의 암운 속에서[12] 캐디의 빈자리는 오히려 새로운 생명이 태어날 수 있는 공간인 코라Khora로서 존재한다. 쥴리아 크리스테바Julia Kristeva가 논하듯 코라는 남성적 질서에 포함될 수 없는 분절된 여성의 언어세계이다. 이러한 측면에서 캐디의 목소리는 남성 작가인 포크너가 담아낼 수 없는 부재한 '그 무엇'이 되고 언어화되기 전에 부서지고 마는 목소리들의 공간이 된다. 그리고 이 공간은 또한 남성적 산문과 여성적 시어가 혼재된 공간이기도 하다. 퀜틴의 언어가 의식의 흐름을 통한 분절된 시적 언어들로 구조화된 것은 포크너가 상실한 사랑의 대상인 여성들에 대한 멜랑콜리와 그가 도달하려 하였으나 할 수 없었던 여성의 시학과 그 언어에 대한 '사랑'에서 나온다. 그렇다면 이러한 여성적 시어들이 퀜틴의 언어들 속에서 어떻게 발현되고 퀜틴의 언어는 어떻게 이러한 목소리들을 숨길까?

《소음과 분노》는 소설이 도달할 수 있는 가상의 극한과 시와 철학의 불분명한 경계를 보여 준다. 가상의 극한은 캐디라는 중심이 시적 이미지들 속에 묻혀 버림으로써 가능하다. 퀜틴은 이 부서진 이미지들의 세계를 헤맨다. 그는 겉으로 《신곡》에 나오는 단테Dante처럼 베아트리체Beatrice라는 진선미의 이데아를 찾는 것 같지만, 그가 찾는 캐디의 본질은 아름다움이 아닌 '더러워진' 시어들이다. 그리고 이 캐디

12 이에 대해서는 2013년 《미국소설》 20권 3호에 실린 졸고〈《소음과 분노》에 나타난 존재론적 암운과 희망〉에서 자세히 다룬 바 있다.

의 이미지는 작품에 걸쳐 더러운 옷을 입고 타락한 소녀들의 이미지들 (캐디, 나탈리, 이탈리아 출신 소녀)로 반복된다. 이러한 차이 있는 반복은 이미지를 심화시킨다기보다 이미지의 의미를 혼란시킨다. 가령 나탈리와의 성적 경험과 캐디에게 들킨 것에 대한 수치심은 그가 지키려 하는 캐디의 혼전순결의 상실에 대한 분노와 퀜틴의 근친상간에 대한 거짓으로 연결된다. 그리고 작품 속에서 퀜틴을 따라다니는 더러운 옷을 입은 이탈리아 소녀와의 관계는 납치범으로 오인한 그녀의 오빠에게 맞는 장면을 통해 퀜틴 자신이 캐디를 위해 캐디의 남자친구인 달턴 애임스Dalton Ames에게 결투를 신청했던 장면을 반복하며 대조를 이룬다. 이렇게 여러 겹으로 이루어진 반복 구조들에서 캐디를 중심으로 한 여러 이미지들(나무, 물, 비, 송어, 시계소리, 새소리, 종소리, 인동덩굴 냄새 등등)의 반복은 층위를 두텁게 하고 반복을 통해 현재와 미래를 연결시키고 미래로 확장되며 콤슨 가문의 몰락을 예측하게 한다. 그러나 이 모든 것이 가능해지는 이유는 캐디가 존재하지 않기 때문이다. 타자로서, 가상의 핵심으로서 캐디는 비어 있어야만 다른 인물들의 정신세계와 그들의 '언어'를 드러낸다.

벤지에게 캐디가 현존과 부재의 동시성이라면, 엄밀하게 말해 퀜틴에게 캐디는 존재하지 않는다. 퀜틴에게 캐디는 반복되는 이미지들의 환상들이다.[13] 음악으로 따지자면 캐디라는 주제음은 퀜틴의 의식에서 끝없이 다른 조성과 음계로 반복하고 있다. 이러한 화성법을 통해 퀜틴은 그의 내면세계를 비극으로 만들려 한다. 물론 퀜틴에게 비극은 이상일 뿐 그의 행동은 희극적이다. 퀜틴은 본질적으로 단테도 햄릿도 될 수 없으며 캐디는 베아트리체나 오필리아가 아니다. 그럼

13 가령 카티가너는 "캐디 콤슨은 어떤 이도 가져 본 적이 없는 누이로서 현실을 떠나 이미지로 도주하는 얼어붙은 상징(Caddy Compson is a sister no one ever had, a frozen figure that escapes reality into image)"이라고 한다.(82)

에도 퀜틴에게 캐디는 타락하고 그와 함께 비극적으로 죽어야만 그의 환상을 유지시켜 줄 수 있다. 마치 중세 로망스에 미쳐버린 돈키호테처럼 퀜틴은 그리스나 셰익스피어의 비극에 미쳐 있다. 퀜틴의 꿈은 오디푸스나 햄릿처럼 죽는 것이다. 이러한 퀜틴의 집착 속에서 캐디는 퀜틴이 욕망을 끝없이 지연시킬 수 있는 비극적 환상의 공간이다. 그리고 이 환상의 공간은 작품에서 '거울'로 형상화된다.

벤지의 장에서도 주요한 상징으로 나오던 '거울'은 퀜틴의 장에서 더욱 구체적으로 나온다. 퀜틴 장 초반에 이탤릭체로 처음 등장하는 캐디의 모습은 "그녀는 거울로부터 달려 나온다, 둑으로 둘러싸인 향기. 장미들, 장미들(*She ran right out of the mirror, out of the banked scent. Roses, Roses*)"(77)라는 시적 이미지들로 읊어진다. 이 장면은 혼전순결을 잃은 채 팔려가듯이 결혼하는 캐디와 그에 따른 수치심으로 자살을 선택하는 퀜틴의 내면 속 혼돈을 보여 준다. 퀜틴은 캐디를 환상으로 치환하고 자신을 투영하는 나르시시즘을 가지고 있다. 캐디는 이러한 퀜틴의 환상으로부터 도망치는 것으로 묘사된다. 퀜틴은 시를 읊듯이 이 장면을 다음과 같이 묘사한다.

> *내가 그것을 들었을 때 이미 그녀는 오직 달리고 있다. 거울에서 그녀는 내가 그것이 무엇인지를 알기도 전에 달리고 있었다. 그렇게 재빠르게 그녀의 기차가 그녀의 팔을 잡아 챌 때 그녀는 구름처럼 거울 밖으로 달려나갔고, 그녀의 길게 반짝이는 베일은 소용돌이 치고 그녀의 깨지기 쉬운 신발굽 그리고 다른 손으로 빠르게 그녀의 어깨위로 드레스를 끌어 잡으며 거울 밖으로 달려나가고 있다 냄새들 장미들 장미들 에덴 너머로 내뱉어지는 목소리. 그리고 그녀는 내가 들을 수 없는 현관을 가로지르고 있었다.*
>
> *Only she was running already when I heard it. In the mirror she was running before I*

knew what it was. That quick her train caught up over her arm she ran out of the mirror like a cloud, her veil swirling in long glints her heels brittle and fast clutching her dress onto her shoulder with the other hand, running out of the mirror the smells roses roses the voice that breathed o'er Eden. Then she was across the porch I couldn't hear (본문 속 이탤릭, 81)

이 구절은 우선 의식의 흐름stream of consciousness 기법의 대표적인 예로 이해할 수 있다. 화자는 화자 내부의 내면의 목소리를 램프로 조명해 내듯이 보여 주고 있다. 그러나 이러한 모더니즘의 기법은 퀜틴의 '거울' 속 환상과 그것을 빠져나가려는 캐디의 몸짓과 소리의 대립으로도 이해될 수 있다. '거울'은 퀜틴의 낭만적, 비극적, 나르시시즘과 멜랑콜리의 세계이다. 자신의 내면에 투영된 '환상'의 캐디와 사랑에 빠진다는 점에서 나르시시즘이고 생명을 지닌 캐디를 일부러 부재시키고 자신의 내면 속 '부재'의 이미지에 애착을 지니면서도 그 상실에 슬퍼한다는 점에서 멜랑콜리이다.

그러나 퀜틴의 남성적 나르시시즘과 멜랑콜리의 환영인 '거울'에서 캐디는 도주를 한다. 이것은 퀜틴의 남성적 언어에서 캐디의 탈출이라고 해석될 수 있다. 캐디는 의미를 지니지 않는 '냄새들'과 '목소리'로 퀜틴의 의식에서 벗어난다. 장미 '냄새들'과 캐디의 의미가 모호한 에덴 너머의 '목소리'는 퀜틴이 이해할 수 없는 캐디라는 '이미지'들이다. 이 청각, 후각 이미지들은 캐디의 결혼을 애도의 대상으로 삼는 퀜틴의 의식에 반하여 오히려 이 결혼을 통한 탈출이 캐디에게 새로운 삶을 열어 줄 것이라는 의미를 가지게 한다. 바로 이 환영에 숨겨진 캐디의 '탈주의 목소리와 이미지'가 포크너가 완벽하게 표현할 수 없었던 여성과 생명의 시이며 그 언어이다.

모더니즘 특유의 의식의 흐름으로 읽히는 이 의식의 흐름을 분절enjambment을 지닌 시구로 옮기면 다음과 같다.

Only she was running

already when I heard it

In the mirror

she was running

before I knew what it was.

That quick her train

caught up over her arm

she ran out of the mirror

like a cloud.

her veil swirling in long glints

her heels brittle and fast

clutching her dress

onto her shoulder with the other hand

running out of the mirror

the smells roses roses

the voice that breathed o'er Eden.

Then she was across the porch

I couldn't hear

의식의 흐름의 독백을 시어들로 연들 사이에 '행들의 분절enjambent'을 넣음으로써 이 구절은 한 편의 시로서 기능하게 된다. 캐디의 움직임과 그녀가 대표하는 청각, 후각 이미지들은 퀜틴의 독백 속에서 의미를 지연시키고 '행의 분절'을 넣었을 때 시가 된다. 그렇다면 왜 이러한 캐디의 이미지를 통한 시를 퀜틴의 환상들 속에 감추었을까?

《시의 끝》에서 아감벤은 시에 담겨진 언어의 꿈, 죽음, 생명, 재생을 논한다. 그는 "생각하고 시화하는 것은 발언의 죽음을 경험하는 것이고 죽은 언어들을 표현하고 (재생시키는)것이다.(to think and to poeticize is to experience the death of speech, to utter (and to resuscitate) dead words)"라고 주장한다.(63) 아감벤의 주장은 일견 당연해 보인다. 우리의 입에서 목소리로 일회적 발언이 되는 시어들이 문장으로 옮겨지고 쓰이는 순간 그 시어들은 목소리로서의 '언어'로는 죽음을 맞이하게 되고, 마침내 글로 쓰이고 생명을 지닌 인간의 목소리가 사라진 '언어'로 변한다. 퀜틴에게 캐디는 '죽은 언어'로 그의 낭만적 남성 자아의 환상에 숨겨져야 하지만 캐디는 그 '거울'을 빠져나가 '죽은 언어'가 아닌 '살아 있는 여성의 언어'인 시로서 남는다. 결국 캐디의 감각 이미지들은 퀜틴에게 포섭되지 않는 '여성언어와 시'이며 '생명'이다. 이러한 측면에서 퀜틴의 마음속에서 캐디는 "*나는 생각했어 나는 울 수도 없었지 나는 지난해에 죽었어 내가 너에게 그랬다고 말했잖아 그러나 그때 나는 내가 무슨 말을 했는지 몰랐어 나는 내가 무슨 말을 하고 있었는지 몰라*(*else have I thought about I cant even cry I died last year I told you I had but I didn't know then what I menat I didn't know what I was saying*)"(123)라고 울부짖는다. 퀜틴의 언어 속에서 캐디는 죽어 있어 보이지만 캐디의 자신도 알 수 없는 언어와 이미지는 퀜틴의 세계를 벗어나 살아있다. 퀜틴의 낭만적 환상 속에 죽은 캐디는 퀜틴의 이미지와 환상과 도덕적 환상라는 거미줄에서 벗어나 새로운 여성 시어로 다시 태어난다.

퀜틴의 시어들이 퀜틴의 나르시시즘의 공간이라면 캐디는 그 시어들의 거울을 넘어서 존재하는 여성 시어의 공간, 즉 코라Khora에 있다. 캐디는 성녀도 창녀도 아니다. 그녀는 남성의 시어들 속에 환상으로 남아있는 페티쉬가 아니다. 캐디는 그 자체가 시어들이며 '의미'가 지연되고 '(목)소리'로 남아 새롭게 탄생된다. 바로 이러한 이유로 캐디는 퀜틴과 포크너가 완전히 소유할 수 없는 언어이다. 시인이 되려 하였으나 실패했던 포크너는 캐디를 완전히 그녀만의 목소리로 언어화할 수 없었다. 그에게는 벤지라는 순수 언어에 근접한 거울과 퀜틴이라는 낭만적 판타즘이 필요했다. 그러나 이러한 캐디의 목소리와 세계를 '비추고' '환상으로 표현한' 이 시도들은 성공할 수 없다.

캐디/예술과 행복의 약속

아도르노에 따르면 예술의 가상semblance은 파편화된 근대의 경험세계와 폭력 속에서 예술이 자신의 형태를 유지할 수 있는 마지막 안간힘이라고 본다. 숨이 끊어지는 예술의 단말마는 의미sense와 결별한 목소리의 공간이자 시체가 된 현실의 경험 속에서 예술의 진리의 공간이기도 하다. 또한 아도르노에 따르면 이러한 예술과 진리의 공간은 타자의 공간이다. 아도르노는 "오직 예술의 타자가 예술의 경험에 있어서 주요한 층위로 인지되는 순간에만 예술은 예술 작품의 자율성이 무관심이 대상이 되는 일이 없이 이 층위를 넘어서 주제적 유대를 녹여낼 수 있다(Only when art's other is sensed as a primary layer in the experience of art does it become possible to sublimate this layer, to dissolve the thematic bonds, without autonomy of the artwork becoming a matter of indifference)"라고 한다.(6) 예술의 타자에 대한 인지는 예술이 생명과 윤리의 영역에 들어옴을 의미한다. 그러나 이 인지 역시 가상에서 이루어진다. 예술은 가상이라는 유토피아를 통해 폐허가 된 세상과 고통 받는 타자들, 그리고 그 안에서 멜랑콜리의 정서를 담은 무기력한 사물들의 세계와 타협reconciliation을 이루려고 하지만 이 가상의 타협은 현재도 미래도 아닌 현재 속의 잠재적 미래로 남아 있게 된다. 따라서 예술은 고통 속에서도 즐거움을 내포하고 있으며, 죽음을 노래하면서도 삶의 가능성을 잉태하게 된다. 가상이라는 장막을 통해 예술은 세상을 담아내지만 그 가상의 밑에 숨어 있는 사물에 대한 착취와 주체의 허상은 삶을 저버린다. 캐디는 바로 이러한 예술 자체의 가상이고 그 가상 속에 담겨 있는 생명의 흔적이다. 이제 포크너가 왜 《소음과 분노》를 늘 만지고 싶고 (패티쉬즘) 소유하고 싶고(피그말리온) 애도하는 (멜랑콜리) 시어들의 세계로인 캐디를 '로마인의 꽃병'으로 보았는지에 대한 한 가지 해답을 제시할 수 있게 되었다. 캐디는 포크너에게 소유할 수 없는 시의 목소리였고 예술의 생명이며 여성의 시적 공간이었다. 그렇다면 포크너는 이 캐디의 목소리를 통해 무엇을 찾았을까?

아도르노는 예술에 있어서의 행복을 논한다. 그는 "예술의 행복에 대한 약속은 이제부터 실천이 행복을 막았다는 것을 의미할 뿐 아니라 행복이 실천을 넘어서는 것이다(Art's promesse du bohheur means not only that hitherto praxis has blocked happiness but the happiness is beyond praxis)"라고 한다.(27) 그리고 이것은 아도르노가 "예술은 죽음의 각자를 넘어선 것의 가상이다(Art is the semblance of what is beyond death's each)"(27)라고 말했듯이 예술이 가진, 죽음을 넘는 가상의 생명력을 의미한다.

아감벤 역시 그의 전 저작을 통해 철학과 시와 윤리의 접점에 죽음과 니힐리즘과 생명 장치들을 넘어서는 행복이 있다고 본다. 물론 그 행복은 시의 끝과 철학의 시작이 만나는 곳, 즉 생명의 목소리가 들리는 지점에서 시작된다. 포크너의 작품은 우리에게 바로 그 지점을 제시한다. 물론 이 지점은 의미가 모호한 이미지들로 둘러싸여 있다. 포크너는 그의 에필로그에서 캐디의 미래를 그린다. 캐디를 알던 도서관 사서에 의해 발견된 잡지 속에 나타난 캐디는 다음과 같이 묘사된다. "산들과 야자나무와 삼나무들과 바다와 크롬으로 치장된 값비싸고 강력해 보이는 지붕이 열린 스포츠카가 놓여 있는 깐느비에

르[14] 거리를 배경으로, 모자를 쓰지 않은 여성의 늙지도 않고 아름다우면서도 차가울 정도로 화창하고 저주받은 얼굴이, 풍성한 스카프와 물개 가죽 코트에 묻혀 있다. 그녀의 옆에는 잘생기고 마른 체구의 중년 사내가 훈장 장식띠들이 달린 독일 장군복을 입고 서 있다.(a Cannebiere backdrop of mountains and palms and cypresses and the sea, the open powerful expensive chromiumtrimmed sports car, the woman's face hatless between a rich scarf and a seal coat, ageless and beautiful, cold serene and damned ; beside her a handsome lean man of middleage in the ribbons and tabs of a German staffgeneral…)"(209~210) 많은 비평가들은 이러한 캐디의 마지막 모습에 당혹해한다. 캐디는 왜 나찌 장교 옆에서 패션 잡지에 나오는 캐릭터처럼 세속화된 이미지로 남아야 할까? 포크너의 의식 속에서 캐디는 결국 이미지와 환상으로만 남는 것일까? 그러나 어쩌면 이것은 캐디에게 가장 어울리는 결말일지 모른다. 적어도 그녀는 환상으로만 남게 되었다. 포크너는 그 안에서 캐디를 박제화하여 닳아 없어질 때까지 소유할 것이다. 그러나 이 환상과 이미지들 밑에는 캐디의 목소리들과 그 목소리들이 담는 '사랑'과 '생명'과 '재생'의 시어들이 있다. 그리고 독자들은 벤지, 퀜틴, 제이슨, 딜시, 포크너의 입장에서 이 시어들과 예술의 목소리들을 곱씹을 것이다. 바로 그 지점이 시어의 끝이고 철학과 시의 만남의 지점이며 행복의 지점이다. 그 행복이 잠깐 동안의 환상일지라도 말이다.

14 프랑스의 마르세유에 위치한 거리이다.

김대중. 〈《소음과 분노》에 나타난 존재론적 암운과 희망〉. 《미국소설》 20.3 (2013) : 5-28.

Adorno, Theodor W. *Aesthetic Theory*. Trans. Robert Hullot-Kentor. Minneapolis : U of Minnesota P, 2006.

Agamben, Giorgio. *Stanzas : Word and Phantasm in Western Culture*. Trans. Ronald L. Martinez. Minneapolis : U of Minnesota P, 1993.

______, *The End of the Poem : Studies in Poetics*. Trans. Daniel Heller- Roazen. Stanford : Stanford UP, 1999.

Bowling, Lawrence E. "Faulkner : Technique of The Sound and the Fury." *Kenyon Reveiw* 10 (1948) : pp.522~66.

Catherine Mills, *The Philosophy of Agamben*. Stocksfield : Acumen, 2008.

Faulkner, William. *The Sound and the Fury*. 1929, New York : Vintage, 1984.

Freud, Sigmund. "Mourning and Melancholia." *The Standard Edition of the Complete Psychological Works of Sigmund Freud vol. XIV*. Trans. James Strachey. London : Hogarth, 1917. 237-58. Print.

Heidegger, Martin. "The Origin of the Work of Art." *Poetry, Language, Thought*. Trans. Hofstadter, Albert. New York : Perennical Classics, 2001, pp.15~88.

"Introduction," *The Sound and the Fury : Norton Critical Edition*. Ed. David Mather. New York : WW Norton&Company, 1994, pp.225~228.

Kartiganer, Donald M. "Now I Can Write' : Faulkner's Novel of Invention." *New Essays on The Sound and the Fury. American Novel series*. Ed. Noel Polk. New York :

Cambridge UP, 1993. pp.71~97.

Trouard, Dawn. "Faulkner's Text Which Is Not One." *New Essays on The Sound and the Fury*. Ed. Noel Polk. Cambridge : Cambridge UP, 1993. pp.23~69.

Zender, Karl F. "Faulkner and the Power of Sound." *PMLA* 99 (1984) : pp.89~108.

7

1960~70년대의 한국과 생명정치

김형중

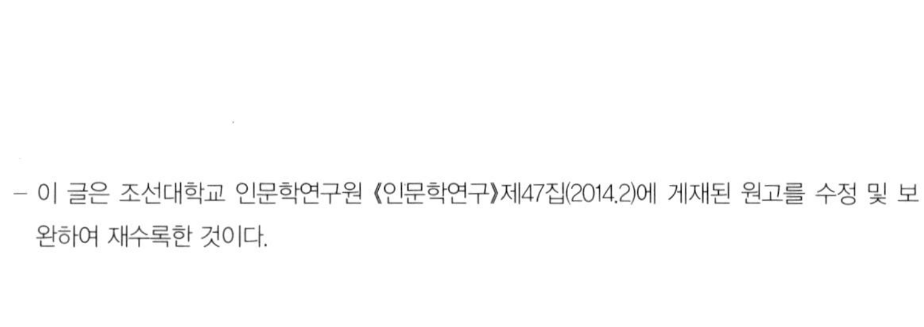

– 이 글은 조선대학교 인문학연구원 《인문학연구》제47집(2014.2)에 게재된 원고를 수정 및 보완하여 재수록한 것이다.

들어가는 말

1960~70년대, 한국 사회의 특징에 대해서는 여타의 분과 학문들을 막론하고 거의 합의에 이른 듯하다. 경제적으로는 자본주의적 생산양식의 급속한 발달과 고착, 정치적으로는 권위주의적 정부에 의한 개발 독재 추진, 사회적으로는 도시화와 인간소외 현상의 심화, 그리고 문화적으로는 대중 소비사회로의 이행 같은 것들이 대체로 그 합의의 내용을 이룬다. 아마도 저 각각의 현상들은 '산업화'와 '개발독재'란 두 어휘로 종합이 가능할 듯한데, 호오를 떠나 박정희가 집권하던 한국의 1960~70년대를 '산업화 시대' 혹은 '개발독재 시대'로 명명하는 일은 이제 너무도 자명해서 새삼 거론의 여지가 없어 보이기조차 한다.

박정희를 '산업화의 영웅'으로 추앙하는 우파 인사들은 말할 것도 없고, 진보적 지식인들에게서도 이런 현상은 대체로 일반적인데, 어휘들에서 보듯 저와 같은 역사 인식 이면에는 범마르크스주의(종속이론, 식민지자본주의론, 소외론, 소비자본주의론 등)적 범주들이 스며들어 있기 때문이다. 추측컨대, 70년대까지의 한국 역사를 돌아보는 일은 그 시대를 다 겪고 난(그래서 역사적 객관화의 자격을 얻은) 80년대 이후의 지식인들 몫이었을 것이고, 그들의 역사관은 암묵적으로건 의식적으로건 무의식적으로건 마르크스주의적 (탈)진보사관으로부터 자유롭지 못했을 것이다.

그러나 최근 한국 지식계에 중대한 패러다임의 전환을 요구하며 소개된 '생명관리권력' 혹은 '생명정치'의 관점(카를 슈미트, 발터 벤야민, 한나 아렌트, 미셸 푸코, 조르조 아감벤 등이 이 새로운 권력이론에서 자주 거론되는 이름들이다)에서 볼 때, '산업화'와 '개발독재'란 말은 재정의되어야 할 소지가 다분해 보인다. 이 시대가 아감벤이 말하는 소위 '항상적 예외상태'의 시대였음을 감안하면 더욱 그렇다. 본고는 이러한 문제의식 하에 1960~1970년대 한국의 정치 상황을 '생명정치'의 관점에서 재고해 보고자 한다.

'산업화'와 생명정치

'생명정치'의 관점에서 1960~1970년대 한국의 상황을 살펴보고자 할 때, '근대성'에 대한 아렌트의 논의는 중요한 참조점을 제공한다. 《인간의 조건》 1장에서 아렌트는 우선 인간이 세계에 참여하는 방식인 '활동적 삶vita activa'을 '노동, 작업, 행위'의 세 가지로 나눈다. 그리고는 아리스토텔레스를 인용해 다음과 같이 이 세 활동 간의 위계를 정한다.

> '활동적 삶'이라는 용어의 사용과 관련하여 아리스토텔레스와 중세 사이의 주된 차이점은 아리스토텔레스에게서 정치적 삶이란 명백히 행위praxis를 강조하는 정치적 인간사의 영역만을 지시한다는 것이다. 행위는 인간사를 확립하고 유지시키기 위해서 필요한 활동이다. 그러나 노동과 작업은 자율적이고 참된 인간 삶의 '비오스bios'를 구성하기에 충분한 품위를 갖지 못하는 것으로 생각되었다. 왜냐하면 노동과 작업은 인간의 필요와 욕구에 구속되어 필요하고 유용한 것을 생산하는 까닭에 자유로운 활동일 수 없기 때문이다.[1]

아감벤에 친근한 독자라면 저 인용문을 통해 인간의 자유롭고 정치적인 삶bios과 대응하는 것이 바로 생물학적 필요와 욕구의 지배

---

[1] 한나 아렌트, 《인간의 조건》, 이진우 · 태정호 옮김, 한길사, 1996. 62쪽.

를 받는 '벌거벗은 삶zoe'임을 알아보기 어렵지 않다. 아렌트가 보기에 고대에는 폴리스Polis에서 행해지는 '행위'(및 '사유Denken')와 오이키아Oikia(가정)에서 행해지는 '노동'이 엄격히 구분되었는데, 후자는 주로 여성과 노예의 몫이었고, 전자는 오로지 욕구와 필요 즉 사적인 이해타산으로부터 자유로운 시민만이 누릴 수 있는(혹은 감당해야 하는) 것이었다. 익숙한 용어로는 전자를 사적 영역, 후자를 공론 영역이라 해도 무방할 것이다. 문제는 근대에 접어들게 되면 전자가 후자의 영역까지를 거의 완전히 압도해 버린다는 데 있다. 《인간의 조건》 말미에는 이런 문장들이 보인다.

> 노동하는 사회 또는 직업인 사회의 마지막 단계는 그 구성원들에게 단순한 자동적 기능만을 요구한다. 이는 마치 개인의 삶이 실제로 종의 총체적 삶의 과정에 포섭되어 있으며, 또 개인에게 필요한 유일한 능동적 결정은 여전히 개별적으로 지각되는 삶의 고통인 개체성을 포기하고, 멍하고 '평온한' 기능적 형태의 행동을 순순히 받아들이는 것과 같다. 근대의 행태주의 이론은 이것이 틀린 것이 아니라 참이며 실제로 근대사회의 어떤 분명한 추세를 가장 잘 개념화한다는 점에서 우리에게 문젯거리이다.[2]

인용문을 보건대 아렌트 식으로 말해 '근대화'란 원래 사적 영역에 속해 있던 '노동'과 '생산'이 공적 영역의 '작업'(불완전하지만 작업 역시 공적 영역을 가지고 있었다. 길드나 시장Agora이 그것이다)과 심지어 '행위'까지도 잠식해 버린 상태가 되어 감을 의미한다. 이때 사유와 관조는 유사과학(통계학과 미래과학, 그리고 근대의 근간학문으로서의 생물

2 한나 아렌트, 같은 책, 391쪽.

학)에 의해 대체되고 행위는 기능적 행태behavior, 곧 대량의 단순노동으로 대체된다. 물론 정치는 이제 공론 영역이 아니라 사적인 영역의 연장이 되고 마는데, 아렌트가 보기에 엄밀한 의미에서 그것은 정치가 아니다.

그런데 근대는 도대체 어떤 방식으로 그와 같은 '행위의 실종' 상태를 실현하는가? '제작'과 '생산'(대량생산 기술의 발달에 의해 이 둘은 근대에 이르면 통합된다)을 특권화함으로써 그렇게 한다. 즉 자본주의적 생산양식의 도래, 그리고 산업혁명(아렌트는 인간 조건으로서의 지구를 벗어날 수 있다는 허망한 약속을 유포하는 우주선의 발명과 순식간에 지구를 잿더미로 만들 수도 있는 핵무기를 가장 혐오하고 두려워하는데, 이것들은 모두 산업혁명의 산물들이다)이야말로 사유와 행위를 사라지게 하고 인간의 창조적 활동을 제약하는 최악의 적이 되는 셈이다. 그리고 우리는 그런 일련의 과정을 '근대화'라고 부르고, 종종 '산업화'라는 말과 동의어로 사용하곤 한다.

아렌트의 논지를 염두에 둘때, 이제 한국의 1960~70년대를 특징짓는 '산업화'란 말을 다른 방식으로 표현할 수도 있겠다. 그 시대는 한국에서도 바야흐로 'bios'가 아닌 'zoe'가 정치의 무대를 장악해 버린 시대'였던 것이다. 돌이켜보면 근거가 될 만한 사례들은 아주 많다. 우선 1970년 4월 22일 대통령 박정희의 제안으로 시작되어, 그가 죽고 난 뒤인 84년까지 진행되었던 '새마을 운동'이 있다. 새벽종이 울리고 새아침이 밝으면, 너도나도 일어나 초가집도 없애고 마을길도 넓혀야 했던 이 운동은 '조국 근대화'의 기치 아래 총 7조 2천억 원이 투입된 운동이었다. 그 결과로 조국은 하천 정비, 교량 건설, 수리 시설 확충, 농경지 확장, 농어촌 전화電化 개통, 농가 소득 증대 등의 근대화 효과를 누릴 수 있었다고 전해진다. 소위 '경제개발 5개년 계획'(1962~1986)이란 것도 있다. 국민경제 발전을 목적으로 5년 단위로 추진되었던 이 거대한 프로젝트는 정부 주도 하에 외자 도입 및 수출, 그리고 저임금 · 저곡가 정책에 의존하여 추진되었는데, 이에 따라 외부에서는 '한강의 기적'(말하자면 최고 속도의 산업화 국가)이라는 찬사를 들을 만큼 성공적이었다. 그러나 그 대가로 정치는 그야말로 (저임금과 저곡가로 말미암아 양산된) '벌거벗은 생명'들이라는 짐을 져야 했다.

사례들은 다 적을 수 없을 만큼 많다. 그 무수한 교량과 도로와 공장과 댐과 연구소와 기술인력 양성소들의 건설, 그 무수한 과학기술자 육성을 위한 법안들과 아이디어들(심지어 그 시대의 통치자는 인간의 분뇨에서 나오는 가스를 이용해 연료를 생산할 생각마저 했다)…. 그러자 정치는 이제 경제의 부속물, 생산과 제작의 부속물, 즉 '사적인 개인과 집단들의 이해와 욕구에 기반한 쟁론'들의 효과적인 중재(실은 억압) 이외의 다른 말이 아니게 된다. 그런 방식으로 한국의 정치도 '오이키아'에서의 일을 '폴리스'의 무대 전면에 등장시켰다. 그것은 따라서 'zoe'를 대상으로 한 정치, 곧 '생명정치'였던 것이다. 물론 행위와 사유는 발조차 딛기 힘들었는데, 만약 한국의 자본주의를 '천민자본주의'라고 부르는 것이 합당하다면, 바로 그 '사유 없음' 때문일 것이다. '제작'과 '생산'이 (어떤 경우 반공의 이데올로기마저 초과하는[3]) 제1의 존재 이유였던 나라에서 폴리스에서의 활동들은 오로지 저항적 지식인들 사이에서, 종종 목숨을 건채로만 그 명맥을 유지할 수 있었다.

3 황병주의 연구에 따르면 5 · 16 구데타 직후 선포한 이른바 "혁명공약" 제1항이 "반공의 국시화"였고 이후 박정희 정권 통치 내내 그 기조가 유지되었음에도 불구하고 "1960년대를 지배했던 것은 경제개발, 곧 근대화 담론이었다. 즉 적의 침략과 위협에 대항한 안보보다 더욱 절실했던 것은 지켜야 될 대상의 건설이었다."(황병주, 〈1970년대 유신체제의 안보국가 담론〉, 역사문제연구 27, 역사문제연구소, 113쪽)

'개발 독재'와 생명정치

그런데 박정희는 어떤 방식으로 저런 많은 일들을 그토록 단기간에 효과적으로 이루어낸 것일까? 일견 답하기 어렵지 않아 보인다. 흔히 우리는 그를 두고 독재자였다고 말하고 그의 정치적 행로를 시종일관한 '개발독재'였다라고도 말한다. 그는 흔히 후발근대화 국가(혹은 제3세계)들에서 그렇듯이 독재를 통해 근대화를 압축적으로 수행했다.(그런 의미에서 어쩌면 그는 역사적 '기능'이었다.) 이쯤에서 한국의 산업화시대에 대해서라면 '독재'란 말을 (아감벤의 용어를 빌려) '상시적 예외상태의 창출을 통한 주권 권력의 초법적 행사'라고 바꿔 말하는 것도 가능해 보인다. 아감벤은 (발터 벤야민에게서 차용한 개념인) '예외상태'를 이렇게 정의한다.

> 예외 상태는 궁극적으로 규범의 적용을 가능하게 하기 위해 규범을 그것의 적용으로부터 분리하는 것이다. 예외상태는 어디까지나 현실에 대한 효과적인 규범화가 가능하게 하기 위해 아노미의 지대를 법 속에 도입하는 셈이다.[4]

> 예외상태란 법률 없는 법률-의-힘(따라서 '~~법률~~-의-힘'이라고 표기되어야 한다)이 핵심이 되는 아노미적 공간인 셈이다.[5](p.79)

전시 상황, 혹은 내란 상황과 같은 위기 시에 정상적인 법의 효력

4 조르조 아감벤, 김항 옮김, 《예외상태》, 새물결, 2009, 75쪽.

5 같은 책, 79쪽.

을 정지시킴으로써 역설적으로 초법적 권력을 행사할 수 있는 공간(비식별역)을 만드는 것이 예외상태의 기능이다. 가령 비상사태, 계엄, 위수령, 긴급조치 같은 말들은 다소간의 차이가 있음에도 불구하고 모두 주권 권력에 의해 창출된 이와 같은 법적 아노미 공간을 지칭하는 말들인데, 이 공간 안에서 정상적인 법집행은 효력 정지되지만 역설적으로 바로 그 공간 덕분에 법은 보다 강력한 규범적 효력을 유지한다.

아감벤은 서구의 경우 대체로 제1차 세계대전을 전후해서 이와 같은 예외상태가 상례가 되기 시작했다고 말한다. 이 말은 현대 정치가 1914년 이후로 급격히 생명정치화하기 시작했다는 말로 이해되는데, 흥미로운 것은 최초에 군사적 비상사태를 의미하던 이 단어가 갈수록 경제적 비상사태나 테러를 염두에 둔 비상사태 등으로 전위 · 확대되는 추이를 보여 준다는 점이다. 가령 미국의 뉴딜 정책이나, 9 · 11테러 후 발동한 '군사 명령' 등이 그렇다. 특히 후자는 예외상태가 어떤 방식으로 생명정치적 통치 기술을 발동시키는지를 전형적으로 보여주는 사례라 할 만하다. 이후로 '잠재적' 테러 용의자들은 어떠한 법적 지위도 박탈당한 채 법적 근거 없는 수용과 처벌이 가능한 '벌거벗은 생명'의 상태로 추락한다.

아마도 1960~70년대 박정희 정권만큼 이 '예외상태'의 작동 논리를 현실 정치에 적절하게 이용한 사례는 세계적으로도 그리 많지 않을 것이다. 먼저 그가 집권하는 사이 두 차례의 '위수령[6]'이 내려졌다. 첫 번째 위수령은 1965년, 한일협정 반대 시위 때 내려졌고(아이러니하게도 이 위수령은 불법이었는데, 왜냐하면 위수령에 관한 대통령령은 그

6 육군 부대가 한 지역에 계속 주둔하면서 그 지역의 경비, 군대의 질서 및 군기 감시와 시설물을 보호하기 위하여 제정된 대통령령을 말한다. 위수령이 발령된 곳은 아감벤적인 의미에서 일종의 법적 아노미 공간이 된다.

로부터 5년 후인 1970년 가서야 공표되었기 때문이다). 두 번째 위수령은 1971년 10월 16일 서울 대학가 교련 반대 시위 때에 내려졌다. 이 위수령을 통해 학원가에서는 정상적인 법들이 효력 정지되고 군대와 학교, 군법과 형법이 식별 불가능해지는 비식별역이 된다. 시위를 주도한 많은 학생들이 어떠한 법적 보호도 받지 못하는 '벌거벗은 생명'의 상태로 강제 징집당했다.

위수령 외에도 네 차례의 '계엄령'[7]이 내려졌다. 1961년 5월 16일 군사 구데타에 따른 계엄령 선포, 1964년 6월 3일 한일회담 반대 시위에 따른 계엄령 선포, 1972년 10월 17일 유신 선포에 따른 계엄령 선포, 1979년 10월 18일 부마항쟁에 따른 계엄령 선포가 그것들이다. 민간인 전체의 모든 권리를 박탈하고 그들에게 군법을 적용 가능하게 하는 계엄령은 사실상 당시 한국민 전체를 '호모 사케르', 곧 '죽여도 죄가 되지 않는 벌거벗은 생명'의 상태로 만든다.

이 외에 그 악명 높은 '긴급조치'[8]도 아홉 차례에 걸쳐 발동되었다. 이는 역대 대한민국 헌법 가운데 대통령에게 가장 강력한 권한을 위임했던 긴급권으로, 박정희는 1974년 1월 8일 제1호 발령을 시작으로 총 9차례에 걸쳐 긴급조치를 공포했다. 진실화해위원회가 조사한 589건 1140명이 연루된 사건들을 유형별로 살펴보면, "282건(48%)이 음주 대화나 수업 중 박정희 · 유신 체제를 비판한 경우에 해당돼 가장 많았고, 191건(32%)은 유신 반대 · 긴급조치 해제 촉구 시위 · 유인물 제작과 같은 학생운동 관련 사건들이었다. 85건(14.5%)은 반유신 재

---

7 전시 또는 사변 등 이른바 비상사태에 사법 · 행정의 전부 또는 일부를 잠정적으로 군사령관 · 군법회의에 이전하는 제도이다. 계엄 하에서는 언론 · 출판 · 집회의 자유는 물론 국민의 권리 · 자유가 전면적으로 부인된다. 따라서 사회와 군대가 민간인과 군인이 식별불가능한 아노미 공간이 창출되는데, 전국적인 계엄령이 발령될 경우 한 나라 전체가 법적 효력 정지 상태에 들어서게 된다.

8 1972년 개헌된 대한민국의 유신 헌법 53조에 규정되어 있던, 대통령의 권한으로 취할 수 있었던 특별조치를 말한다. 당시 대한민국의 대통령이었던 박정희는 이 조치를 발동함으로써 "헌법상의 국민의 자유와 권리를 잠정적으로 정지"할 수 있는 권한을 가졌다.

야운동 · 정치활동, 29건(5%)은 국내 재산 해외 반출 · 공무원 범죄 등이었고, 단지 2건(0.5%)만이 간첩 사건으로 파악됐다."[9] 흥미로운 것은 실제로 국가의 위기를 초래할 만한 '긴급한' 범죄, 곧 간첩 행위는 고작 0.5%에 불과했다는 점인데, 이는 '긴급조치'권의 기능이 외부의 적으로부터 국가를 보호하는 것과는 전혀 무관하게 영토 전체의 '예외상태'화에 있었음을 보여 준다.

여기에 군사적이거나 정치적이지 않은 예외상태, 곧 앞서의 새마을 운동과 경제개발 5개년 계획(박정희는 이 운동들을 즐겨 군사 용어를 사용해 표현했고, 조국 근대화를 위해서는 항상 온 국민이 비상사태에 있음을 상기해야 한다고 강조했다) 등의 '경제적 예외상태'를 더한다면 1960~70년대 한국은 그야말로 어떠한 과장이나 수사 없이 '상시적인 예외상태' 속에 있었다. 이 시기 한국의 법은 그야말로 초법적이었고, 그런 방식으로 아감벤이 말한 '법률-의-힘'이 무엇인지를 여실히 보여 주었던 셈이다. 당연히 이 상시적 예외상태 속에서 한국의 전국민은 죽여도 죄가 되지 않고, 죽었어도 희생 제의에 봉헌되지 못하는 벌거벗은 생명, 곧 '호모 사케르' 자체였다. 세계적으로 유례가 그리 많지 않을 적나라한 '생명정치'가 한국에서 이루어졌던 것인데, 바로 그것이 '개발 독재'란 말의 정확한 함의이다.

주권권력, 규율권력, 생명관리권력

그러나 박정희 정권 시절의 한국이 '상시적 예외상태' 속에 있었고, 그의 치하에서 모든 국민이 벌거벗은 생명(zoe이자 Homo Sacer)의 상태

---

9 《한겨레신문》, 2007년 1월 24일자 사회면 기사.

가 되었다는 말이, 곧바로 한국의 '생명정치' 혹은 '생명관리권력'의 기원이 1960~70년대에 있다는 말로 받아들여져서는 곤란하다. 가령, 최근 아감벤의 '예외상태'론을 한국 현대사에 적용한 연구 성과들[10]에서 보듯이 한국의 현대사는 식민지 시기부터, 분단이 유지되고 있는 현재까지 단 한 번도 '예외상태'로부터 벗어난 적이 없다는 점을 고려해야 한다. 식민지는 본국의 정상적인 법이 효력정지 되는 비식별역임에 분명하다. 분단국가는 끊임없이 제기되는 전쟁 위협으로 인해 항상적인 비상사태라 부르는 상황이 지속된다는 점도 고려되어야 한다. 박정희 정권 시절이 한국에서도 생명관리권력이 우세종으로 부상하기 시작한 시대임에는 틀림없으나, 그 기원은 아닐 수도 있다고 말하는 것은 이런 이유 때문이다.

게다가 푸코의 생명관리권력에 대한 논의를 좀 더 섬세하게 적용할 경우 박정희 정권의 권력 작동 방식을 단순히 '생명정치'로 환원하기에는 무리가 따른다는 점도 고려되어야 한다. 우선 그는 권력을 그것이 작동시키는 기술의 유형에 따라 다음과 같이 삼분한다.

> 첫 번째 형식은 다들 아실 텐데 법을 제정하고, 그 법을 어기는 자에 대한 처벌을 확정하는 일종의 법전체계입니다. 법전체계는 허가와 금지라는 이항분할, 그리고 금지된 행동 유형과 그에 대한 처벌 유형의 결합으로 이뤄져 있습니다. 그러므로 이것은 법 혹은 사법메커니즘입니다. 두 번째 메커니즘은 감시와 교정의 메커니즘에 의해 법이 관리되는 것

---

10 대표적인 성과들로는 다음과 같은 것들이 있다. 〈상시화된 예외상태와 민주주의 : 박정희 지배담론과 주체주의 변혁담론을 중심으로〉(황정화, 《민주주의와 인권》 12(3), 전남대학교 5.18연구소, 2013), 《한국의 국가 형성기 '예외상태 상례'의 법적 구조 : 국가보안법(1948 · 1949 · 1950)과 계엄법(1949)을 중심으로〉(강성현, 《사회와 역사》 94, 한국 사회사학회, 2012), 〈한국전쟁기 대통령 긴급명령과 예외상태의 법제화 : 비상사태하범죄처벌에관한특별조치령의 형성과정과 적용〉(김학재, 《사회와 역사》 91, 한국 사회사학회, 2011), 〈여순사건과 예외상태 국가의 건설 : 정부의 언론 탄압과 공보 정책을 중심으로〉(김학재, 《제노사이드연구》 6, 한국제노사이드연구회, 2009) 등.

으로서, 물론 이것은 규율메커니즘입니다. … 규율메커니즘의 특징은 법전의 이항체계 내부에 죄인이라는 제3의 인물이 등장한다는 점입니다. 이 죄인의 등장과 동시에, 법을 조정하는 입법행위나 죄인을 처벌하는 사법행위 밖에서 일련의 부속적인 기술이 등장한다는 점입니다. 경찰, 의학, 심리학과 관련된 기술이 그것입니다. 이 부속적인 기술은 모든 개인을 감시 · 진단하는 것에 관한 기술이자 모든 개인의 있을 법한 변형에 관한 기술입니다. … 세번째 형식은 법전이나 규율메커니즘이 아니라 안전장치를 특징짓는 것으로서, 이것이 바로 이제부터 연구하려는 현상의 총체입니다. 지극히 포괄적으로 말해보면, 첫째로 이 안전장치는 문제가 되는 현상, 예를 들면 절도 같은 현상을 일어날 수 있는 일련의 사건으로 간주합니다. 둘째로 해당 현상에 대한 권력의 반응은 일정한 계산, 즉 비용 계산으로 삽입됩니다. 그리고 마지막 셋째로 허가와 금지라는 이항 분할을 설정하는 대신에 최적이라고 여겨지는 평균치가 정해지고, 넘어서면 안 되는 용인의 한계가 정해지게 됩니다.[11]

인용문에서 보듯, 푸코는 권력을 작동 기술의 차이에 따라 각각 '사법 메커니즘'과 '규율 메커니즘', 그리고 '안전 메커니즘'으로 나눈다. 이는 시대순의 권력 메커니즘에 따른 분류이기도 한데 사법 메커니즘이 중세에서 시작해 17~18세기까지 이어진 매우 오래된 형벌 기능이라면, 규율 메커니즘은 18세기 이후 정착된(그러나 그 발생은 훨씬 이전으로 거슬러 올라간다) 근대적 통치 체계를 일컫는다. 그리고 마지막 안전 메커니즘이 바로 현대적 통치 체계로서 "현재 형벌과 형벌 비용 계산의 새로운 형태를 중심으로 체계화"[12]되고 있는 (미국식이자 호모

11 미셸 푸코, 《안전, 영토, 인구》, 오트르망(심세광, 전혜리, 조성은) 옮김, 난장, 2011, 23~24쪽.

12 같은 책, 24쪽.

이코노미쿠스로서의 인류종에 걸맞은) 권력의 기술이다.

좀 더 구체적인 이해를 위해 푸코가 들고 있는 전염병에 대한 각 권력의 대응 방식의 예를 소개해 본다. 중세에서 중세 말까지 나병 환자는 주로 '추방'하는 방식으로 처리되었는데, 이 추방은 나병에 걸린 사람과 그렇지 않은 사람(이들은 개인들이다)을 이분법적으로 분할하기 위한 것이었다. 즉, 사법 메커니즘은 주로 정상과 비정상의 이분항에 기대고 있었고 후자에 대한 '배제'를 주요 기술로 삼고 있었던 것이다. 그런데 16세기 이후 흑사병에 대한 통제는 이와 완전히 상이한 방식을 취한다. 규율 메커니즘은 흑사병이 있는 도시를 격자화함으로써 각종의 규율과 금기들을 개인들로서의 (비)환자들에게 부과한다. 《감시와 처벌》에서 푸코가 이미 그려 보인 바 있는 규율 권력의 작동방식이다. 반면, 마지막 안전 메커니즘의 경우 선택된 것은 '접종'이다. 접종은 주로 사망률과 상해 정도와 후유증에 대한 위험 요소들을 감안하는 와중에 확률적이고 통계적인 방식으로 진행된다. 그리고 전혀 새로운 범주인 '인구' 전체에 대해 행사된다. 즉, 배제나 격리가 아닌 인구 전체를 대상으로 한 의료 캠페인이 문제가 되는 것이다. 이 중 푸코가 명시적으로 '생명관리권력'이라 부르는 것은 마지막 안전 메커니즘만을 지칭하는데 아감벤은 이를 다음과 같이 간략하게 요약한 바 있다.

> 생명정치적 영역을 분할하는 근본적인 휴지는 인민과 인구 사이에 있는 것으로서, 그것은 인민 자체의 품속에 있는 인구를 드러내는 데, 다시 말해 본질적으로 정치적인 단위 집단을 본질적으로 생물학적인 단위 집단으로, 즉 출생과 죽음, 건강과 질병이 반드시 규제를 받아야만 하는 단위 집단으로 변형시키는 데 있는 것이다. 생명 권력의 등장과 더불어 모든 인민은 인구와 중첩된다. 즉 모든 국민은 동시에 인구이기

도 하다.[13]

미셸 푸코는 우리 시대의 죽음의 격하에 대한 한 가지 설명을 제시한다. 이 설명은 정치적 관점에서 죽음의 격하를 근대 권력의 변형과 결부시킨다. 전통적인 형태, 즉 영토적 주권 형태에 있어 권력이란 본질적으로 삶과 죽음에 대한 권리로 정의된다. 그러나 그와 같은 권리는, 그러한 권리가 무엇보다도 죽음의 편에서 행사된다는 의미에서 보면 정의상 비대칭적이다. 그러한 권리는 다만 간접적으로만, 죽일 권리의 자제로서만 삶과 관련되는 것이다. 푸코가 주권을 **죽이거나 그대로 살게 놔두는** 것이라는 표현을 통해 정의하는 것은 바로 이 때문이다. 17세기 들어 공안 과학의 탄생과 더불어 국가의 메커니즘과 예측에서 신민의 삶과 건강에 대한 염려가 차지하는 자리가 점차 커지기 시작하면서 주권 권력은 점차 푸코가 '생명 권력'이라고 부르는 것으로 전화되었다. 고전주의 시대의 죽이거나 살게 놔두는 권리는 그 역의 모델에 자리를 내주는데, 이 모델은 근대 생명정치학을 규정하는 것으로 **살리거나 죽게 놔둔다**는 공식으로 표현될 수 있다.[14]

요컨대, 안전 메커니즘 곧 생명관리권력은 이제 (생물학[15]적으로 정의된 인민으로서의) '인구' 전체에 대하여, 손실 여부에 대한 확률과 비용 계산을 통해, '안전'의 이름으로 작동한다.

그런데 푸코의 이와 같은 삼분법을 참조할 때, 한국의 1960~70년

---

13 조르조 아감벤, 《아우슈비츠의 남은 자들 – 문서고와 증인》, 정문영 옮김, 새물결, 2012, 128쪽.

14 같은 책, 125~126쪽.

15 (인구론을 포함한) 생물학이 근대 학문의 근간이 되었던 것은 이와 같은 권력 작동 방식상의 변화와 무관하지 않아 보인다. 한나 아렌트가 생물학이 인간과학의 영역을 침범하는 것을 그토록 싫어했던 것도 실은 조에의 영역이 비오스의 영역을 노동의 영역이 행위의 영역을 침범하는 것이 싫었기 때문일 것이다.(한나 아렌트, 김정한 옮김, 《폭력의 세기》, 이후, 1997, 116쪽. 참조)

대 권력의 작동 방식은 참으로 모호한 어떤 것으로 드러난다. 박정희 정권 시기를 한국적 생명권력의 기원으로 상정하기에는 몇 가지 해결해야 할 난점이 존재한다고 말했던 것도 이런 이유인데, 그가 재임 기간 동안 수행했던 정책들은 한 마디로 말해 비식별적이다. 가령 박정희가 발전소를 만들고 댐과 도로를 놓고 농지를 정리할 때 그는 분명 권력을 '안전 메커니즘'에 따라 작동시켰다. 그가 1963년 9월부터 시행한 그 유명한 '가족계획사업'과 1978년 시행한 '의료보험제 도입'은 아마도 그 가장 적절한 사례가 될 것이다. 그러나 한편으로 그는 매우 강력한 규율 권력을 행사하기도 했는데, 한 나라의 국민 전체를 같은 시간에 깨우고 같은 시간에 집에 들어가 잠들게 한 것은 말할 것도 없고, 심지어 불러야 할 노래와 입어야 할 치마의 높이, 그리고 길러야 할 머리카락의 길이까지 강제했다. 그런가 하면 강력한 사법 메커니즘을 적절하게 활용하기도 했던 것이 박정희 정권이다. 그가 상시적으로 창출했던 '예외상태' 직후에는 항상 구금과 강제징집과 심지어 사형까지도 서슴지 않는 사법적 형벌이 이어졌다. 게다가 그는 민족주의와 반공 이데올로기를 적절히 활용하여 우리와 타자를 이분법적으로 분할하는 배제의 전략 또한 훌륭하게 구사할 줄 알았다. 알다시피 우리더러 '민족중흥의 역사적 사명을 띠고 이 땅에 태어났다'고 날마다 각인시켜주었던 것은 그가 직접 썼다는 바로 그 '국민교육헌장'이었다. 간단히 말해 박정희 정권이 권력을 작동시키는 기술에는 사법 메커니즘과 규율 메커니즘 그리고 안전 메커니즘이 두루 혼재해 있었던 것이다.

이와 같은 권력 메커니즘의 혼재 현상을 이해하기 위해서는 푸코의 다음과 같은 언급에 주의할 필요가 있다.

그러므로 현재 출현하는 것이 기존의 것을 사라지게 하는 식으로 여러 요소가 서로 연이어 오게 되는 그런 계열은 결코 없습니다. 사법의 시대, 규율의 시대, 안전의 시대가 있는 것이 아닙니다. 일찍이 법률-사법메커니즘을 대체했던 규율권력을 다시금 대체한 안전메커니즘이 있는 것이 아닌 거죠. 사실상 일련의 복합적인 건조물이 있고 그 내부에서 변하게 되는 것은, 물론 완성되어가고 아무튼 복잡하게 되어갈 기술 그 자체인 것입니다. 특히 변하게 되는 것은 지배적인 요소 혹은 더 정확히 말해서 법률-사법메커니즘, 규율메커니즘 그리고 안전메커니즘이 맺는 상관관계의 체계입니다.[16]

인용문에 따르자면 각 메커니즘들은 상호배제적이지 않다. 즉 규율 메커니즘이 등장했다고 해서 사법 메커니즘이 사라지는 것도 아니고, 안전 메커니즘이 등장했다고 해서 규율 메커니즘이 사라지는 것도 아니다. 또한 사법 메커니즘이 지배적인 시절이라고 해서 그 내부에 규율 메커니즘이 없었던 것도 아니고, 이는 안전 메커니즘의 경우도 마찬가지다. 실은 '지배소'의 변화라고 불러도 좋을 만한 어떤 변화가 권력의 메커니즘들 사이에서 일어난다. 말하자면 특정 시기에 어떤 메커니즘이 지배소 혹은 누빔점의 자리를 차지하게 되는가가 권력에서 일어나는 변화의 내용을 이룬다.

이런 관점에서 볼 때, 각 메커니즘들의 혼재에도 불구하고, 인구의 안전보다 국민 개개인에 대한 규율과 처벌이 우선시되었던 1960~70년대를, 한국적 생명정치의 기원이라고 부르기에는 아무래도 무리가 따르는 것으로 보인다. 안전 메커니즘은 지배소가 되지는 못한 채로나마 이미 식민지 시대부터 존재했을 것이고, 한참 시간이 지나 스스로를 '경영자CEO'라 칭한 권력자가 등장하고 나서야 그 완성을 보게

---

16 미셸 푸코, 앞의 책, 27쪽.

된다. 알다시피 이명박 전대통령은 대선 출마 이전부터 스스로를 '나라의 CEO'라고 불렀는데, 이는 그가 스스로를 오이키아의 대표자로서 폴리스와 맞서는 존재를 자임하고 있었음에 대한 반증이기도 하다. 말하자면 생명정치의 이름으로, 그것도 자각적이고 의식적인 방식으로 폴리스에 전면적으로 맞선 이는 박정희가 아니었던 것이다.

나오며 : 사라지는 매개자, 박정희

아감벤은 어떤 글에서 독재자 프랑코의 죽음을 다음과 같이 묘사한다. 어쩌면 박정희의 죽음도 이와 같았을 것이다.

> 두 가지 권력 모델이 충돌하는 지점이 프랑코의 죽음이었다. 여기서 20세기 최장기간 동안 고전주의적인 생사여탈적인 주권 권력의 화신이었던 사람이 새로운 의학적 · 생명정치적 권력의 수중에 떨어진다. 이 새로운 권력은 '사람을 살리는 데' 너무도 성공적이어서 그들이 죽어있을 때조차도 살아 있게 만들 정도이다. 그러나 독재자의 신체에서 잠시 구별 불가능한 것으로 보이는 이 두 권력은, 푸코에게 있어서는 여전히 본질적으로 이질적인 것으로 남아 있는데, 그것들의 구별은 근대의 여명기에 한 시스템에서 다른 시스템으로의 이행을 규정하는 일련의 개념적 대립(개인/인구, 규율/조절 기제, 유형적 인간/유적 인간)을 야기한다.[17]

1979년 10월 26일, 박정희의 죽음 위에서 두 가지 권력 모델이 충돌했다. 그는 가공할 만한 사법 메커니즘의 작동자였다는 이유로 죽

---

17 조르조 아감벤, 앞의 책, 126쪽.

었다. 다른 말로 그는 '죽이거나 그대로 살게 놔두는' 주권 권력자였기 때문에 죽었다. 그러나 한편으로 그는 자신도 모르는 채로 '살리거나 죽게 놔두는' 안전 메커니즘을 서서히 권력 기술들의 지배소 자리에 올려놓고 있었다. 바로 전 해에 그는 의료보험제를 실시했고, 알다시피 죽던 바로 그 날 오전, 경영자처럼 삽교천 방조제 준공식에 참여했다. 그러나 그는 바로 그 같은 날 저녁, 절대 군주처럼 마셨다. 죽는 순간까지 그는 초법적 군주이면서 동시에 규율권력의 상징이었고, 또한 생명관리권력의 전면적 도입자이기도 했다. 그는 말하자면 헤겔적 의미에서 이성의 간지를 수행하는 자, 자신이 무엇을 하는지 모르는 채로 자신이 원하지 않았던 것을 실현시켜 놓았으나, 정작 자신은 그것을 보지 못하고 사라져야 하는 존재, 곧 '사라지는 매개자'(지젝)였던 것이다.

| 참고문헌 |

강성현, 《한국의 국가 형성기 '예외상태 상례'의 법적 구조 : 국가보안법(1948 · 1949 · 1950)과 계엄법(1949)을 중심으로〉, 《사회와 역사》 94, 한국 사회사학회, 2012.

김학재, 〈여순사건과 예외상태 국가의 건설 : 정부의 언론 탄압과 공보 정책을 중심으로〉, 《제노사이드연구》 6, 한국제노사이드연구회, 2009.

김학재, 〈한국전쟁기 대통령 긴급명령과 예외상태의 법제화 : 비상사태하범죄처벌에관한특별조치령의 형성과정과 적용〉, 《사회와 역사》 91, 한국 사회사학회, 2012.

미셸 푸코, 《안전, 영토, 인구》, 오트르망(심세광 · 전혜리 · 조성은) 옮김, 난장, 2011.

조르조 아감벤, 《예외상태》, 김항 옮김, 새물결, 2009.

조르조 아감벤, 《아우슈비츠의 남은 자들-문서고와 증인》, 정문영 옮김, 새물결, 2012.

한나 아렌트, 《폭력의 세기》, 김정한 옮김, 이후, 1997.

한나 아렌트, 《인간의 조건》, 이진우 · 태정호 옮김, 한길사, 1996.

황병주, 〈1970년대 유신체제의 안보국가 담론〉, 역사문제연구 27, 역사문제연구소, 2012.

황정화, 〈상시화된 예외상태와 민주주의 : 박정희 지배담론과 주체주의 변혁담론을 중심으로〉, 《민주주의와 인권》 12(3), 전남대학교 5 · 18연구소, 2013.

8

침묵의 고고학, 혹은 '유언비어'에 관하여

정문영

– 이 글은 《민주주의와 인권》 제14권(2014.4)에 게재된 원고를 수정 및 보완하여 재수록한 것이다.

> 플라톤이 '에로스적 상기erotic anamnesis'로 묘사한 운동은
> 대상을 다른 어떤 것 또는 다른 어떤 장소를 향해 옮기는 운동이 아니라,
> 그 자신의 '자리-잡음taking-place'을 향한 … 운동이다.(Agamben, 1993b : 3)

서론 : '그러한 것으로서의' 침묵

1. 1.

1999년 《오월의 사회과학》을 통해 5·18에 관한 최초이자 본격적인 담론 분석을 시도한 최정운은 "그간 5·18 담론의 가장 큰 부분은 침묵이었다"는 역설적인 진단을 제시한 바 있다.

> 5·18은 데이터로 나타나는 사건의 규모로 보나 그 안의 모든 사람들의 경험의 깊이로 보나 우리 현대사의 최대의 사건이며 오늘 우리에게 느껴지는 그 결과와 의미 또한 가늠하기 어려운 무게를 갖는다. 이 모든 5·18의 역사적 중요성에도 불구하고 그간 5·18 담론의 가장 큰 부분은 침묵이었다. 5·18은 너무나 엄청난 사건이기에 감히 우리의 세 치 혀로, 간사스런 붓끝으로 담아낼 수 없고 담아내려 해서도 안 되는 것이었다.(최정운, 1999 : 25-26)

물론 이러한 침묵은 군사정권에 의한 철저한 언론 통제와 탄압에 기인한 바 크지만 저 책이 씌어질 1990년대 후반 즈음이면 이미 1988~1989년의 국회 청문회를 통해 진상이 어느 정도 알려지고 또 《죽음을 넘어, 시대의 어둠을 넘어》를 필두로 수많은 기록물과 출판물이 쏟아져 나와 음으로 양으로 유통되고 있는 시점이었으니 이러한

진단에는 과장의 요소가 전혀 없다고는 할 수 없다. 그러나 이러한 진단은 한편 사태의 본질을 정확히 꿰뚫고 있는 것이기도 하다. 왜냐하면 저 침묵에서는 단순히 말을 하지 못하게 하는 시대적 억압이 문제가 되고 있는 것만도 아니고 또 말할 용기를 내지 못한 우리의 비굴과 무관심이 문제가 되고 있는 것만도 아닌, 그렇다고 사실facts의 관점에서 불충분한 진상 규명이 문제가 되고 있는 것만도 아니고 또 그 엄청남에 대한 우리의 주저와 삼감이 문제가 되고 있는 것만도 아닌, 어쩌면 보다 근원적인 사태, "오늘에 이르기까지 5·18의 진상이 모두 밝혀졌다고 믿는 사람은 별로 없"(같은 책, 26)게 만드는, 증언의 본성과 말함의 (불)가능성이 문제가 되고 있기 때문이다.

> 침묵은 광주를 탄압하고 방조한 사람들만의 몫은 아니다. 군사정부의 탄압은 차제하고 5·18 당사자나 목격자치고 언어의 좌절을 맛보지 않은 사람은 많지 않을 것이다. 광주시민들은 눈앞에서 벌어지는 모습에 '이게 꿈이냐 생시냐'며 서로 껴안고 치를 떨며 울부짖었다. 그들의 경험은 너무나 엄청나서 말하려 하면 가슴의 응어리에 숨이 막히고, 담배를 몇 대를 피워도 어디서부터 어떻게 시작해야 할지 난감했을 것이다. 어렵사리 꺼내고 나면 그 말은 너무나 싱거워 다시는 말하지 않겠다고 마음먹은 사람들도 있었을 것이다. 많은 사람들은 용기를 내어 증언했지만 그들이 겪은 현실에 비해 언어는 너무나 싱겁고 왜소했으리라. 말은 초라한 배신자로 전락하던지 그렇지 않으면 사건을 규정하는 폭력적 언어 앞에 5·18의 경험은 찌그러지고 마는 것이 5·18 담론의 현실이다.(같은 책, 27-28)

그리고, 그렇기 때문에 5·18에 관한 담론의 팽창을 목도한 1990년대 후반에 이르러서도 아직 침묵의 벽은 깨지지 않고 있는 것이다

(“5·18은 오랫동안 ‘유언비어’의 주제였다,” “그러나 해석의 다양성은 아직 5·18을 둘러싼 침묵의 벽을 깨지 못했다” ; 같은 책, 26, 29). 최정운은 이러한 침묵을 야기한 다양한 조건들에 대해 결코 가볍지 않은 분석을 제시하고 있지만 결국 침묵은 언젠가는 깨어져야만 하는, 혹은 반드시 깨부수어야만 하는 ‘벽’으로 제시할 뿐, 그러한 것으로서의 침묵 자체 silence *as such*를 문제 삼지는 않는다.

1. 2.

때로 이러한 침묵은 ‘실어증aphasic disturbance’에 비유되기도 한다. “80년대의 시인들, 특히 광주 출신이거나 광주를 체험한 시인들”에게서 특징적으로 나타나는, 그들이 “단 한 줄의 시도 쓸 수 없다고 토로할 때, 혹은 시 쓰는 일을 상말 섞어 가며 경멸할 때, 혹은 더 이상 말할 수 없어서 형식 실험으로 그것을 대신한다고 선언할 때”(김형중, 2011 : 73–74) 특징적으로 나타나는 것이 바로 이 실어증이다. 김형중에 따르면 장애를 겪는 언어들(‘앓는 문학’), “하나의 문장 안에서 각각 문장 구성성분의 지위를 갖지 못한 채 마냥 그대로 파편화되어 있는” 은유들 혹은 이미지들은 “**그 자체로 빛날 뿐 의미 있는 문장으로 맺어지지 않는다.**”(같은 글, 78) 두말할 것도 없이 이 실어증의 병인은 다름 아닌 ‘언어를 초과하는’ 5·18의 경험이다. “오월이라는 거대한 실체”가 마치 강박증을 앓는 환자들처럼 “그들을 붙잡고 놓아주지 않으며”, 마치 유사 자연법칙이라도 되는 양(‘실제의 중력’, ‘관성’) 그들을 “매번 1980년의 열흘로 돌아가 글을 쓰게” 만드는 것이다.(같은 글, 83)

그러나 이렇듯 분열된 말들, 부서진 말들, 반복되는 이미지들은 은연중 시인들의 강박만큼이나 ‘병적’인 것으로 해석된다. 비록 이 말들은 격렬하고 강렬한 어조의 효과를 불러와 사건의 폭력성과 비극성을 한껏 고양시키기는 하지만 그것은 또한 "원관념과 아주 인접해 있어서 쉽사리 시적 비유로서의 지위를 상실한"(같은 글, 80) 비-시어들이 되고 말며, 나아가 '걸러지지 않은 말', '형상화되지 못한 말', 뜨구름 잡는 말, 의미 없는 말, '새소리'에 불과한 말, 야만의 목소리barbaric voice,[1] 사유에 의해 매개되지 않은 말, 급기야 로고스와의 연관을 상실한 비어—곧 蜚語이자 非語—가 되고 말 위기에 처하게 되는 것이다. 그리하여 "어떤 경우에 우리는 말을 잃는가?"라는 질문에 의해 다시금 말을 잃게 한 '경험'이 소환되는듯하지만 사실은 말을 잃어서는 안 되는(그래서 '나'라는 이름으로 진리를 선언해야 하는) '주체'가 소환되는 순환이 발생한다. 그리고 우리는 이러한 순환의 가장 현대적인 형태를 알랭 바디우Alain Badiou가 사도 바오로에 관해 쓴 책에서 보게 된다.

> 33년 혹은 34년, 바오로는 다마스쿠스로 가던 중 하느님의 발현에 감응되어 느닷없이 그리스도교로 개종한다, 그는 저 유명한 선교 여행을 시작한다, 등등. 이런 게 다 무슨 소용인가? … 그러니 각설하고 곧장 그의 주장doctrine으로 가자. … '누가 말하는가?'에 대해 분명히 대답하지 못하는 한 어떤 담론도 진리를 주장할 수 없다.(Badiou, 2003 : 16–17)

> 사도apostolos란 정확히 무엇을 의미하는가? (그것은) 결코 경험적인 것도 역사적인 것도 아니다. 사도가 되기 위해서 반드시 … 사건의 증인일 필요는 없다. … 사도라는 것은 실제 목격자도 기억도 아니다. … 기억

1 고대 희랍인들은 스스로에 대해서는 도두보는 한편 다른 민족들은 낮잡아 보았다. 그들은 희랍어로 말하지 않는 모든 사람들을 'barbaros', 곧 '이방인'이라고 일컬었는데, 이 말은 희랍인들에게는 그저 '바, 바, 바'라고 들릴 따름인 이방인의 알아들을 수 없는 말, 또는 그들의 부서진 말broken Greek을 빗대어 이른 데서 연유한다. 레비스트로스 역시 'barbaros'라는 말이 어원학적으로 인간 언어의 의미성과는 상반되는, 불분명한, 분절되지 않은 새소리의 의성어임을 지적한 바 있다.(Lévi-Strauss, 1976 : 328–329)

은 어떤 문제도 해결하지 못한다. … 중요한 것은 일어났던 일은 일어났다고 **자기 자신의 이름으로 선언하는** 것이다.(같은 책, 44)

그러나 문제의 저 침묵은 '언어를 가진 생명체'로서의 우리의 침묵이 아니라 '언어를 갖지 못할 수도 있는 생명체'로서의 우리의 침묵이며, 그러한 한 언어 자체의 침묵과 무능im-potent, im-potentiality이다. 말을 못하는 것은 '나'가 아니라(그러므로 침묵은 '나'의 비겁, '나'의 결핍, '나'의 불구 때문만은 아니다) 차라리 언어인 것이다. 이 '말하지 못하는' 언어, 이 '비-언어' 혹은 '불구의 언어'에 대한 성찰은 더 이상 회피될 수 없다.

침묵의 힘

2. 1.

희랍이나 로마의 전승 속에서 침묵은, 라라Lara나 필로멜라Philomela의 경우에서 보이듯이, 그리 유쾌한 경험으로 나타나지 않으며, 겁탈당하는 저들의 육신만큼이나 고통스러운 말의 박탈이다. 오비디우스Ovid의 텍스트는 이 두 경우에 관하여 비교적 상세한 이야기를 전해준다.

라라는 언제나 말없이 도시에서 망을 보는 로마의 가정의 수호신인 라레스Lares 신들의 어머니이다. 침묵의 여신인 그녀는 원래 라티움의 님프로, 오비디우스에 의하면 그녀의 옛 이름은 "첫 음절을 두 번 반복한" 랄라Lala, 즉 '수다쟁이'라는 뜻의 이름이었다고 한다.(여러 주석들은 'Lala'라는 이름이 '조잘거리다, 종알대다'라는 뜻의 희랍어 'laleo'에서 유래한 것으로 보고 있다.) 라티움의 또 다른 님프인 유투르나Juturna를 사랑한 유피테르Jupiter는 "때로는 숲 속에서 개암나무 덤불에 숨는가 하면 때로는 자기 친족들이 있는 물속으로 뛰어드는" 등 그녀가 온갖 수단을 동원해 그에게서 달아나려 하자 라티움의 님프들을 모두 불러 모아 자신의 사랑이 실현될 수 있도록 도움을 청했다. 자신이 유투르나를 쫓을 때 그녀가 물속으로 뛰어들지 못하도록 붙잡아 달라는 것이었다. 님프들은 모두 그렇게 하겠다고 했지만 유독 라라만이 하신河神 알모Almo의 누차에 걸친 경고("네 혀를 억제하여라")에도 불구하고 이를 어긴다. 그녀는 유피테르의 의도를 사방에 이야기하고 다니면서 유투르나에게도 경고를 하고 심지어 유노Juno에게도 모두 일러바쳤다. 화가 난 유피테르는 그녀의 혀를 뽑은 다음 메르쿠리우스Mercurius에게 맡겨 하계로 데려가게 했는데, 그곳에서 그녀는 죽은 이들의 왕국에 있는 물들의 요정이 되었다. 이것이 라라가 침묵의 여신 타키타Tacita 혹은 무타Mutta가 된 내력이다. 하계로 데려가는 도중에 메르쿠리우스는 "말 대신 얼굴 표정으로" 탄원하고 "벙어리가 된 입으로 말하려고 애쓰는" 그녀의 고통을 기회로 삼아 그녀를 겁탈해 쌍둥이들을 낳았는데, 이들이 바로 라레스 신들이다.(Ovid, Fasti, II, 571 ff)[2]

나이팅게일 전설의 시초라고 할 수 있는 필로멜라의 이야기에서도 침묵은 곧 고통스러운 말의 박탈, 말하고자 하는 바를 말할 수 없음으로 나타난다. 필로멜라는 아테나이 왕 판디온Pandion의 두 딸 중 한 명으로 그녀에게는 프로크네Procne라는 언니가 있었다. 판디온과 이웃 테바이의 왕 라브다코스Labdacus 사이에 국경 문제로 전쟁이 일어나자, 판디온은 전쟁의 신 마르스Mars의 아들이기도 한 트라케 인 테레우스Tereus와 자신의 딸 프로크네를 결혼시켜 그를 자신의 편으로 삼

2 오비디우스, 2010 : 116-118.

았다. 테레우스는 아테나이로 원군을 이끌고 와 전쟁을 도왔고 그 덕분에 판디온은 테바이 군과의 전쟁에서 승리를 거두었다. 테레우스와 결혼한 프로크네는 남편에게서 아들을 낳아 이튀스Itys라 불렀다. 그렇게 몇 해가 지난 어느 때 프로크네는 테레우스에게 자신의 동생 필로멜라가 보고 싶다며 그녀가 잠시 동안 테바이에서 자신과 함께 지낼 수 있게 해달라고 요구한다. 그렇게 해서 아테나이로 필로멜라를 데리러 간 테레우스는 아름답게 성장한 처제 필로멜라를 보자마자 첫눈에 그녀에게 반하게 되고 급기야 욕정을 품게 된다. 그는 프로크네의 부탁에 더해 온갖 감언이설로 망설이는 판디온을 안심시켜 결국 그녀를 잠시 데리고 가도 좋다는 허락을 얻어내고 곧 함선에 태워 테바이로 돌아온다. 해안에 도착하자마자 그는 필로멜라를 "태고의 숲으로 가려져 있는, 높은 담으로 둘러싸인 외양간으로" 끌고 가 겁탈한다. 겁탈당한 필로멜라는 테레우스를 향해 다음과 같이 말한다. "언젠가는 그대는 그 죗값을 치러야 할 거예요. 나 자신이 부끄러움을 벗어던지고 그대가 행한 짓을 폭로할 거예요. 그럴 기회가 주어지면 백성들에게 다가가 알릴 거예요. 만약 이 숲 속에 갇혀 지내게 된다면 나는 숲을 내 비판으로 가득 채우고 내 치욕의 증인인 바위들을 감동시킬 거예요. 그러면 그것을 하늘이 듣고, 하늘에 신이 계시다면 신도 들으시겠지요." 순간 화가 나기도 하고 또 두려움에 휩싸이기도 한 테레우스는 자신의 범행을 아무에게도 알릴 수 없도록 필로멜라의 혀를 잘라 버리고 그대로 외양간에 감금해 둔 채 떠나버린다. 하지만 혀가 잘려 말을 할 수 없게 된 그녀는 자신의 사연을 흰 천에 자줏빛 글자를 수놓아 마침내 프로크네에게 전하는 데 성공한다.(Ovid, *Metamorphosis*, VI, 412 ff)[3]

---

3 오비디우스, 2005 : 293-305. 이후의 이야기는 이렇다. 혀가 잘려 말을 할 수 없게 된 필로멜라는 천에 수를 놓아 자신의 불행을 언니에게 알렸다. 그러한 사정을 알게 된 프로크네는 테레우스를 벌하기

라라와 필로멜라의 예에서 보이듯이, 두 경우 모두에 있어 침묵은 말(할 수 있는 능력)의 박탈privation이며, 그러한 한 그것은 일종의 고통스러운("grande doloris") 무능과 무력함으로 나타난다. 하지만 그럼에도 불구하고 라라는 "말 대신 얼굴 표정으로" 말하고, 필로멜라는 "감시자가 그녀의 도주를 막고 있고, 단단한 돌로 쌓은 외양간의 담들은 튼튼했으며, 말 못하는 입은 당한 일을 알릴 수조차 없었지만" '자줏빛 글자'를 수놓는다. 침묵은 아직 모종의 힘을 품고 있는 듯하다. 그래서 오비디우스는 "하지만 고통은 사람을 매우 창조적이게 하고, 역경은 약삭빠르게 하는 법이다"(grande doloris ingenium est, miserisque venit sollertia rebus ; Ovid, *Metamorphosis*, VI, 574–575)고 읊고 있는 것이다. 그런데 이 '고통이 지닌 능력'("grande doloris ingenium est")[4], 혹은 간단한 삼단논법에 따라 이렇게 표현해도 좋다면 '침묵의 힘'이란 과연 어떤 것일까?

2. 2.

'침묵의 힘'에 관한 범례example ; paradigm라 할 만한 것이 '세이렌들의 침묵'이다. 호메로스Homer의 《오뒷세이아》는 노래로 사람을 홀리는 세이렌들의 이야기를 전한다. 트로이아 전쟁에 참가했던 오뒷세우스Odysseus ; Ulysses는 집으로 돌아오는 길에 바다를 떠돌며 여러 가지 모

위해 아들 이튀스를 죽여 삶아서 그 고기를 테레우스가 먹게 한 뒤, 필로멜라와 함께 달아났다. 그녀가 한 짓을 알게 된 테레우스는 도끼를 들고 자매를 뒤쫓아 갔고 포키스의 다울리스에서 그녀들을 따라잡았다. 자매는 신들에게 도움을 청했고 이를 측은히 여긴 신들은 그녀들을 새로 변신시켰다. 프로크네는 나이팅게일nightingale, 필로멜라는 제비swallow가 되었다. 테레우스 역시 변하여 후투티가 되었다. 이 전설에는 여러 가지 이본들이 있는데, 그 중에는 필로멜라가 테레우스의 아내이며 프로크네와 역할이 바뀌는 경우도 있다. 로마 시인들은 대체로 이 이본을 따라, 필로멜라를 나이팅게일로, 프로크네를 제비로 만들었다. 어원상 '필로멜라'는 '음악을 좋아하는'이라는 뜻으로, 제비보다는 나이팅게일에 더 잘 어울리는 이름이기 때문이다.

4 여기서 'ingenium'은 '성질', '본성', '재능', '능력', '천재' 등을 뜻한다. 이 문장을 직역하면 "고통에는 능력이 있다"고 옮길 수 있다. 한편 이 단어와 관련해서는 다음의 에세이도 참조할 수 있다. Giorgio Agamben, 2007, "Genius".(Agamben, 2007 : 9–18)

험을 겪게 되는데, 세이렌들도 그가 맞닥뜨리게 될 위험 중 하나였다. 키르케Circe는 세이렌의 목소리를 듣는 사람은 살아 돌아갈 수 없으니 모두 밀랍으로 귀를 막아 위험을 사전에 막으라고 권하며, 혹 오뒷세우스만이라도 그들의 노래를 듣고 싶다면 돛대에 몸을 묶고서 노래를 듣되 그가 풀어 달라고 몸부림을 치면 더 꽁꽁 묶도록 부하들에게 미리 지시해 놓으라고 일러준다.

오뒷세우스는 세이렌들 가까이 이르자 밀랍을 떼어 동료들의 귀를 막고 자신은 돛대에 묶인다. 배가 세이렌들 가까이 다가가자 그녀들은 오뒷세우스의 이름까지 부르면서 그와 그 일행을 유혹하는 노래를 부르기 시작한다. 귀를 막는 대신 돛대에 묶이기를 선택한 오뒷세우스는 세이렌들의 노래를 듣고는 풀어달라고 발버둥을 치지만 그의 동료들은 미리 약속된 대로 그를 밧줄에 더욱 단단히 매어 놓는다. 그렇게 해서 그 일행은 세이렌들에게서 무사히 벗어나게 되고 그렇게 멀어지게 되자 동료들은 귀에다 발라둔 밀랍을 떼고 밧줄에 묶인 오뒷세우스를 풀어 주게 된다.(Homer, *The Odyssey*, XII, 37-200)[5] 물론 여기까지는 호메로스를 따른 이야기다. 그런데 카프카Franz Kafka는 이와는 조금 다른 이야기를 들려준다.(Kafka, 1983 : 430-432)

카프카가 고쳐 쓴 이야기(〈세이렌들의 침묵〉)에 의하면 오뒷세우스가 다가왔을 때 세이렌들은 "그들이 이 적은 오직 침묵으로만 물리칠 수 있을 거라고 생각했기 때문인지, 아니면 밀랍과 사슬만 믿고 득의만면한 표정을 짓고 있는 오뒷세우스를 보고 어이가 없어 미처 노래 부르지 못했기 때문인지는 모르지만" 어쨌든 "그 강력한 가희들은 노래를 부르지 않았다." 그런데도 카프카의 오뒷세우스는 (귀를 밀랍으로 틀어막는 대신 돛대에 묶인 호메로스의 오뒷세우스와는 달리) "귀에 밀

5 호메로스, 2006 : 266-273.

랍을 틀어막고 자신을 돛대에 단단히 묶게" 한다. 그는 비록 세이렌들이 침묵하고 있는 듯 보이지만 실은 노래를 부르고 있다고 믿었고 그래서 단호하게 밀랍으로 귀도 틀어막고 또 자신을 돛대에 밧줄로 동여매도록 하기까지 한다. 카프카에 따르면 "세이렌들에게는 노래보다 한결 더 치명적인 무기가 있는데, 그것은 말하자면 그들의 침묵이다." 세이렌들의 침묵은 사람들로 하여금 자신의 힘으로 그들을 이겨냈다고 느끼게 만들고 이는 곧 과도한 자만을 낳아 결국에는 방심을 불러들일 것이기 때문이다. 그래서 노래보다 더 무서운 것은 침묵이며, 노래할 때의 세이렌보다 침묵하고 있을 때의 세이렌이 더 무서운 것이다. 그들의 침묵은 노래의 부정 또는 무화로서 무력하거나 무능한 것이 아니라, 오히려 귀는 밀랍으로 틀어막고 시선은 저 먼 곳에 고정시킨 채 도무지 듣지도 보지도 않고 알려고 하지도 않겠다는 오뒷세우스의 '단호한 결심resolution', 혹 생길 수도 있을 모든 호기심에 대한 단념으로만 벗어날 수 있는, 그러나 다만 벗어날 수만 있을 뿐 물리칠 수는 없는 힘을 지녔다.

이러한 세이렌들의 침묵은 노래로 현실화되지 않는다는 점에서 노래는 아니다. 하지만 그것은 마치 태풍의 눈 속의 고요에서처럼 혹은 잠자는 사자에게서처럼, 노래의 힘이 머물러 있으면서 자신 안에 노래를 품고 있다는 점에서 노래가 아니지는 않은 것이다. 그러므로 이러한 "세이렌들의 침묵은 영도零度 ; zero degree의 노래를 표상하며, 부재 속에서 가장 극단적 형태의 현전을 보는 엄존하는 전통을 따르자면 이는 또한 영도의 현실이자 극도極度 ; ultimate degree의 현실을 동시에 표상한다."(Agamben, 2012 : 96) 침묵의 힘은 노래의 힘보다 더 강력하지만 노래가 아닌 것 혹은 노래의 말소obliteration로만 나타나므로 그 자체로는 양(+)의 값으로 표상 불가능하다. 그러나 그것은 결코 없는 것이라고는 할 수 없고 다만 사건 속에서 계시啓示된다.

언제나 미끄러질 위험을 무릅쓰고 비유하자면, 이를테면 시심詩心이나 시흥詩興이라는 것이 있다. 그런데 이 시흥이라는 것은 그 자체로는 표상 불가능하다.(혹은 어떠어떠한 시처럼 이러저러한 '특성' 또는 '고유성'을 가진 것으로 나타낼 수 없다) 그것은 이런저런 '특성property'을 지닌 시에서 섬광처럼 탈-은폐되지만 바로 그 순간 동시에 이런저런 시 속으로 은폐되고 만다. 그것은 이러저러한 어떤 시와도 두루두루 결합될 수 있는 '만萬의 값omnivalence'을 지니므로 그러한 한 역설적으로 '비어 있는' 것처럼, 혹은 '무능한impotent' 것처럼 보이는 것이다. 하지만 우리가 그 자체로서 시흥詩興이라는 것을 절감하게 되는 것은 그것이 이러저러한 시에 속하지 못할 때, 즉 시의 실패 속에서이다. 그리고 이 순간 그것은 이런저런 시의 특성이나 고유함(즉 이러저러한 개별성 혹은 특이성)으로 속하지는 않지만 그렇다고 아무런 소속이 없는 것(즉 초월적인 것 혹은 보편적인 것)도 아닌, "이러저러한 특성을 가짐으로부터 벗어나 자기 자신으로 되돌아와" '있는 그대로such as it is', '속함 자체belonging itself'로서, '그러한 것으로서as such', '무엇이든 될 수 있는whatever ; *quodlibet*'—따라서 아무것도 안 될 수도 있는—특이성으로, 이러저러한 어떤 자질과의 특권적 관계를 맺지 않으며 오히려 모든 특성들과의 관계를 끊어낸다는 점에서 '순수한 특이성pure singularity' 이자 '가장 공통적인 것'으로 드러난다.(cf. Agamben, 1993b : 2-3, 9-11) 혹은 시詩의 '일어남興', 시의 '생기生起', 시의 '존재사건*ereignis*', 시의 '자리-잡음taking-place', 시의 '순수 가능성pure possibility'으로 드러나게 된다. 이런 의미에서 우리는 침묵 속에서, "말이 우리를 좌절하게 할 때야 말로 진정으로 언어를 경험할 수 있다."(Agamben, 2012 : 96) 침묵의 힘이란 벤야민Walter Benjamin의 표현을 빌자면 '순수 폭력'이고 하마허Werner

Hamacher의 표현을 빌자면 '근행적近行的 ; afformative'[6]인 힘인 것이다.

6 "순수 폭력은 정립하지 않는다. 그것은 '탈정립한다depose'. 그것은 수행적인performative 게 아니라 근행적인afformative 것이다."(Hamacher, 1994 : 115) 하마허는 계속해서 다음과 같이 말한다.(같은 글, 115-126)

벤야민에게 탈정립deposing이란 하나의 역사적 사건이지만 그럼에도 불구하고 법적 제도들의 순환적 역사를 끝장내는 사건, 이 역사에 의해 철저히 규정되지는 않는 사건이다. 탈정립은 정치적 사건이지만 정치(적인 것)의 규정들determinations의 모든 정해진 규범을 분쇄하는, 그리고 사건에 대한 모든 규범적 규정들을 분쇄하는 사건이다. 탈정립은 수행 주체를 필요로 하긴 하지만 이 수행 주체는 집합적 혹은 개인적 법적 주체의 조성組成를 가지고 있을 수도 없고, 또한 도저히 수행 주체로, 정립의 주체로 생각될 수도 없다. 탈정립이 사건임엔 틀림없지만 그 내용이나 대상이 실정적으로 규정될 수 있을 그러한 사건인 것은 아니다. 그것은 어떤 무언가를 목표로 하지 않고 차라리 그 반대를 지향할뿐더러, 정립, 제도, 표상, 혹은 프로그램의 성격을 갖는 것이면 그 어떤 것에도 대립한다. 탈정립은 따라서 그 어떠한 부정으로도 포획되지 않으며, 규정적인 어떠한 것을 목표로 하지도 않으므로 목표와 방향을 갖지 않는 것이다. 탈정립은 어떤 목적의 수단일 수는 없지만 그럼에도 불구하고 수단이 아니라면 아무것도 아닐 터이다. 그것은 폭력, 순수한 폭력일 테지만, 그렇기 때문에 전적으로 비폭력적이다. 이러한 아포리아들은 탈정립 자체의 구조에 속하는 것이기 때문에 해소될 수는 없다. …

폭력은 순수 수단일 때만 정의의 수단일 수 있다. 어떤 의미에서는 그것이 연결하는 두 극단에 앞서 있는 수단으로서, 매개로서, 전달로서, 즉 그 개시자와 수신자로서 이미 구성된 주체들을 갖지 않는, 하지만 처음부터 그것들을 매개된 것으로 구성하는 어떤 대인 관계의 형식일 때만 정의의 수단일 수 있다. 따라서 그러한 수단은 언어적으로 구조화되며 그렇기 때문에 벤야민은 이것들을 언어적 의사소통 혹은 전달/나눔imparting ; *Mitteilung*의 기술로 정의한다. 이 수단들의 순수성은 그것들이 어떤 목적으로부터 연역되거나 그것들의 매개의 영역 너머에서 유래하는 충동으로 환원될 수 없다는 사실에 있다. 수단들은 자신들만이, 그것들 고유의 매개만이 전달되는/나눠지는 한에서, 그 수단들 속에 이러한 것들을 제외한 어떤 것도 전달되지/나눠지지 않는 한에서 순수하다. 그 수단들이 목적의 수단으로, 그리고 우리가 어떤 수취인에게 무언가를 전달communicate할 수 있게 해 주는 전달/나눔의 수단으로 바뀔 수 있는 (그리고 사실상 변하지 않을 수 없는) 것은 오로지 이러한 매개 덕분이다. 하지만 매개가 도구적 언어의 가능성의 조건인 것과 마찬가지로 순수 매개와 순수 전달 가능성pure impartability ; *Mitteilbarkeit*의 언어는 또한 그것을 차단하는 것이기도 하다. 그것은 조건임과 동시에 휴지休止이기도 하며, 오로지 도구적 언어의 조건과 실재 사이에, 그리고 순수 언어와 도구적 언어 사이에 아무런 연속이 없기 때문에, 즉 순수 전달 가능성이 그 자체로서 이종혼성적이고 불연속적이기 때문에 둘 다일 수 있다. 순수 수단과 순수 폭력으로서 언어는 탈정립적인 바, 모든 정립을 탈정립하는 것일 뿐만 아니라 무엇보다도 그 자신의 탈정립인 것이다. 언어, 순수 폭력, 순수 전달 가능성은 그것이 나누는divide ; *teilt* 것이라는 점에서 (그리고 무엇보다도 그 자신을 나누는 것이란 점에서) 전달한다. … 순수 폭력은 바로 결코 **그러한 것으로서***as such* 나타나지 않는다는 사실에서 스스로를 '내보인다'. "왜냐하면 비할 바 없이 큰 영향들 속에서가 아니라면 신적인 폭력이 아니라 오로지 신화적인 폭력만이 그 자체로서 확실하게 인식될 수 있기 때문이다…."

불구의 언어

3.1.

프리모 레비Primo Levi는 아우슈비츠 수용소에서, "아우슈비츠 해방 직후 며칠간, 러시아군이 부나Buna에서 아우슈비츠의 '대 수용소'로 생존자들을 이동시킬 때" '말하지 못하는' 말, 혹은 '불구의 언어'라 할 수 있는 것을 듣고자 애쓴다.(Levi, 1995 : 25–26 ; 7 cf. Agamben, 1999 : 36–39) 그때 '후르비넥Hurbinek'이라고 불리는, 그렇게 불릴 뿐 그 아이의 실제 '이름'은 아무도 모르는, 세 살쯤 되어 보이는 아이가 특별히 그의 관심을 끈다.

> 그 며칠간 내 주위의 모든 것이 눈에 띄게 바뀌었다. 한바탕 크게 죽음이 휩쓸고 지나갔고, 마침내 결산이 끝난 것이다. 죽어가는 이는 죽었고, 무엇보다도 다시금 삶이 소란스레 흐르기 시작했다. 창밖으로는 눈발이 짙었지만 수용소의 음산한 길들은 더 이상 휑하지 않았고 다소 무질서하다 싶을 정도로 활기차고 소란스러운 웅성거림으로, 그 자체가 목적이라도 되는 듯 가득했다. 신이 난 듯 혹은 성이 난 듯 누군가를 부르는 소리, 왁자지껄 떠드는 소리, 또 노랫소리가 밤늦도록 울려 퍼졌다. 그런데도 나와 그리고 주변 침상의 동료들의 관심은 한 아이에게 쏠려 있었다. 아니 후르비넥이라는 이 아이의 **압도적인 존재감**obsessive presence 앞에서는, 가장 순결한, 우리 중에서 가장 작고 가장 무해한 자의 **강렬한 긍정의 힘** 앞에서는 도무지 신경을 끄려야 끌 수 없었다.(Levi, 1995 : 25)

---

7 프리모 레비, 2010 : 33–36.

사실 '후르비넥'은 아우슈비츠에서는 너무나 흔한 아이, 특별한 것이라고는 아무것도 없는 아이—'nobody'—였다. "말을 할 줄도 몰랐고 이름도 없었다." 그런데도 이 아이는 레비의 관심을 끈다. 곁에서 묵묵히, 싫은 기색 없이 마치 엄마처럼 이 아이에게 먹을 것을 가져다주고 담요를 개켜 주고 능숙한 손놀림으로 씻겨주던 헤넥Henek 말고는 누구도 견딜 수 없었던 '고통스러운 힘'을 발산하는 이 아이에게 레비는 주의를 뗄 수가 없다.

> 그 아이는 하반신 마비에다가 두 다리는 위축증을 앓고 있었고, 젓가락처럼 말라 있었다. 하지만 역삼각형으로 바짝 여윈 얼굴에 파묻힌 그 아이의 눈은 무서울 정도로 또렷또렷했고 요구와 주장으로, 그리고 무덤 같은 자신의 농아聾啞에서 벗어나려는, 아니 그것을 부숴버리려는 의지로 가득했다. 아무도 애써 그 아이를 가르치려 하지 않았기 때문에 자신에게 결여된 말, 그 말하고자 하는 욕구가 그 아이의 눈빛에 폭발할 것만 같은 절박감을 안긴 것이었다. 그것은 야성적이면서도 인간적인, 심지어 성숙한 인간의 것이라고 할 만한 눈빛이었다. 아니 차라리 너무도 무거운 힘과 고통을 담고 있는, 그래서 우리 가운데 그 누구도 견딜 수 없었던 심판이었다.(같은 곳)

그런데 그렇게 일주일이 지나고 헤넥은 사람들 앞에서 후르비넥이 '말을 할 수 있다'고 발표한다. 정말로 후르비넥이 있는 구석 쪽에서 이따금 어떤 소리가, 어떤 '말'이 들려왔다. 모두가 그것이 무슨 말인지 들으려고 세심히 귀를 기울인다. "정말이었다. 후르비넥이 있는 구석 쪽에서 이따금 어떤 소리가, 어떤 말이 들려왔다. 사실, 매번 정확히 같은 말은 아니지만 그래도 확실히 그것은 똑똑히 알아들을 수 있는 단어, 좀 더 정확히 말하자면 살짝 다르게 발음되는 여러 개의 단어들이었고, 하나의 어간 혹은 어근을 두고, 아니 어쩌면 어떤 명사를 두고 여러 가지 변화를 시도한 것들이었다." 레비는 이 아이가 내뱉는 의미 없는 소리, 그렇지만 분절 가능한 이 단어 비슷한 것을 '마스-클로mass-klo', '마티스클로matisklo'라고 옮긴다. "살아 있는 날이 다할 때까지 자신의 고집스러운 실험을 계속했던" 이 '이름 없는' 후르비넥은 얼마 안 가 "자유롭지만 구원받지는 못한 채" 죽었다. "그에 대한 건 아무것도 남아 있지 않다. 그는 나의 이 말을 통해 증언한다."

아감벤은 레비의 이 말에 다음과 같은 말을 덧붙이고 있다. "아마도 모든 말, 모든 글은 이런 의미에서 증언으로서 태어난다. 증언되는 것이 이미 언어이거나 글일 수 없는 것은 이 때문이다. 그것은 그저 지금껏 아무도 증언하지 않았던 어떤 것일 수 있다."(Agamben, 1999 : 38) 모든 말과 글은, 비록 그것이 후르비넥의 '마스-클로', '마티스클로'처럼 의미론적인 차원에서 그 의미를 파악할 수는 없는 '불구의 언어'일지언정, 태생적으로 증언이다. '나의 이 말'을 통해 증언되는, 혹은 전달되는 것이 꼭 멀쩡한 정신을 지니고 '이름을 가진' 다른 누군가의 버젓한 말일 필요는 없다. 그렇다면, 그래도 그것이 증언이라면, 증언되는 것은 "지금껏 아무도 증언하지 않았던 어떤 것", '아무것도 남아 있지 않기' 때문에 증언할 수 없었던 것, 차라리 '침묵'과 '공백'일 것이다. 아니 아마도 그것은 우리가 애써 '침묵'과 '공백'으로 치부해왔던 어떤 것, 언어의 한계, '마스-클로'와 '마티스클로'라는 부서진 말에서야 비로소 자신의 목소리를 얻게 되는 '말함의 불가능성'일 것이다.[8] 그리고 이 말함의 불가능성 속에서 주체는 극도의 탈주체

8 "증언이란 바로 말의 가능성과 말의 발생 사이의 관계이기 때문에 말의 불가능성과의 관계를 통해서만, 다시 말해 오로지 우연성으로서만, 존재하지 않을 능력으로서만 존재할 수 있다. 이 우연성, 주체 속에서의 이러한 언어의 출현은 실제로 행해지는 담화의 발화나 비-발화, 그것을 말함이나 말하지 않음, 언표로서의 그것의 산출이나 비-산출과는 다르다. 그것은 언어를 갖거나 가지지 않을 주체의 능력에 관한 것이다. 그러므로 주체는 언어가 존재하지 않을, 생겨나지 않을 가능성이며, 보다 정

화를, 자신의 몸 안에서 단순히 생명을 지닌 존재living being로서의 자기와 말하는 존재speaking being로서의 자기 사이의 환원 불가능한 틈을, '조에*zoē*'와 '비오스*bios*'[9] 사이의 분열을 목격-증언하게 된다. 증인이 '필사적으로' '말 한 마디 한 마디마다', 저에게 남아 있는 모든 말로 자신의 탈주체화를, "생존과 삶의 분리를 거부"(같은 책, 157)하며 또 후르비넥이 "살아 있는 날이 다할 때까지 자신의 고집스런 실험을 계속했던" 것은 바로 이 때문이다.

만일 우리가 윤리ethics를 유무죄를 따지거나 책임을 인식하는 영역이 아니라 스피노자Spinoza를 따라 '행복한 삶에 대한 학설'이라고 정의하고(Agamben, 1999 : 24), '행복한 삶'이란 그저 생존으로 환원될 수 없는 삶, "그 형식과 결코 분리될 수 없는 삶, 벌거벗은 생명과 같은 어떤 것을 따로 분리해 내는 것이 불가능한 삶"(Agamben, 2000 : 3-4), '조에'와 '비오스'의 맞물림이라고 할 수 있다면, 그때 이 '불구의 언어'는 "완전히 텅 빈 어떤 차원으로 들어가는 위험을 무릅쓰고", "목소리의 매개 없이 언어에 내던져지는", "마치 뭔가에 홀리기라도 한 듯 문법 없이 그러한 공허와 '목소리 상실*aphonia*' 속으로 들어가는"(Agamben, 1993a : 6, 9) 언어실험*experimentum linguae*으로 자리매김 되며, 따라서 그것은 '병적'인 것이기보다는 '윤리적'인 것이라고 부를 수 있을 것이다.

확히 말하자면 언어가 거기에 있지 않을 가능성, 그러한 우연성을 통해서만 생겨나는 가능성이다. 인간이 말하는 존재자, 언어를 가진 생명체인 것은 언어를 갖지 않을 수 있기 때문에, 자신의 (어원적인 의미에서의) 유아기, 즉 말하지 못함in-fancy을 품을 수 있기 때문인 것이다. 우연성은 다른 양태들 가운데 하나의 양태, 즉 가능성, 불가능성, 필연성과 나란히 둘 수 있는 것이 아니다. 그것은 가능성을 실제로 줌, 잠재성이 그러한 것으로서 존재하는 방식인 것이다. 그것은 존재할 능력과 존재하지 않을 능력 사이에 휴지를 부여하는, 잠재성의 사건event ; *contingit*이다. 언어(활동)에서 이러한 '줌'은 주체성의 형식을 띤다. 우연성은 주체를 시험대에 올리는 가능성이다."(Agamben, 1999 : 145-146)

9 "'조에'는 모든 생명체(동물, 인간, 또는 신)에 공통되는 사실, 즉 살아 있음이라는 단순한 사실을 표현했던 반면, '비오스'는 어떤 개인이나 어떤 집단에 고유한 삶의 형식이나 방식을 가리켰다."(Agamben, 1998 : 1)

3. 2.

바디우는 자신의 책 《사도 바오로》에서 기억memory에 대한 일종의 판단중지, 사실상의 사형선고를 선언한 바 있다. 그 논리는 이렇다.

> 기억은 그 본래의 규정에 따라, 과거를 포함해 어느 누구에게나 시효時效가 정해지는 것을 피할 도리가 없다. 내가 유대인 대학살이나 레지스탕스 투사들의 활동을 기억해야 할 필요성에 대해 의심하는 것은 아니다. 하지만 나는 신나치 광신자들이 마음 깊숙이에 자신들이 경외해 마지않는 시기에 대해 수집가의 기억을 품고 있으며, 나치의 잔학상을 사소한 것까지도 일일이 기억하면서 그것들을 음미하고 또 반복하기를 바란다는 점에 주목한다. 나는 배웠다는 사람들(그들 중 일부는 역사가들이다)이 나치 점령 시기에 대한 자신들의 기억과 또 자신들이 수집해 들인 문서들을 근거로 페탱Pétain이 잘한 일도 많다고 주장하는 것을 본다. 바로 그렇기 때문에 '기억'은 어떤 문제도 해결하지 못한다는 명백한 결론이 나오는 것이다. … 바오로가 보기에 (예수의) 부활 사건이 역사가들과 증인들 사이의 논쟁이 아니듯이 가스실의 존재도 내가 보기에는 그런 논쟁이 아니다. 우리는 증거와 반대 증거들을 요구하지 않을 것이다. 우리는 내심 나치나 다름없는 유식한 반유대주의자들과 논쟁하려 하지 않을 것이며, 어떤 유대인도 히틀러에게 학대 받지 않았다는 산더미 같은 '증거들'과도 논쟁하려 하지 않을 것이다.(Badiou, 2003 : 44)

우리는 이러한 바디우의 진술을 어떻게 받아들여야 하는 것일까? 비록 그는 믿음과 소망과 사랑을, 나아가 사도의 이름으로 진리를 선언하지만 이 선언에서 믿음보다는 불신이, 소망보다는 절망이, 그리고 사랑보다는 원한이 먼저 들리는 건 왜일까? 아마도 우리가 증인을 직접 눈으로 본 자로, 증언을 명정한 정신에서 자신의 이름으로 행하는 공술과 같은 것으로 이해하는 한 우리 역시 믿음과 불신 사이에서, 소망과 절망 사이에서, 사랑과 혐오 사이에서 후자 쪽으로 넘어질 건 확실하다. 아니 어쩌면 이미 우리는 사도의 이름으로, 혹은 진실의 이름으로 불신과 절망과 혐오를 간신히 가리고 있는 내심 '바리사이'일지도 모른다. 그는 계속 말한다.

> 주체적 가능성들이 문제가 될 때, 자신이 안다고 상상하는 것은 사기다. "자기가 무엇을 안다고 생각하는 사람은 마땅히 알아야 할 것을 아직 알지 못합니다."(1코린. 8 : 2)[10] 그런데 사도인 자는 어떻게 아는가? 증거나 볼 수 있음과는 상관없이 앎—그것이 경험적인 것이든 개념적인 것이든—이 무너지는 순간 출현하는, 어떤 선언과 그 결과들에 따라 안다.(같은 책, 45)

> 우리로 하여금 어떤 사건을 인식할 수 있게 해 주는 현상들 중 하나는 그것이 언어가 막다른 벽에 부딪히는 실재계의 지점*point de réel*과 같다는 것이다. 새로운 담론, … (즉 사도의) 주체성의 발명이 요청되는 것은 그러한 발명을 통해서만 사건이 언어 속에 기꺼이 받아들여지고 하나의 실존을 찾게 되기 때문이다.(같은 책, 46)

바디우의 말마따나 사건은 "은총grace이지 역사가 아니다."(같은 책, 45) 그러나 '은총'으로서의 사건은 내가 자유의사로써 수용하거나 거부할 수 있는 그런 종류의 것이 아니다.[11] 나는 다만, 기껏해야 그것을 온

---

10 《성경》의 인용은 한국천주교주교회의에서 펴낸 판본을 따른다. 단 문맥상 필요한 경우에는 약간의 수정을 가했다.

11 "사실은 내가 복음을 선포한다고 해서 그것이 나에게 자랑거리가 되지는 않습니다. 나로서는 어찌

전히 감당할 수 없다고 고백할 수 있을 뿐이다. 그렇기 때문에, 다시 말해 사건이 은총이라면, 각설하고 '본인의 이름으로' 진리를 선언하고 새로운 담론과 새로운 주체성의 발명으로 곧장 건너뛸 일만은 아니다. 사도는 그런 것이 아니다. 왜냐하면 사도는 무엇보다도 먼저 은총 속에 있지만 여전히 남아 있는 자들—곧 마음이 완고한 자들—을 의식하는 자이며, 그렇기 때문에 은총으로 선택된 남은 자들을 의식하는 자이다.[12] 이 사도에게 있어 이방인*barbaros*의 장소는 이미 결정되어 있는 것이 결코 아니다. 사도는 이렇게 말한다. "세상에는 물론 수많은 종류의 언어가 있지만 의미가 없는 언어는 하나도 없습니다. 그런데 내가 어떤 언어의 뜻을 알지 못하면, 나는 그 언어를 말하는 이에게 **이방인***barbaros*이 되고 그 언어를 말하는 이는 나에게 **이방인이** 됩니다."(1코린. 14 : 10–11). 바오로에게 있어 이방인(야만인)이란 곧바로 이교도Pagans나 비유대인과 일체화할 수 있는 절대적인 범주가 아니라 확정될 수 없는 것, 민족학적 범주로 환원될 수도 없고 또 약속으로 선택된 자건 은총으로 선택된 자건 그 어느 한쪽으로 (항상 아직은) 귀속될 수도 없는 것이다. "지금 이 시간에도 은총으로 선택된 남은 자들이 있"(로마. 11 : 5)으며, "자기가 무엇을 안다고 생각하는 사람이 마땅히 알아야 할 것"은 바로 이 신비이다.[13]

할 수 없는 의무*anankē* ; necessitas이기 때문입니다. 내가 복음을 선포하지 않는다면 나는 참으로 불행할 것입니다. 내가 내 자유의사로 이 일을 한다면 나는 삯을 요구할 권리가 있습니다. 그러나 하는 수 없이 한다면 나에게 직무가 맡겨진 것입니다."(1코린. 9 : 16–17)

12 "그래서 나는 묻습니다. **하느님께서 당신의 백성을 물리치신 것입니까? 결코 그렇지 않습니다.** 나 자신도 이슬라엘 사람입니다. 아브라함의 후손으로서 벤야민 지파 사람입니다. **하느님께서는 미리 뽑으신 당신의 백성을 물리치지 않으셨습니다.** 여러분은 성경이 엘리야에 관하여 무엇이라고 말하는지, 엘리야가 하느님께 이스라엘을 걸어서 어떻게 호소하였는지 모릅니까? '주님, 저들은 당신의 예언자들을 죽이고 당신의 제단들을 헐어 버렸습니다. 이제 저 혼자 남았는데 저들은 제 목숨마저 없애려고 저를 찾고 있습니다.' 그런데 하느님의 대답은 어떠하였습니까? **'나는 바알에게 무릎을 꿇지 않는 사람 칠천 명을 나를 위하여 남겨 두었다.'** 이와 같이 지금 이 시대에도 은총으로 선택된 남은 자들이 있습니다."(로마. 11 : 1–5)

13 "그대가 본래의 야생 올리브 나무에서 잘려 나와, 본래와 달리 참 올리브 나무에 접붙여졌다면, 본

그러므로 사도는 곧장 초월적인 어느 곳으로 건너뛰어 가는 사람이 아니라 그 두 남은 것들 사이의 틈에 머물러 있는 자이며,[14] 바오로가 '이방인들*ethnē* ; other nations'의 사도, 곧 '말 못하는 자들barbarians'의 사도일 수 있는 것은 바로 그러한 한에서이다. 물론 이는 그가 주저하고 망설인다는 뜻은 아니다. 사도는 늘, 바로 지금, 작전operation을 전개한다. 그러나 다만 무위화inoperation하기 위해서만 그리한다. 사도는 근행近行 ; afformance[15] 속에 머무는 자이다. 이 사도 앞에서는 구원받지 못한 말이라고 해서 기죽을 일도 없지만 구원받은 언어라고 해서 까불 일도 아니다.

결론을 대신하여 : 유언비어와 작가

4. 1.

임철우가 1985년에 발표한 〈사산하는 여름〉은 '불구의 언어'에 대한 빛나는 이미지를 제공한다. 작가가 위선과 거짓 맹세에 맞세우는 것

래의 그 가지들이 제 올리브 나무에 접붙여지는 것이야 얼마나 더 쉬운 일이겠습니까? **형제 여러분, 나는 여러분이 이 신비를 알아 스스로 슬기롭다고 여기는 일이 없기를 바랍니다.** 그 신비는 이렇습니다. 이스라엘의 일부가 마음이 완고해진 상태는 다른 민족들의 수가 다 찰 때까지 이어지고 그다음에는 온 이스라엘이 구원을 받게 되리라는 것입니다."(로마, 11 : 24–26)

14 이 '머물러 있음consistency'의 윤리학적 표현이 곧 '믿음faith'일 것이다.

15 '근행afformance' 혹은 '근행적afformative'이라는 용어에 대해서는 하마허 본인의 논문(Hamacher, 1994)에 자세한 주석이 덧붙여져 있다(특히 주 12와 16). 하지만 이 논고 전체를 이 용어에 대한 논변으로 봐도 무방하다. 개념어의 번역이란 게 늘 넘치거나 모자람을 피할 수 없지만 이를 '근행近行'이라 옮긴 것은 이 개념이 'performance', 'performative'라는 말과의 대비 효과 속에서 만들어졌기 때문이다. 이 말들을 행위의 완수 혹은 완수된 행위를 나타내는 '수행遂行'이란 개념으로 옮길 수 있다면, 일차적으로 행위의 개시 또는 막 개시되려는 행위를 나타내는 접두사 'ad–'와 '–formance'의 결합은 온전하지는 않지만 한자어 '근近'과 '행行'의 결합으로 나타낼 수 있을 것이다. 하지만 가까이 다가가기는('近')는 하지만 '행위'라고 할 수는 없고 행위를 지향하지도 행위로 환원될 수도 없으므로 그것은 또한 '무행無行'적이기도 하고 '탈행脫行'적이기도 하다.

은 진실과 사실들facts이 아니며, 명정한 '나'라는 의식으로 행해진, 법적인 의미의 선서증언deposition과 같은 것이 아니다. "온통 먹물을 엎질러 놓은 것 같이 눈앞을 가려오던 그 무수한 허위와 거짓의 활자들"(임철우, 1985 : 217)에 그가 맞세우는 것은 오히려 '유언비어', '불구의 언어', "귓구멍으로 무차별로 쏟아 붓는" "때로는 뾰족한 바늘 침이나 쇠꼬챙이처럼 혹은 흐늘흐늘 썩어문드러진 무슨 버러지 떼처럼 다짜고짜 귓구멍을 후비고 고막을 뚫어대다가 기어코는 … 육신 내부 깊숙한 곳까지 함부로 침입해 들어오는 듯한"(같은 책, 212-213) '얼빠진' '하릴없는' 온갖 낱말과 목소리들이다. 그것은 수돗물의 "여전히 사라지지 않고 남아 있는 비릿하고 역겨운 악취"(같은 책, 215) 같지만 그래도 "가슴 어디쯤인가에 한 자루 날카로운 비수가 되어 날아와 깊숙이 박히는"(같은 책, 216) 말이다. 심지어 그것은 사실들조차도 시시한 것으로 무력화한다. "소문은 이미 … 사실이든 혹은 전혀 얼토당토않게 누군가에 의해 조작된 헛소문에 불과할 뿐이든, 그런 것은"(같은 책, 252) 하등에 문제가 되지 않는다.

> 의식의 어느 귀퉁이에선가는 그것을 사실로 믿고 싶은 묘한 충동이 팽팽하게 고개를 쳐들고 있는 것이다. 아니, 솔직하게 김 씨는 그 소문이 차라리 진실이기를 내심 한편으로는 바라고 있는지도 모른다.(같은 책, 219)
>
> 하지만 그까짓 것쯤이야 틀릴 수도 있겠지, … 문제는 인구 팔십만이 넘는 이 거대한 도시에서 … 그런 희한한 일이 벌어졌고, 또 이 순간에도 벌어지고 있다는 … 사실이 아닌가.(같은 책, 243)

그것은 사람들이 '스스로도 모르는 새에 어느 틈에' '참으로 적극적이고도 진지하게 참여'하는 '공통의 작업' 속에서 만들어 내는 '인간을 닮은 한 마리 괴물'이지만,(같은 책, 253) 그것은 또한 사람들로 하여금 일시에 "미리 짜놓기라도 했듯이 … 믿어버리고 말"(같은 책, 255)게 하는 무엇이며, 우글우글 몰려들어 "자신과는 전혀 무관한 타인들의 운명에 관해 그처럼 열심히 귀를 기울이고 또 말할 수 있"(같은 책, 253)게 하는 무엇이기도 하다. 그것은 "투명하여 보이지는 않으나 분명히 존재하는 두꺼운 유리벽처럼 … 출구는 여전히 봉쇄되어 있는 채로, 그 막혀버린 통로의 안쪽에서 … 유독한 기포가 되어 수면을 향하고 끊임없이 부글부글 피어 오르"는 "소리의 입자 하나하나마다에 묻어 있는" '냄새'(같은 책, 254, 256)이다.

유언비어는 결코 터무니없는 헛소리에 지나지 않는 것이 아니다. 물론 그것은 명시적으로 진실을 지향하지는 않는다. 유언비어의 '텔로스*telos*'가 진실인 것은 아니지만, 그럼에도 그것은 묵시적으로 끊임없이 진실을 향해 가며 또 그러면서도 궁극적으로 진실이 되지는 않는 말이다. 그러므로 그것은 또한 진실이 아니지는 않은 쑥덕거림과 횡설수설이다. 유언비어는 헛된 말이나 거짓말과 동일한 것이 아니다. 그것은 참말은 아니지만 그렇다고 거짓말인 것도 아니며, 의미론적으로 유의미한 말은 아니지만 그렇다고 의미 없지는 않은 말이다. 차라리 거짓말이 아니지 않은 말, 헛된 말이 아니지 않은 말, 보다 정확히는 "끝끝내 감추어져 있는 음흉스럽고 비겁한 음모처럼 눅진하게 묻어 있는 … 수상쩍은 냄새"(같은 책, 218)처럼 참말과 거짓말 사이에, 의미와 무의미 사이에 '남아 있는 것remnant'이다. 유언비어는 터무니없는 헛소리에 불과한 게 아니라 오히려 헛소리처럼 터져 나온 부서진 말의 '터-무늬', 곧 그 근거, 그 기원archē의 흔적인 것이다.

4. 2.

아감벤은 〈몸짓에 대한 평주〉에서 "자신의 **몸짓**을 잃어버린 사회는 그 잃어버린 것을 **영화**에서 되찾고자 함과 동시에 **영화**에 그 상실을 기록하려고 시도한다"(Agamben, 1993a : 137 ; Agamben, 2000 : 53)는 테제를 제시한 바 있다. 여기서 그가 말하는 영화란 다른 무엇보다도 '무성' 영화*silent* movie이다. 지금 우리의 문맥에서 이 테제는 다음과 같이 바꿔 쓸 수 있을 듯하다. "자신의 말을 잃어버린 사회는 잃어버린 말을 유언비어에서 되찾고자 함과 동시에 유언비어에 그 상실을 기록하려고 시도한다." 만약 이런 식의 치환이 가능하다면 유언비어란 다름 아닌 '아니 기억될 수 없는 것', 그러한 것으로서 '잊을 수 없는 것'(Benjamin, 1996a)의 묵시黙示이자 기억의 '아르케*archē*'를 향한 운동이다. 아니 보다 정확히 말하자면 망각amnesia을 되돌리려는(ana-) 필사적인 '상기想起 ; anamnesis'의 요청exigency ; urgency일 것이다.

그러므로 이러한 요청에 응답하려는 작가author는 어떤 의미로건 필연적으로 '고고학자*archeo*-logist'가 되지 않을 수 없다. 작가란 그저 글쟁이, 문인, 문필가와 같은 것이 아니다. 작가를 뜻하는 라틴어 'auctor'가 지시하듯이 이는 본래 'testis'와 'superstes'와 더불어 '증인'을 뜻하는 말이다. 물론 이 말들이 지칭하는 증인의 유형은 제가끔 다르다. 'testis'는 두 당사자 사이의 소송에서 제삼자의 입장으로 개입하는 자로서의 증인을 뜻하고 'superstes'가 어떤 경험을 스스로 다 겪어냈고 그래서 그 경험을 다른 사람에게 이야기해줄 수 있는 자로서의 증인을 뜻한다면, 'auctor'는 '후견인', 곧 연소자나 어떤 이유로건 법률적으로 유효한 행위를 정립할 능력을 갖추지 못한 사람의 행위에 개입해 유효성을 보완해 주는 사람, "그의 증언이 항상 (그보다 먼저 존재하며 또 사실성과 효력이 반드시 검증되거나 확인되어야만 하는) 무언가

(어떤 사실, 어떤 사태, 혹은 어떤 말)를 전제하는 한에서"의 증인을 뜻한다.

> 증언은 언제나 작자author, 곧 'auctor'의 행위이다. 즉 증언은 언제나 본질적인 이중성을 내포해, 이러한 이중성 속에서 불충분함이나 무능력이 보완되거나 타당성을 얻게 되는 것이다. … 'auctor'의 행위는 무능력한 사람의 행위를 보완하고, 자체적으로는 증거 능력을 갖추지 못한 것에 증거 능력을 제공하며, 단독으로는 존립할 수 없는 것에 생명을 준다. 그러므로 역으로 말해, 증인-작자의 행위나 말에 의미를 부여하는 것은 증인-작자의 행위나 말에 선행하면서 그것의 보완을 받는 불완전한 행위와 무능력이라고 할 수 있다. 그 자체로서 유효성을 주장하는 작자의 행위란 어불성설이다. 이는 생존자의 증언이 증언할 수 없는 자의 증언을 통합하며 보완할 때만 진실성과 존재 이유를 지니는 것과 마찬가지이다. 후견인과 무능력한 자, 창조자와 그의 질료는 … 분리될 수 없다. 오로지 양자의 통일이면서도 차이인 것이 증언을 구성하는 것이다.(Agamben, 1999 : 150)

후르비넥의 '침묵', 그의 '불구의 언어'는 레비의 '나의 이 말'과의 이접disjunction 속에서, 그러한 이접으로서만 비로소 되살아나지만 이러한 부활은 그 침묵이 불활성적인 것이 아니라 기억의 아르케로서, '잊을 수 없는 것'으로서 계속 남아 있기 때문이다. 그렇기 때문에 후르비넥이 내뿜는 침묵의 힘 앞에서 작가는 "도무지 신경을 끄려야 끌 수 없"(Levi, 1995 : 25)고 그 침묵의 소리를 듣지 않으려야 듣지 않을 수 없다. 결국 이러한 종류의 작가됨이란 그의 의지나 관심에서 비롯되는 것이 아니다. 문제의 저 침묵은 사도 바오로가 다마스쿠스로 가던 중 느닷없이 눈에 쏜 빛처럼 그 어떤 말보다도 직접적이고 특유하게singularly 그에게 향하는 말인 것이다.[16] 아감벤이 프리모 레비를 두고 "[그는] 자신이 작가writer라고 생각하지 않았다. 그는 증언하기 위해서만 작가가 된다. 어떤 의미에서 그는 결코 작가가 되지 못했다"(Agamben, 1999 : 16)고 썼을 때, 임철우가 "어차피 고통은 그것을 기억하는 사람의 몫일 수밖에 없다"(임철우, 1997 : 10)고 썼을 때, 또 최정운이 "산 자와 죽은 자의 입을 가르고 대화하도록 하는 일에는 학문과 굿의 다름이 없다"(최정운, 1999 : 29)며 글쓰기를 모종의 신병神病과 같은 것에 비유했을 때, 또 김형중이 "오월이라는 거대한 실체가 그들을 붙잡고 놔주지 않는다. … 오월문학의 실어증은 그런 의미에서라면 필연적이었을 것이다"(김형중, 2011 : 83)라고 썼을 때, 이들이 지시하고자 했던 것은 필경 이런 종류의 작가됨의 필연성이었을 것이다.

그래서 저와 같은 작가들에게서는 '나는 자격authority이 없다'라는 탈주체화의 고백이 특징적으로 나타난다. "내게는 용서해 줄 자격이 없다. … 나는 자격이 없는 사람이다."(프리모 레비)[17] "피의 학살과 무기의 저항 그 사이에는/ 서정이 들어설 자리가 없다 자격도 없다/ 적어도 적어도 광주 1980년 오월의 거리에는"(김남주, 〈바람에 지는 풀잎으로 오월을 노래하지 말아라〉) "모든 것은 마무리된 것인가. 진정 지금은 그 비극적인 사건이 영원히 역사의 장으로 철해져도 무방할 때인가. 남은 것은 정말 아무것도 없는가. 아니 무엇보다, 아직도 강기슭을 서성이고 있는 그 도시 사람들에게, 최소한 '미안했다'는 한마디 대신, '화해'니 '용서'니 '역사의 장에 맡기자'느니 하는 말들을 이렇듯 쉽사리 강요해도 좋을 만큼 이 시대는, 그리고 우리들은 정말 떳

16 "사울이 길을 떠나 다마스쿠스에 가까이 이르렀을 때, 갑자기 하늘에서 빛이 번쩍이며 그의 둘레를 비추었다. … 사울과 동행하던 사람들은 소리는 들었지만 아무도 볼 수 없었으므로 멍하게 서 있었다."(사도, 9 : 3–7)

17 Promo Levi, 1997, *Conversazioni e interviste*(Turin : Einaudi), p. 236 ; Agamben, 1999 : 17에서 재인용.

떳한가. 그 질문에 대한 답을 명쾌하게 내릴 만한 **권리도 자격도 실상 내겐 없다.** … 그러나 난 언제부턴가 다시 생각해보기로 했다. 어쩌다가 보니 작가라는 이름을 얻게 되었고, 최소한 그것만으로도 내가 건너온 그 강에 대하여, 그 뜨거운 불의 기억에 대하여 동시대 사람들에게 이야기해야 할 의무가 있다는 사실을 나는 받아들이기로 했다."(임철우, 1997 : 11-12) 그렇다면 작가됨이란 결국 이런 것이 아닐까? 자신의 '자격 없음'의 부끄러움을 무릅쓰고서, 스스로가 말 같지 않은 말을 하는 '이방인*barbaros*'이 될 위험을 무릅쓰고서, "우리가 항상 감당할 수 있었던 책임보다 한없이 큰 어떤 책임과의 대결"(Agamben, 1999 : 27)에 나서는 것, 결코 온전히는 감당할 수 없는 책임을 떠맡는 것, 도저히 외면할 수 없어서 어쩌면 끝내는 질 수밖에 없는 싸움에 나서는 것 말이다.

보론 : 김남주와 침묵

바람에 지는 풀잎으로 오월을 노래하지 말아라
오월은 바람처럼 그렇게 서정적으로 오지도 않았고
오월은 풀잎처럼 그렇게 서정적으로 눕지도 않았다
…
노래하지 말아라 오월을 바람에 지는 풀잎으로
바람은 야수의 발톱에는 어울리지 않는 어법이다
노래하지 말아라 오월을 바람에 일어서는 풀잎으로
풀잎은 학살에 저항하는 피의 전투에는 어울리지 않는 시의 어법이다
피의 학살과 무기의 저항 그 사이에는
서정이 들어설 자리가 없다 자격도 없다

적어도 적어도 광주 1980년 오월의 거리에는!

— 〈바람에 지는 풀잎으로 오월을 노래하지 말아라〉

침묵, 불구의 언어, '유언비어'—이 모든 것이 김남주라는 시인과는 도대체 어떤 관계가 있는 것일까? 앞서 언급한 바 있는 〈오월문학과 실어증〉이라는 논문에서 김형중은 김남주의 시 〈잿더미〉도 5 · 18 이후 '실어증'의 양상을 보이는 문학의 예시로 제시한다.(김형중, 2011 : 81) 하지만 이 시가 김남주의 처녀작에 해당하며 따라서 남민전 사건으로 인한 투옥과 5 · 18 이전에 씌어졌다는 사실은 일단 차치하더라도[18] 김남주의 삶과 시는 (물론 '실어증'의 양상을 보이는 시들이 종종 있기는 하지만) 침묵과 관련되는 것이라기보다는 오히려 시대의 억압과 우리의 비겁을 뚫고 나온 '목소리', "우리가 일찍이 경험하지 못했던 이 도덕적 태만의 시대를 쇠북처럼 울리는", "예리한 비수처럼 귓속을 파고들어 우리의 고막을 찢어놓고야 마는" '혼신의 부르짖음'(김사인, 1993 : 146)이었지 않은가. 시대의 목소리를 표상하는 듯한 이 시인에게 있어 침묵과의 관계를 논하는 것은 어느 모로 보나 적절치 않은, 심지어 부당한 것이 아닐까? 그럼에도 불구하고 김남주와 침묵과의 관계를 문제 삼을 수 있다면 그것은 김형중이 말하는 '실어증'이나 후르비넥의 '불구의 언어'와는 조금 차원이 다른 침묵, 시대의 어둠이 발하는 빛을 직시하고자 했던 동시대인이, 침묵의 소리를 듣고자 했던 작가가 자신의 '자격 없음'의 부끄러움을 무릅쓰고서 그러한 요청에 응답하고자 하면서 겪게 되는 '주화입마'와 관련된 침묵인 듯하다.

김남주의 시적 정조 혹은 태도가 남민전 사건으로 인한 투옥과 투옥 후 겪게 된 5·18을 기점으로 큰 변화를 겪는다는 점은 평론가들

18 〈잿더미〉는 〈진혼가〉 등과 함께 1974년 《창작과비평》 여름호에 처음 발표되었다.

사이에서 별다른 이견이 없다. 초기 시들이 "삶과 현실의 척박함을 토로하던 70년대 민중시 일반의 범주에서 크게 벗어나지 않"(김사인, 1993 : 147)았던 데 비해 이러한 변화에는 시인이 한 친구에게 보낸 편지에서 "나는 이 시대를 위해서 쓴 것이지 사후의 시대를 위해서 쓴 것이 아니네. 지금 써먹지 못하면 아무 소용없는 종잇조각에 다름없네"(김남주, 1995 : 207)라고 적었듯이 시적 태도에 있어서는 '극단적 실용주의'가, 사상적 내용에 있어서는 도그마라고 해도 좋을 '극단적 환원주의'가 내포되어 있었다.[19] 시는 오로지 투쟁의 '무기'로서 '쓰일 때에만' 그 의의를 획득할 수 있었고 시인은 오로지 '전사'일 때만 존재의미를 갖는 것이었다. 시에 관한 일반의 관념과는 상극을 이루는, 이 극단적으로 실용주의적인 시적 태도는 도대체 어디에서 연원하는 것일까?

1975년 〈권력과 반지성주의〉라는 글에서 김병익은 한국 지식인 사회의 '반지성주의'를 질타한 바 있다. 그는 "권력에 밀착하여 그들의 부정을 합리화시키는 경향을 비난하는 '어용'이라는 단어와 상황판단 비판정신을 배제하는 기능적 지식인으로부터 구별하여 **지혜와 용기와 결단으로** 지배층과 현실의 모순에 항거하는 진정한 지식인들을 향한 '지성'이란 단어가 뜨거운 호소력으로 전달되고 있"(김병익, 1975 : 75)는 당시의 언어 현상에 주목할 것을 요구한다. 그에 따르면 "한국의 지식사회는 지난 10여 년 동안 지배자의 직접 · 간접적인 조작, 회유,

19 김사인은 5 · 18 이후의 김남주의 시에 대해 "김남주 시의 절대다수를 차지하는 옥중시들은 대개 신념에 가까운 몇 가지 양보할 수 없는 고정관념에 근거하고 있다"면서 그러한 고정관념을 다음과 같이 요약하고 있다. "첫째, 시는 혁명의 무기로서 복무해야 하며 그러기 위해 시는 여타의 물리적인 수단들과 마찬가지로 '사용'되어야 한다는 것. 둘째, 모든 사회적 현실과 인간관계, 나아가 자연현상들까지도 유물론적 · 계급론적 관점에서 파악해야하며 시의 성취도는 그 철저성에 비례한다는 것. 셋째, 따라서 시는 '감정의 자연스런 흘러넘침' 따위가 아니라 이지적 판단에 의해 계산되고 통제되어야 한다는 것. 넷째, 우리 민족사회의 본질적 현실은 제국주의에 의한 분단과 매판적 지배계급의 독재적 지배로 규정될 수 있고, 따라서 근로대중의 비타협적 계급투쟁만이 새로운 사회를 가능하게 할 수 있으며 시인은 모름지기 그러한 혁명운동의 이념적 전위가 되어 동참함으로써만 감동적인 시를 쓸 수 있다는 것."(김사인, 1993 : 147)

압력, 강제 혹은 인신구속의 갖가지 방법에 의해 굴절, 왜곡, 침묵, 좌절되어 왔다. 여기에 굴복했든 승복했든 혹은 개인적 야심의 충족 때문이든 판단의 착오 때문이든 많은 지식인들이 **지성의 배신**을 통해 탄압의 세력에 가담했거나 방기하여 지성인의 존재와 행동을 제어, 위협해왔다."(같은 글, 75). 김병익은 이러한 '지성의 배신'에 이르게 된 '저변의 여건'으로 체제 순응적이고 기능적이었던 전통적 지식인상, 사유의 폭을 제한시킨 분단이라는 현실, 전통의 단절이 유도한 혼란 등을 들고 있다.

그러나 지성의 배신에 이르게 된 데 있어 저러한 '저변의 여건' 못지않게 중요한 역할은 한 것은 무엇보다도 외부 권력의 간섭과 탄압 및 정치적 전횡에 대한 지식인 사회의 '안이한 양보', '태만과 잘못된 협조'로 인해 미만하게 된 지식인 사회 "자체 내의 '반지성적' 사고와 행동"(같은 글, 76)이다. 양보, 태만, 협조가 계속 이어지다보니 비판적 지적 작용으로서의 지성은 퇴화되고 마치 **"연탄가스에 중독된 것처럼 사태를 전혀 오해하고 본말을 뒤집어 잘못된 결론을 얻는 일이"**(같은 글, 76) 잦아졌다는 것이다. 결국 당시 김병익이 보았던 지식인 사회의 과제는 전통적 지식인상을 바탕으로 분단과 전통의 단절, 그리고 무엇보다도 권력의 탄압과 조작으로 강화되어온 지적 실용주의의 극복, 다시 말해 지적 작용을 '실용성'에 한정하지 않고 이를 넘어 "상황을 타개하고 현실의 의미를 천착하며 혹은 자기 역할을 근본적으로 반성하는"(같은 글, 76) 쪽으로 재정초하는 데, 한마디로 지성을 "초실용적 정신능력"(같은 글, 77)으로서 재정향하는 것이었다고 할 수 있다.

그런데 문제의 심각성은 이러한 지적 실용주의, 곧 '반지성주의'가 지성 자체에 의해서는 극복될 수 없다는 데 있었다. 그에 따르면 "오늘의 한국인들이 처한 상황은 어떤 압력과 전제로부터 해방되려는 … 고전적 자유주의 구현이란 초보단계로 되돌아가 있다. 우리는 절대권력으로부터의 자유, 빈곤으로부터의 자유를 획득해야 하는 것이다."(같은 글, 81) 김병익은 "이 같은 침울한 상태를 타개하기 위한 지식인의 지적 작업이 절실하게 요청된다"고 주장했지만 반지성주의의 극복과 직결되는 것이 "비판의 자유, 언론의 자유, 집회의 자유"인 한 그는 최종적으로 "권력의 탄압과 핍박을 감당"(같은 글, 81)하는 '용기'와 '의지'와 '결단', 곧 '비지성적인'(따라서 때로는 반지성적인) 어떤 것을 요청한 셈이었다. 한마디로 지성의 요체는 지성 외적인 물음, 곧 나는 폭력에 대한 두려움을 얼마큼이나 떨쳐버릴 수 있는가에 있었던 것이다.

극단의 지적 실용주의, 그런 의미에서 '반지성주의적' 시론을 지닌 시인을 다루면서 비판적 · 반성적 지성으로서의 '초실용주의적 지성'을 말하는 김병익의 이 에세이를 언급한 것은 다소 뜬금없는 것일 수도 있다. 게다가 김남주가 이런저런 글에서 밝힌바 있는 독서 편력을 미루어볼 때 그의 시적 태도와 김병익의 이 글 사이에 직접적인 영향관계라든지 어떤 인과론적인 연결고리 같은 것을 찾기도 어렵다. 하지만 굳이 이 글을 언급한 것은 이 글에는 1970년대에서 시작해 80년대와 90년대를 관통하며 현재에 이르기까지 김남주의 삶과 시가 겪어야 했던, 아니 비단 그만이 아니라 우리 사회의 '지성'이 겪어야 했던 어떤 운명이, 혹은 대다수가 그랬듯이 피하려면 피할 수 있었기에 꼭 필연적이었던 것은 아니지만 어쨌든 그런 식의 궤도를 그리게 만들었던 어떤 시대적 요청exigency ; urgency이 드러나기 때문이다.

김남주의 '변혁의 무기'로서의 시론과 '전사'로서의 시인론은 "피의 학살과 무기의 저항 그 사이에는/ 서정이 들어설 자리가 없다 자격도 없다"고 시인이 읊었듯이 분명 광주학살에 대한 시인의 이성적 분노에서 비롯된 것이다. 그러므로 김남주의 '전사'는 어쩌면 광주학살의 충격파 속에서 저편의 공수부대를 모델로 하여 그들과 대적할 수 있도록 가상적으로 만들어 낸 이편의 '특공대'이자 '괴수'였는지도 모른다. 그는 자신의 시에서 "서정성을 빼버리려고" 의식적으로 애를 썼고(김남주, 1994 : 83-84) 이러한 노력은 감상적이 되어 나약해지지 않으려는 결단, 곧 폭력에 대한 두려움과 그러한 두려움에 떠는 자신의 비겁과의 싸움이었다. 그러나 이 '전사'의 힘은 현실적으로 너무나 미약했고 그들을 넉넉히 이겨낼 정신적이고 사상적인 무기를 벼릴 재료조차 찾기 어려웠던 시절 그에게 유일하게 주어진 무기는 오로지 시, 그가 감옥에서 시를 쓰기 위해 찾아냈던 못도막처럼, 말 그대로 '촌철'이었던 셈이다. "시는 긴 분석도 아니고 느슨한 산문적 이야기도 아니오. 현실의 변혁을 위한 무기로서 시는 **촌철살인**의 풍자이어야 하고 백병전의 단도이며 치고 달리는 게릴라전이오. 가장 길어야 옛 조상들이 사용했던 청송녹죽의 죽창의 길이요."(김남주, 1994 : 93). 그런데 이러한 촌철로서의 시의 이미지가 정당화되기 위해서는 다른 한편으로 또 다른 가상과 모종의 도그마를 필요로 하는 것이었는데 그것이 바로 그가 우리 사회의 현실이라고 보았던 것, 즉 "세계의 모든 모순이 집중되어 있고 그것이 가장 첨예하게 대립되어 있"(같은 글, 93)는 것으로서의 '우리 시대'라는 가상이었다. '우리 시대'를 금방이라도 곪아터질 듯 팽팽히 부풀어 오른 일종의 종기처럼 본 것인데, 그렇기 때문에 짧고 뾰족한 '촌철'로서의 시만이 이 종기를 터뜨릴 수 있는 것이다. 하지만 그 결과는 다음과 같은 '반지성주의'였다.

시의 지위를 혁명운동의 이념적 전위로 규정하고 자신의 시작을 그러한 대의에 빈틈없이 복속시키고자 함에 따라, 김남주는 더 이상 초기와 같은 암중모색의 방황을 계속할 이유가 없어진다. 자신의 이념을 좀 더 효과적으로 전달하고 적에 대한 증오와 동지에 대한 사랑을 좀 더 선명하고 감동적이게 전달할 방법에 대한 고민만 남는 것이다. 이것은 불가피한 결과로 일말의 **본말전도의 위기**를 초래한다. 거칠게 말해서, 김남주의 혁명을 위해 민중들의 고통스러운 삶이 있는 것이 아니라 그 고통 속에 연대하고 동참하는 행위의 정점에 혁명이 있는 것이다. 그 고통의 구체성에 동참하는 고뇌가 아니고 자신은 이미 관념의 모범답안을 가진 채, 혁명이라는 물신에 대한 일종의 우상숭배 위에서 개개의 삶들을 거칠게 재단할 때 그의 답안이 어느 면에서 설령 옳은 것이었다 할지라도 그의 시는 설득력을 갖지 못한다.(김사인, 1993 : 151)

물론 저 무시무시한 '전사-시인론'이 그의 트레이드마크가 되긴 했지만 김남주는 결코 호전적인 인물도, 무지한 인물도 아니었고 '반지성주의적' 인물은 더더욱 아니었다. 그의 '반지성주의'는 싸움과 그 싸움을 위한 내공 수련 중에 입게 된 '주화입마'와 같은 것이었다. 어쩌면 김남주의 싸움은 저와 같은 도그마에 대한 '신념' 없이는 지속되기 어려웠을 것이고 10년에 가까운 옥중 투쟁의 와중에서 그가 받아들인 도그마는 그 싸움을 이겨낼 수 있었던 정신적 버팀목이 되었을 것이다. 하지만 10년의 와신상담으로 칼을 갈았지만 그 칼은 적의 심장을 꿰뚫기엔 너무나 짧은 '촌철'이 되고 말았고 무기로서 벼린 시어들은 다른 이의 고막에 가닿아 온전히 전해지기엔 너무나 거친 언사가 되어버렸는지 모른다. 그리고, 그러한 한 김남주의 삶과 시는 '지성'이 시대의 요청에 응답한다는 과제의 수행 불가능성을(왜냐하면 이러한 과제의 수행이란 아감벤의 표현을 빌자면 "놓칠 수밖에 없는 약속시간을 지키는 것과 같기 때문이다"(Agamben, 2009 : 46)), 지금 또 다시 우리에게 주어진 '반지성주의'의 극복이라는 과제가 결코 쉬이 수행될 수 없는 지극히 어려운 것임을 증언한다. 다만 지금으로서 우리가 확실하게 말할 수 있는 것은 그는 거부할 수 없었던 시대의 요청에 그 나름의 최선을 다해 응답하고 책임지고자 했다는 점이다. 시대가 요청하는 감당할 수 없는 이 싸움에서 "잘 싸웠거나 못 싸웠거나" 어쨌건 그는 싸웠던 것이다. 이것이 폄훼될 수 없는, 그리고 지금 기억하거나 애써 기억하려는 사람은 많지 않지만 결코 '잊을 수는 없는' 것으로 남아 있는 그의 시, 그의 삶의 흔적이자 값어치일 것이다.

> 혁명은 패배로 끝나고 조직도 파괴되고
> 나는 지금 이렇게 살아 있다 부끄럽다
> 제대로 싸우지도 못하고 징역만 잔뜩 살았으니
> 이것이 나의 불만이다
> 그러나 아무튼 나는 싸웠다! 잘 싸웠거나 못 싸웠거나
> 승리 아니면 죽음!
> 양자택일만이 허용되는 해방투쟁의 최전선에서
> …
> 무기가 될 수 있는 모든 것을 들고 나는 싸웠다
>
> —〈혁명은 패배로 끝나고〉

|참고문헌|

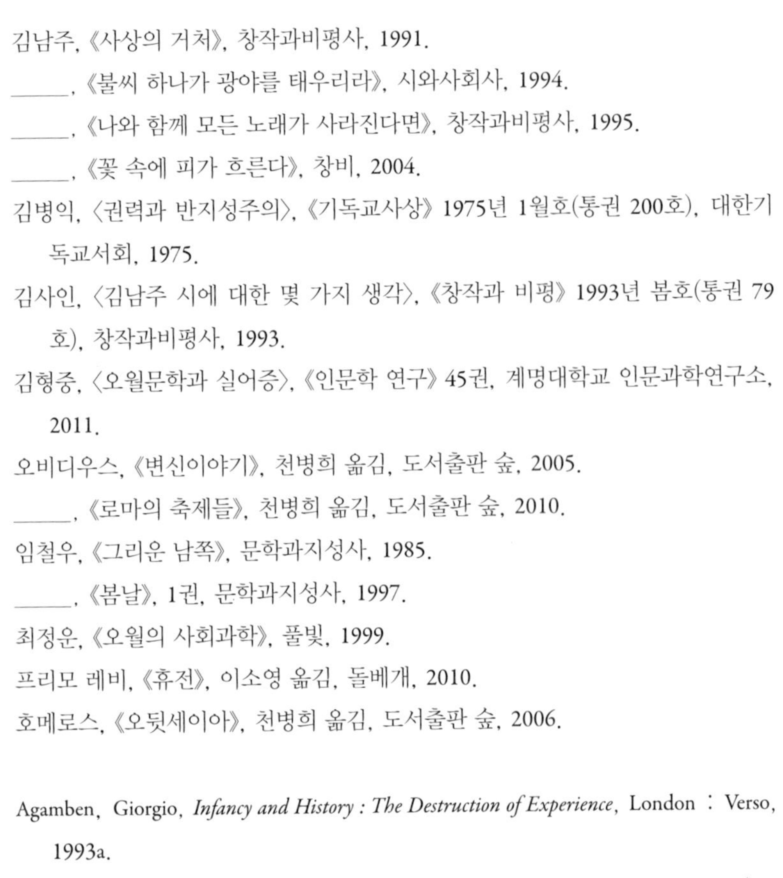

김남주, 《사상의 거처》, 창작과비평사, 1991.

_____, 《불씨 하나가 광야를 태우리라》, 시와사회사, 1994.

_____, 《나와 함께 모든 노래가 사라진다면》, 창작과비평사, 1995.

_____, 《꽃 속에 피가 흐른다》, 창비, 2004.

김병익, 〈권력과 반지성주의〉, 《기독교사상》 1975년 1월호(통권 200호), 대한기독교서회, 1975.

김사인, 〈김남주 시에 대한 몇 가지 생각〉, 《창작과 비평》 1993년 봄호(통권 79호), 창작과비평사, 1993.

김형중, 〈오월문학과 실어증〉, 《인문학 연구》 45권, 계명대학교 인문과학연구소, 2011.

오비디우스, 《변신이야기》, 천병희 옮김, 도서출판 숲, 2005.

_____, 《로마의 축제들》, 천병희 옮김, 도서출판 숲, 2010.

임철우, 《그리운 남쪽》, 문학과지성사, 1985.

_____, 《봄날》, 1권, 문학과지성사, 1997.

최정운, 《오월의 사회과학》, 풀빛, 1999.

프리모 레비, 《휴전》, 이소영 옮김, 돌베개, 2010.

호메로스, 《오뒷세이아》, 천병희 옮김, 도서출판 숲, 2006.

Agamben, Giorgio, *Infancy and History : The Destruction of Experience*, London : Verso, 1993a.

_____, *The Coming Community*, Minneapolis : University of Minnesota Press, 1993b.

______, *Homo Sacer : Sovereign Power and Bare Life*, Stanford : Stanford University Press, 1998.

______, *Remnants of Auschwitz : The Witness and the Archive*, New York : Zone Books, 1999.

______, *Means without End*, Minneapolis : University of Minnesota Press, 2000.

______, "For a Philosophy of Infancy." In *Public* 21, 2001.

______, *The Time That Remains : A Commentary on the Letter to the Romans*. Stanford : Stanford University Press, 2005.

______, *Profanations*. New York : Zone Books, 2007.

______, "What Is the Contemporary?" In Giorgio Agamben, *What Is An Apparatus? and Other Essays*, Stanford : Stanford University Press, 2009.

______, *The Sacrament of Language : An Archaeology of the Oath*, Stanford : Stanford University Press, 2011.

______, "Image and Silence", In *DIACRITICS* Volume 40.2, 2012.

Badiou, Alain, *Saint Paul : The Foundation of Universalism*. Stanford : Stanford University Press, 2003.

Benjamin, Walter, "Dostoevsky's The Idiot." In Marcus Bullock and Michael W. Jennings, eds. Walter *Benjamin : Selected Writings, Volume 1, 1913-1926*. Cambridge : The Belknap Press of Harvard University Press, 1996a.

______,"Critique of Violence." In Marcus Bullock and Michael W. Jennings, eds. *Walter Benjamin : Selected Writings, Volume 1, 1913-1926*. Cambridge : The Belknap Press of Harvard University Press, 1996b.

Hamacher, Werner, "Afformative, Strike : Benjamin's 'Critique of Violence'." In Andrew Benjamin and Peter Osborne. eds. *Walter Benjamin's Philosophy : Destruction and Experience*. London : Routledge, 1994.

Homer, *The Odyssey*, London : Penguin, 1996.

Kafka, Franz, "The Silence of the Sirens." In Franz Kafka, *The Complete Stories*. New York : Schocken Books, 1983.

Lévi-Strauss, Claude, *Structural Anthropology*, Vol. 2. Chicago : The University of

Chicago Press, 1976.
Levi, Primo, *The Reawakening*. New York : A Touchstone Book, 1995[1965].
Ovid, *Metamorphosis*(Oxford World's Classics). Oxford : Oxford University Press, 2008.
_____, *Fasti*(Oxford World's Classics). Oxford : Oxford University Press, 2013.

이미지 테크놀로지 생명정치

2016년 2월 28일 초판 1쇄 발행

지은이 | 조선대학교 인문학연구원 이미지연구소
펴낸이 | 노경인 · 김주영

펴낸곳 | 도서출판 앨피
출판등록 | 2004년 11월 23일 제2011-000087호
주소 | 우)07275 서울시 영등포구 영등포로 5길 19(37-1 동아프라임밸리) 1202-1호
전화 | 02-336-2776 팩스 | 0505-115-0525
전자우편 | lpbook12@naver.com
홈페이지 | www.lpbook.co.kr

ISBN 978-89-92151-95-5